冰冷的月

泽让闼◎ 著

谨以此书献给今生至爱——
妻子玛尼让么和女儿达娃纳么，
感谢她们的陪同与坚守。

四川党建期刊集团
四川民族出版社

图书在版编目(CIP) 数据

冰冷的月 / 泽让闼著. —成都：四川民族出版社，2015.4（2021.9重印）

ISBN 978-7-5409-5849-7

Ⅰ.①冰… Ⅱ.①泽… Ⅲ.①中篇小说–小说集–中国–当代②短篇小说–小说集–中国–当代 Ⅳ.①I247.7

中国版本图书馆CIP 数据核字（2015）第 048526 号

冰冷的月

泽让闼 著

责任编辑：	韩 昊
责任印刷：	郑 莉
封面设计：	力扬文化
电脑制作：	覃海燕
出版发行：	四川党建期刊集团
	四川民族出版社
地 址：	成都市三洞桥路 12 号
邮政编码：	610031
电 话：	（028）86252337
印 刷：	永清县晔盛亚胶印有限公司
成品尺寸：	170×250mm 1/16
印 张：	15
字 数：	375 千
版 次：	2015 年 6 月第 1 版
印 次：	2021 年 9 月第 2 次印刷
书 号：	ISBN 978-7-5409-5849-7
定 价：	49.80 元

著作权所有，违者必究。

成长在故土中的精神之树（序）

任冬生

泽让闼对书很痴情。

我曾经和老婆开玩笑说，我有两个老婆，大老婆是她，小老婆是书。我自认为对书很钟情。但自从认识泽让闼之后，我才真正明白，其实，书只是我的小情人，书才是他的小老婆。情人没有，可以；老婆没有，不行。

好几次，我到成都、马尔康、黑水、九寨沟等地开文联工作会或是作家笔会，在宾馆、茶楼甚至饭厅见到泽让闼的时候，他一定带着他的"小老婆"，不离不弃，爱不释手。以前人们常爱开一个玩笑说，胸前插一支钢笔代表有文化，插两支钢笔就是卖笔的。泽让闼不炫耀，也不卖书，那是发自内心的真爱。每到一个地方，他最爱逛书店，而且绝不空手而归。在黑水开笔会时，我陪他去书店买书，他相中了一个独本——内文纸张已经泛黄、卷页，封面还有些细小的损口——明显是被人翻了又翻的旧书，书店又不打折，但他竟然毫不犹豫地买下来。而在接下来买遮阳帽时，他却拖着我顶着火辣辣的太阳跑了N家商铺，跟老板讨价还价。其实帽子还没有书贵。最让我佩服的还是他读书的那股劲，他竟然能在摇摇晃晃的班车上一直读书到终点站，真是一个书痴。

自然而然，我们从相识到相知，和他的"小老婆"脱不了干系。我们谈读书、谈文学、谈写作，很久很久。每次都是这样。不是我们之间除了书和写作就没有别的话题，我们年龄相当，而且特别巧合，同年同月生，要不是有三天的落差，我们就要算时刻了；我们地缘亲近，都是松潘老乡，相隔不过几十公里，有着共同的生活基础；我们经历相似，在大山里长大，到异地求学，先是在草原地区教书育人，后改行到文联担任同样的职务干同样的工作；我们爱好相同，最喜欢逛书店、看电影、写东西。聊的话题可多了。但我们似乎更愿意分享各自的读书心得、写作感悟、人生理想，把漫漫人生中最微妙的一部分无限放大，从中获得精神的慰藉和灵魂的满足。我想，这就是缘分。

泽让闼爱书爱得痴迷，缘由他骨子里对文学的挚爱。读书在充实他的人生的同时，也饱满了他的写作。他喜欢写小说，也写了不少小说，部分篇章在《民族文学》、《西藏文学》、《草地》等杂志上公开发表，影响不错。前段时间，他告诉我准备把近几年写的短篇中篇汇集成书，给自己打一个小总结。写作的人嘛，谁不想谁不盼自己辛勤开垦的处女地里开满光鲜艳丽的花朵，供爱花的人们欣赏。我很替他高兴。但他接下来交给我一项任务，却让我忐忑不安。那就是写序。说实在的，我很乐意在他的花园里浇一浇水，为愿意赏花的人做一个好向导。但我怕自己不是一个好花匠，也不是一个好向导，既辜负了一个作家的信任，又扫了看花人的雅兴。但他执意要我写，还给我吃了一颗定心丸：你想怎么写就怎么写。这下可好，我有责任可以推卸了，呵呵，那就想怎么写就怎么写吧。

泽让闼的这本小说集收录了他精心创作的6个短篇和1个中篇。归纳起来，主要围绕三个人类最普遍却又最不易获得的永恒主题展开故事：爱情、自由、救赎。在这里，我们还是先来看看泽让闼笔下的爱情。莎士比亚有句名言：真实爱情的途径并不平坦。泽让闼对于这点似乎看得很透，在他激情燃烧的《夕阳下》，放牧归来的桑吉，意外地收到他的录取通知书，这就意味着他的命运将彻底改变，他兴奋地在草原上策马狂奔。可是在激情燃烧过后，问题来了，他怎样面对

成长在故土中的精神之树（序）

他心爱的贡秋措？他们如胶似漆的感情在现实的阻隔下自然结束，还是打个逗号继续下去？他们将经历怎样一番心里纠葛，努力说服对方、融化自己，做出艰难的选择？在一番婉转柔情、肝肠寸断的缠绵之后，最终他们把爱情交给了誓言。在小说的结尾，泽让闼这样写道："桑吉似乎看见慈悲的菩萨坐在云端，对他露出洞悉一切的微笑。"可是他们真的看见未来了吗？菩萨知道，我们未必知道。就像《飘逝的情歌》那样，能把"送别情人的第二天，整个城市空了一半。城市怎么会空呢？想是我的心儿空了一半。"这样心酸的情歌唱得无忧无虑的商人索郎夺吉，他是多么坚信他的爱情啊，更何况他和拉姆的婚事已成定局。可是就在他婚期前的一次远足，爱他的拉姆却背叛了他，和一个贫穷、善良、勤劳、孝顺的退伍军人结合在一起。是他们没有真爱吗？是拉姆喜新厌旧？在本该属于索郎夺吉婚礼的春节，拉姆却踏上了远嫁的征途，索郎夺吉不顾禁忌拦住拉姆远嫁的马队。他要干什么？抢婚、报复？当所有的冲突不断累积，像火山一样即将爆发，索郎夺吉最终却选择了祝福，唱出了那首情歌本来的颜色，爱情就这样飘逝，令人唏嘘。

泽让闼似乎并不"满足"这样的结局，他觉得爱情除了花前月下、海誓山盟、默默祝福和黯然伤逝，还有背叛、反抗、斗争，甚至死亡。于是《冰冷的月》诞生了。大年初四晚上，华尔丹在人们祝福的舞狮活动中，按地方的抢婚习俗，抢走了心心相印、魂牵梦绕的梅朵拉姆。这原是一个幸福的版本。可是，正当梅朵拉姆憧憬着他们的美好未来时，却无端坠入一场可怕的噩梦：抢她来却是为了另一个人。因为华尔丹对弟弟扎西江措的怜悯，他忍痛割爱。咒怨、反抗、寻死觅活到最终认命，梅朵拉姆经历了人世间最苦痛的情感煎熬，这还不是最可怕的，最可怕的是她在忘不了华尔丹的同时，却又渐渐爱上了那个让她仇视的忠厚男人。而那两个男人呢，一个悔恨交加、旧情难忘、痛不欲生，一个爱欲交织、备受煎熬、情不自禁。在爱与被爱的痛苦纠结中，两个男人一个女人，最终上演了一场大悲剧：华尔丹错手杀死了自己深爱的弟弟，然后绝望自杀，梅朵拉姆跳河自杀未遂，最终遁入空门。

《我本自由》和《远去的摩托声》是两篇关于自由的小说。在《远去的摩托声》中，"我"因为爱好画画，拜访了寺院鼎鼎有名的画师夕让。因为年纪相仿、性情相投，这年轻的一僧一俗很快成为无话不谈、亲密无间的好朋友。在他们的交往过程中，两条原本平行的线——多彩的俗世生活和清淡的寺院生活——逐渐倾斜，相互交叉感染。最终恪守戒律的夕让，从寺院和家庭的无形封锁中"出逃"，还俗并走上四处流浪的征途。夕让和"我"就这样完成了对自由的"叩拜"。《我本自由》的主角是一匹马。这匹马血统高贵，生性自由，心高气傲，能力非凡。它有过梦想、有过爱情、有过自由自在的生活。但残酷的现实并没有给它多少机会，它被人偷盗、买卖、驯化、虐待，自始至终无法逃脱"生而为奴"的命运，最后沦为人在赛马场上的输赢工具。它真的屈服了吗？它真的忘却了理想中的自己？当赛马场的终点步步逼近，主人欣喜的狂叫压倒一切，它却猛然急刹，以一种最悲壮的方式完成肉身的终结和灵魂的飞升，发出最后的呐喊：我本自由，我要自由！

黄金是大地赠与人类的珍贵礼物，它是高贵、财富、尊严、梦想的象征。黄金本无罪，但人类为了生存和满足不断膨胀的欲望，伸出一双双贪婪的手，在不断掏空大地、毁坏自然的同时，也掏空和丧失了自己。在这样的大背景下，羸弱的主人公迫于家庭、经济和同伴不断辍学等有形无形的压力，走上了这条掘金之路，成为背砂的"马尾子"中的一员，在生存、金钱、欲望、享乐编织的大网中苦苦挣扎。他会就此沉沦下去并适应生存？还是像《肖申克的救赎》中的安迪那样完成自我救赎？当"我们"把所有的目光聚焦在这样一个人身上时，他却选择了无声的抗议——不顾尊严、面子、亲情、嘲笑，像一具死尸躺在地上怎么也不肯起来，成为人们眼中的"瘫软水虫"。不得不说他是一个弱者，但不得不承认现实就这样无奈，我们大多数人

成长在故土中的精神之树（序）

不都是《就这样成长》起来的？

《赎》也是一篇关于救赎的小说，讲了两个关于赎偷牛贼的故事。故事的巧妙之处在于两个故事首尾相连、前呼后应、因果循环，但结局却完全不同。在故事中，祥丘村珠么措的儿子偷了勒姆家的牛，尽管已经赔礼道歉、赔钱赎人，但年轻气盛、生性泼辣的勒姆仍然不依不饶，在砍柴的路上堵住珠么措百般羞辱、撕扯打闹，要不是丈夫的一耳光，事情将不可收拾。哪想，勒姆的儿子长大之后却偷了祥丘村珠么措家的牛。她将怎样面对她曾经种下的"恶果"？在阴云密布的暗影之下，勒姆在承受巨大的经济压力的同时，承受着悔恨、愧疚、畏惧等复杂情感的折磨。当风暴即将来临，事情却发生了乾坤扭转：珠么措制止了儿子的报复行为，赦免了勒姆犯下的罪过。——因为慈爱和善良，罪恶的灵魂得到救赎。

从这本书中我们可以窥见，泽让闼试图从爱情、自由、救赎三方面入手，支撑起自己的精神殿堂，抵达人类的灵魂深处。我的片语解读，未必准确直达他的精神领地，我的发现仅仅属于我认知的一部分。相信明眼的读者会看到更多的闪光点。

下面，我再谈谈泽让闼小说的艺术特色。

泽让闼的小说是有故乡的。几篇小说的故事背景，就是他脚下那片熟悉的土地。如果我们有心摊开这张生存版图，古朴的藏寨、古老的寺院、宽广的草原，就是他故乡中最重要的生存坐标。生于斯长于斯的藏族人，在这片并不广阔的土地上，隆重地演绎他们的生与死、爱与恨、情与仇。自然而然，他小说里的人物，和这片大地、天空、自然、人文不可分割，成为历史与现实、物质与精神中的一部分。换句话说，他们就是从这片熟悉的土地里生长起来的果实。泽让闼的小说因此具有明显的地域文化特征。而这正是诞生优秀作家最可靠的物质和精神基础。但凡好的写作，它总有精神扎根的地方，只有根深，才能叶茂。这个地方就是我们的故乡。

泽让闼的小说是有色彩的。那就是多姿多彩的民族文化。相较很多已褪色的故乡,泽让闼的故乡还保存着浓郁的民族风俗和多汁的精神原液。在他的小说中,我们随处可见民族风俗摇曳生花、精神原液汩汩流淌。比如《冰冷的月》中独特而富有情韵的抢婚风俗、《我本自由》里热闹非凡的赛马活动、《远去的摩托声》中清寂有序的寺院生活等等。这些与众不同的民族文化,一方面给作家提供了独特的生活经验和丰厚的精神养料,一方面赋予作品一种有别于"大众"文化的特殊魅力和奇异美感,给读者一种全新的感官享受和情感体验。泽让闼的小说因此具有独特的个性。

泽让闼的语言是有韵味的。他的小说语言自然、流畅、鲜活,形象生动,富有弹性,韵味悠长。例如:"河谷里的草坪就像一块美味的大饼,被饥饿的铁锹和长把的铁耙一块块吞噬,消化在大河的胃囊里。""他的头脑被酒醉得有点迟钝了,思维就像水力不够勉强转动的磨盘。""许许多多的往事已经被时间的烟雾熏成了一抹抹灰色的印记,几乎从记忆的泥墙上剥落。""那"嗡嗡"声让他觉得自己是一朵硕大娇艳的鲜花,有群看不见的蜜蜂正振翅朝自己飞近。"这样的文字读起来,让人耳目一新,印象深刻。

总的来说,泽让闼的小说有思想、有高度、有地标、有个性。尽管我们还可以从他的小说中找到一些不足之处,比如一些人物还不够立体、部分细节处理较为粗糙等等,但这并不影响大格局的形成。这就像一棵树的自然生长,它努力扎根大地,吸收自然养分,经受风雨磨砺,不断突破自身局限,奋力向上生长,最终会在天空大地、流光岁月里找到自己合适的生存空间和发展方向。

目 录
CONTENTS

序：成长在故土中的精神之树　任冬生 / 1

我本自由 / 2

夕阳下 / 34

远去的摩托声 / 41

飘逝的情歌 / 54

赎 / 68

就这样成长 / 91

冰冷的月 / 123

后　记 / 226

节日的龙达　　黑牦牛　摄

我本自由

1

我高昂着头走在浩浩荡荡的队伍中，面前那一溜鲜艳的五彩旌旗在晨风中哗啦啦地招摇着，飞动的颜色在朝阳下闪烁着刺眼的光芒。

听旌旗在头顶猎猎飞舞，我的血液忽然间变得滚烫起来，像被水枪的塞子用力推动，在血管里加快了流速，全身充斥着让整个身体变得轻盈的力量，一种久违的想要奔跑的欲望紧紧攫住了我的心。

在同伴们的拥挤和人们兴奋的呼喝中，我小跑着越过前面舒缓的斜坡。视野豁然变得开朗，一块宽广而更加深远的草原呈现在眼前，开满繁花的绿色原野上错落地散落着一簇簇白帐篷。到处是花花绿绿、高高矮矮的人群。犹如一片干枯轻巧的草叶被风卷到了空中，飘飘荡荡的舒适和惬意直渗透到我的心底。

这是花光浮动的六月，各种各样的野花大片大片地向草原深处铺展。近处的五彩缤纷，绚丽夺目；远处的呈现成一条条白色、红色和黄色的绸缎，在带着花香的暖风中，在人们看到队伍后激动的欢呼声中，在雨点一般铿锵的马蹄声中繁花像星星一样闪烁着。

几个快步，我的身影已经闪出队伍向草地深处跑去，无以言说的畅快在体内激荡，心也"倐"地一下飞到了遥远的天边。那里是寂静的雪山和几片漂浮在蓝天下的几乎透明的白云。

忽然，我的嘴角一紧一疼，被嚼子勒得紧紧的，还没来得及咀嚼的畅快在顷刻间从嘴角的疼痛中消失。我感到胸膛间憋闷难受，沉甸甸的郁闷充气似的膨胀着，先前的舒畅和轻盈忽然间折了翅膀。我长嘶一声，人立而起。没等前蹄落地，听见背上的旦洛狠狠地喝骂了句："狼杀的！"接着他粗暴地拽动缰绳，在我两侧的腹部狠狠地踢了几脚，把我强行带到了队伍中。

啊！就在那一瞬间，就在这繁花绿草的原野上，我以为自己又回到了那片魂牵梦萦的草原。

生我养我的故土，我日夜思念的草原，你到底在哪里？几经辗转，我已经流落到了这陌生的地方，根本不知道身处哪里，唯一清楚的是我离你一定很远很远，远到也许这一生我都无法再回到你的怀抱中了。

故乡的草原，你是那样宽广、辽远，你是那样优美、亲切。你水草丰茂，牛羊成群，蓝天白云下的雪山在遥远的天边盈盈耸立；一条清亮透彻的河水迂回在绿色的原野上，不知疲倦地流淌着。

就在这条透亮的河水里，我第一次认识了自己，我所有的追求和梦想也是从那里开始的。

那一年我还小，只有三岁。这是个无拘无束的快乐的年龄，这是个对什么事情都充满好奇的年龄，这也是开始对这世界和身边的事物产生疑问和思考的年龄。

那一天傍晚，西边的天空烧着如火如荼的晚霞，河水被涂成了橘红色。天气有些闷热，我随着母亲，还有其他的同伴们一起去河边饮水。

现在，我已经能涉过河边那条凹形的水域走到河水中间，不需要再站在岸边眼睁睁地看着比自己大不了多少的伙伴蹚过去而徒生羡慕，也不再需要极不情愿地去喝上游流下来的身边的同伴们喝过的河水。

我来到河水中间，站在凸出的河床上，浅浅的流水只能没过马蹄。我低下头深深地喝了一口水，一股冰凉的惬意迅速滑过食道流进肚子里，整个身体顿时清爽起来，河水里依然带着雪山的清凉。

荡漾的水波一停，水面恢复平静，变成了一面光滑的镜子，映着蓝天、彩云。我在这条缓缓流淌的镜子里，再次端详着那匹黑色的小马驹，它全身的毛色像缎子一样油亮，额头有一簇小小的雪白的印记，就像佛龛前摇曳的酥油灯盏的火焰，浸在水里的四只银白色的小蹄像是四朵洁白的雪莲花。我知道这匹小马驹就是自己。

我在沉思中低下头美美地喝了一大口，水波一动，额头的印记就像燃烧的火焰般抖动起来。火焰一动，藏在我心中的疑问又像火苗一样浮动了，那疑问是我第一次涉水到这河中的时候产生的。

我抬头向身后和四周望了望，心中的疑惑比往日增加了。"身边的父辈中为什么没有和自己长得像的？自己长得也不像母亲，那谁是自己的父亲？它又在哪里？"

这些问题困惑我已经很久了，我本来是要问母亲的，可我知道我是得不到任何答案的，因为我们的语言是那么贫乏，从我记事起，我听到的除了母亲在焦急、悲伤或者欢快的时候发出的几种高低长短的嘶鸣，就再也听不到关于其他的信息了。其他所有的同伴也是这样。

喝足了水的同伴们陆陆续续地离开。我听到母亲在呼唤，转过头，见它站在岸上，望着我轻轻地嘶叫了两声，示意我跟它回去。我也嘶鸣了几声，让它自己先走，我还想在水里多待一会儿。母亲懂了，看了一眼不远处正在冒着炊烟的帐篷，又看看我，低头啃食了几口青草后踱着慢步离开了。

静静的河流中只剩下自己。天空的彩霞正在褪色，留下一片片暗灰色的云朵。夕阳渐渐隐去，暮色立刻罩了上来，帐篷的方向隐隐传来几声藏獒粗重的吠叫，其间夹杂着主人圈赶牦牛的吆喝声和口哨声。

"明天还得走更远一些。"我在心里默默地对自己说。

自从心中有了那些疑问，我的心就已经没在这里了。我每天在荒野四处游荡，忘记了对狼爪和獠牙的惧怕，而且走得一次比一次远。我希望能在这茫茫草原的某处找到问题的答案。

我不知道自己找了多久，时间的概念对我来说还比较模糊，只看见太阳和月亮升了又落，落了又升。我的行动给主人带来了麻烦，他们不得不经常要走很远的路才能找到我。我常常受到他们的责备和警告。尽管他们把皮鞭甩得噼啪作响，但是却从来没有在我身上落下一条印记。

第二天，我又离开了，走向更远的地方。

天气从凉爽变得炎热，又从炎热变得闷热。

傍晚，我蹚过一条宽而不深的河流，信步向草原尽头的一弧小山丘走去。远远地，我看见小丘上立着一匹高大、健壮的骏马的影子。

近了，更近了，我的脚步忽然停了下来，那匹骏马的身影清晰地映在我的眼里：一身漆黑乌亮的皮毛，健壮匀称的身段，长长的鬃毛垂洒在胸前，当它低下头吃草的时候，鬃毛几乎拖到了地上，额头上白色的火焰在阳光下亮得暖洋洋的，雪白的四蹄在碧绿的草丛里像四簇白色的花朵，漂亮极了。

找到了，我知道自己终于找到了答案，一种奇妙的感觉在心里油然而生。我激动地长嘶一声，声音虽然听起来还很稚嫩，但是心中的亲切与喜悦尽在这一声中表达和宣泄了出来。

听到我的嘶鸣声，它抬起头打量着我。我小心翼翼地靠上去，怕它认不出我而对我撕咬或者踢打。

开始，它的眼神很困惑，一定是在想这是谁家的小马驹，怎么从来没见过。等我走近后，它的眼神变得温柔了，最后流露出喜悦和怜爱之情。

看到它的眼神，我放心了，走过去依偎在它的身边。它伸出头在我的脖颈上厮磨起来。我知道它也明白了我们的关系。虽然我们什么也没说，什么也不会说，但是我们却同样具有超乎想象的理解力。

一番感情交流后，我心中这许多天的疑惑和彷徨全都消失了，只有一股暖暖的温情在心里汩汩流动。靠着父亲的感觉原来是这样充实，这样幸福。

父亲引颈长嘶，嘶鸣中满是喜悦，我也情不自禁跟着它嘶鸣起来。我跟着父亲，举手投足尽量向它学习。它是那么健硕，那么漂亮，那么伟岸，我心里充斥着满满的崇敬。

太阳在天边的雪山群峰间慢慢沉落，天色渐渐暗了下来。

身后的小丘脚下，有家帐篷飘袅着炊烟，帐篷四周是散落的牛群和马群，有人正骑着马挥动缰绳，吆喝着把它们往圈里圈，一条壮硕的藏獒来回奔跑着、嗥叫着帮着追赶。

父亲对我一声轻嘶，向丘下走去。我紧跟着它走向那个陌生的地方，一时间竟忘记了母亲，忘记了原本属于自己的那个家。

走进马群，大马小马们纷纷让道，我知道父亲是这里的首领，更为它倾倒，更加卖力地学它的样子。看，它高昂的头颅、飘逸的鬃毛、稳重的步伐中透着令人神往的雄性之美。这美不断地冲击着我的心扉，让我激动不已。

那一夜，我就留在了那里。这是我第一次离开家在陌生的地方过夜，但是我不怕，因为我的身边是我找寻了很久的亲人，是一个让我感到亲切、安全和敬畏的亲人。

又一个崭新的日子来临了。早晨，当马群向草场散去，父亲带着我在广袤无垠的原野上驰骋、漫步，蓝天下，草原上，我们欢快地嘶鸣。

我们慢慢地走上山丘，来到昨天我们相遇的地方。

忽然，有一颗人头从弧形的山丘后冒出来，左耳上晃动的银耳环在阳光下一亮一亮地闪动着，头上戴着一顶白色的汉人的帽子，帽檐朝后，恍然间以为那是从地下钻出来的一个硕大的草菇。原来是我的小主人东周嘉措。接着冒出的是他穿着红色背心的身子，光膀子上的皮肤跟脸一样，被高原的阳光晒得黝黑。他一手轻轻地甩动着缰绳，一手拿着一圈绳子，一件夏季的单袍堆在腰间，两只打结后垂下的袖子在马背上搭着。跟他一起一摇一晃冒出地面的是那匹栗色的大马。

东周嘉措今年十六岁了，整天快快乐乐的，总爱笑，说话说到得意的时候总会夸张而快速地眨一眨眼睛，使他显得更加调皮，同时也有了一些轻佻的味道。但是，最有特点的还是他的两条眉毛，黑黑的，被眉心簇淡淡的眉毛连在一起，仔细一看，就像是一条长长的毛毛虫。

看到东周嘉措手里的绳子，我的心里慌张起来。从他焦急而愤怒的神色中，可以看出事情有些不妙。

我听他低声地咒骂了一句什么，知道要糟，转身就逃。可是，还没等我迈出几步，套马绳的活套像一条闪电准确无误地落在我的脖子上，绳索一紧，我被勒得人立而起，呼吸立刻变得滞涩起来。东周嘉措收着绳子，将我慢慢拖到他面前，嘴里叨念着说："小伙子，这段时间你可是跑野了，俗话说'水没涨之前先筑堤坝'，是不是要给你拴绊马索了？"

等我走近，东周嘉措把绳子系在他胯下栗色大马的鞍鞯上。我挣了挣，绳套跟着收紧，刚刚才顺畅的呼吸又滞涩起来。我紧走几步，回头向父亲求救，希望它能帮我想想办法。

东周嘉措向我父亲打量了一番，自言自语似的对我说："哦，原来是寻找你的阿爸来了，怪不得这些天你总是乱跑。看来你也不笨嘛。难道你是一匹'江希达颇'[①]？"

父亲看见我被套住，嘶叫中围着我们转，虽然是一脸的愤怒，却也是满眼的无奈。刹那之间，我看清了体格庞大健硕的父亲在不知比它瘦小多少倍的东周嘉措面前的弱小，心中竟然生出一股莫名的悲哀。

东周嘉措看到这情形，带着歉意对我说："好了，好了，我知道

---

① 一种百年难得一见的骏马，传说有两个特点：一是在行走中永远高昂着头颅，向远处的山丘看齐；二是特别聪明，能听懂主人的话，和主人心意相通。

不应该拆散你们父子，可这里不是你的家。我们走吧。"说着拉动手里的缰绳，打马向山丘下走去。

我不想离开，但是又挣不开魔鬼的爪子一般的绳索，只得极不情愿地、跌跌撞撞地、一步三回头地嘶叫着、跟着。

走下山丘，回头看见父亲在后面跟了很长一段路，最后引颈无奈地悲鸣了几声才停下来。

蹚过河，走了很远，父亲的身影渐渐变成一个小黑点，最后终于消失。我的内心立即被一种从来没有过的孤独感占据。

2

"嘀嘀——龙达啰！"

我的思绪被这突如其来的声音打断，眼前的东周嘉措和栗色大马，身后父亲的身影，还有脚下无垠的草原在刹那间消失，取代它们的是满眼的龙达，满天的龙达。

我瞻前顾后瞥了一眼，几百匹马已经排着长队走成了一个圆圈，圆圈中间的草地上烧着一堆巨大的桑烟，浓烈的烟雾像一注巨大的喷泉直插云霄，又像是在天地之间立了一根灰白色的擎天之柱。空气中，燃烧的柏香枝和清爽的蒿草味里混着糌粑与五谷被烧焦的味道，还有被火焰烤干蒸发的酒香，四处飘散弥漫着。

由人马围成的圆圈像个缓缓转动的金轮。马背上，男人们从怀里掏出大把大把的龙达，向蔚蓝深邃的天宇用力地抛撒，飘散的龙达像雪花在头顶绽放，上升的飘摇而去，下降的悠然而落。他们高声地祈祷着，呼啸着，引得我们也跟着嘶鸣，我感到空气被煮过似的开始沸腾了。

我们就这样围着桑烟转了三圈。圈外的草坪上，灌木丛里站着花花绿绿的人群，他们饶有兴趣地看着，还有人拿着照相机跑来跑去忙着按动快门。

不远处，悬挂着一条巨大的横幅，上面用不同的颜色印着大大小小的文字和赛马的背景。横幅下摆放的座位已经坐满了人，前面几个黑色的大音箱里正响着悠扬的笛声。音箱前面空着一个大场子，其中三面已经坐好了人群，有身穿绛红袈裟的僧人队，五颜六色的群众队，穿着白衬衣、戴着红领巾、拿着鼓乐的学生队，还有排列整齐的摩托队。那些年轻潇洒的骑手们跨在各自的摩托车上，双手扶着车把，车把上点缀着五色的哈达。

最后，我们马队缓缓进场，在最前面整齐排列。队伍四周散布着看热闹的群众。

接下来发生的事情对我们而言是冗长而枯燥的。只见横幅下的座位上不断有人站起来，从兜里掏出几页纸滔滔不绝地念着，每一个人念完都会引来四面人群的欢呼声、鼓掌声和满天的龙达。龙达本来是撒在神山上或者寺院煨桑台边的最神圣的信物，现在却成了烘托气氛的彩色纸片，可以在大街小巷、广场马路，甚至在剧院舞台随意抛撒，不需虔诚的祈福祷告，任人用一双臭脚践踏乱踩。

个人的表演终于完成，清理场地后该是一群人的狂欢了。我和其他的同伴被骑走，拴在各家白色的帐篷前。

远处的音乐又响了起来，所有的帐篷都是空的，人们都赶着看热闹去了。

我抬头仰望，天空湛蓝湛蓝的，没有一丝云影，弧线优美的天宇像是用蓝宝石镶成的穹顶，高贵，典雅，而又灼眼，让我不敢逼视。

我的眼光滑到天边，那里有一座佛塔般洁白的雪峰，深深地刺入深邃的苍穹，在蔚蓝色的天幕下显得更加晶莹，更加庄重。

我的眼光又掠过山上覆盖的葱郁茂盛的树林，看到宽阔的河谷里满是红柳，绿油油的颜色似乎在阳光下流动。一条弯弯曲曲、清澈明净的河水在柳树林间缓缓流淌，时隐时现。

一阵阵热烈的掌声和欢呼声从身后传来。我回过头，看见密密匝匝围观的人群中央红袖飞舞，音乐也轻快地响着，我知道那是孩子们在表演节目。

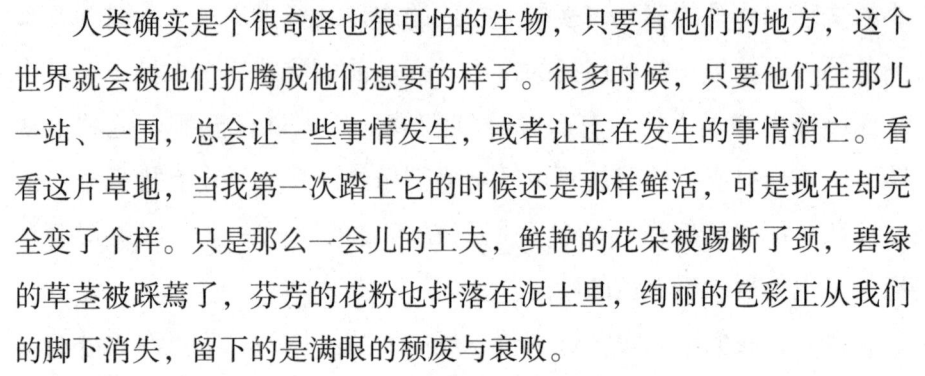

　　人类确实是个很奇怪也很可怕的生物，只要有他们的地方，这个世界就会被他们折腾成他们想要的样子。很多时候，只要他们往那儿一站、一围，总会让一些事情发生，或者让正在发生的事情消亡。看看这片草地，当我第一次踏上它的时候还是那样鲜活，可是现在却完全变了个样。只是那么一会儿的工夫，鲜艳的花朵被踢断了颈，碧绿的草茎被踩蔫了，芬芳的花粉也抖落在泥土里，绚丽的色彩正从我们的脚下消失，留下的是满眼的颓废与衰败。

　　在这个世界上，我们是依靠大自然生存，他们却是在改造大自然。我们是大自然的一部分，他们却好像不是，有时候我在想：难道一切有生命和没有生命的都只是为了他们的需要、征服和摧残而存在？

　　我虽然很喜欢我的小主人东周嘉措，现在也很想念他，可是他当初对我又何尝不是这样呢？

　　我被小主人东周嘉措带回去后给拴在帐篷外的拴马桩上，我听见帐篷里他们父子在谈话。当老主人泽仁尚周知道我去了那么远的地方以后说："'火小的时候不预防会有烧毁草原的危险，水小的时候不阻挡会有淹没山岭的危险'，我们如果不早想办法，万一它被狼杀了或者被偷了就可惜了。"

　　东周嘉措回答说："是啊。可是它才三岁，这么早就驯它怕伤了它的筋骨。"

　　泽仁尚周说："等喝过茶你去试试，看得出它是好马胚子，也许行。"

　　不一会儿，从帐篷里走出三个人来。第一个出来的是老主人泽仁尚周，他四十来岁，身材不是很高但很健壮。他后面跟着东周嘉措，最后出来的是东周嘉措的阿妈俄么磋。东周嘉措还有一个妹妹叫益西让姆，今天没看见，也许是放牧去了。

　　东周嘉措走过来摸摸我的背，使劲按了按。我对这从来没有经历过的事情很敏感，心里又慌乱又厌恶，赶紧躲开。

东周嘉措"嘻嘻"一笑，对泽仁尚周说："这小崽子还挺结实的嘛，也许您说得没错。"他靠过来，把绳索的活套从我的脖子上取下来，抓住我的鬃毛就往我的背上跳。我大吃一惊，慌乱中没有朝后躲，反而把身体猛然向他一挤。他没有防备，打了个趔趄差点摔倒在地。我趁机一窜，撒开四蹄向草原深处拼命地逃去。可是，没等我跑出多远，就听到身后传来繁乱的马蹄声，原来是东周嘉措骑着那匹栗色的大马追来了。

马蹄声越来越近，我突然听到东周嘉措在身后大叫了几声："震吉颇聂！震吉颇聂！"心里正在疑惑，套马索又一次准确地落在我的脖子上。那一刻，我沮丧极了，仿佛这条绳索存在的使命就是为了套住我。

东周嘉措把我拉近，高兴地说："对，你就叫作'震吉颇聂'。这么漂亮，正该叫这个名字。"看他的神情，好像我这一撞一逃没让他生气。

回去的路上，我听见东周嘉措在不停地叨念着他给我取的名字。来到帐篷前，他高声对泽仁尚周说："阿爸，我给它取了个名字，叫'震吉颇聂'。"

"'震吉颇聂'？云的使者？怎么取这么怪的名字？"

"刚才追它的时候，看见它四只雪白的蹄子不断地翻飞，连成一片，好像驾着白云，再看它额头的那簇白毛，就像酥油灯的火焰，加上这么优美的体形，难道它不是上天赐给我们家的天马吗？所以我说它是腾云驾雾来的，是云的使者，叫'震吉颇聂'。"

泽仁尚周思索了一下，赞许说："这名字不错。"这时，我知道以后"震吉颇聂"就是我了。

我正在为自己接下来的命运担心，听东周嘉措对泽仁尚周说："阿爸，我看今年就算了吧，如果真的伤了它我会后悔的，它长大了肯定是一匹难得的好马。"

泽仁尚周点了点头，仿佛还在回味似的说："那你可要把它看紧点。'震吉颇聂'，多好的名字，多怪的名字。"说着转身进了帐篷。俄么磋见他们父子俩说驯马的事就那样搁下了，走过去翻动晒在一边的奶渣。

看到他们散去，我的心里轻松了许多，乖乖地跟着东周嘉措走。

东周嘉措把我拴在河边的一丛柳树下，那里长着丰茂的水草。我大口大口地啃食着，清香可口的青草流着浓浓的汁液，滋润着我。

东周嘉措骑着栗色大马哼着歌走了，一直到天快黑的时候才来把我牵走。

接下来的几天里，东周嘉措虽然没有再拴我，但是他总是骑着栗色大马整天监视着我。我心里尽管一直惦记着自己的父亲，也渴望回到它的身边，但是我知道自己跑不过栗色大马，躲不过像有生命似的套马索，只能乖乖地待着，默默地等待机会。

也不知道过了多少天，机会终于来了。

那几天，东周嘉措见我很听话，对我的看管也渐渐松懈了。一天中午，我趁他回去的一会儿工夫，偷偷地跑了。

一路上，我迎着风，想着父亲，在那条不知回想了多少遍的路上狂奔着。

终于再次跑上了那座山丘，可是小丘上没有一匹马，显得特别空旷。

我朝山丘下的草原上瞭望，看见了散落的马群，飞似的向它们跑去。到了马群里，找了一转，唯独不见我的父亲。它们看见我，走过来用头蹭蹭我跟我打招呼。

"父亲为什么没在？它去了哪里？"

我的心里又是焦急又是不安，想问问身边的同伴们，我的父亲到底去了什么地方。但是，我什么也问不出来，只能发出几声简单的嘶叫。

听到我的嘶鸣，它们也回应了几声，可是我从那些声音中得不到任何自己想要知道的消息。我的心中充满了莫名的悲伤。为什么我们的语言这么贫乏，而我却有一个会思想的灵魂？

我离开它们，在草原上四处寻找。太阳已经偏西了，我却一无所获。

我悲痛地走上山丘，回到和父亲第一次相遇的地方。那里也是我们分别的地方。山丘向遥远的两边伸展开去，圆滑的丘脊，不太明显的垭口，看起来就像一条巨大的会蠕动的毛毛虫。

"它到底去了哪里呢？是被主人卖了吗？还是被盗马贼偷去了？"想着这些问题，看见天空中一只雄鹰舒展着宽大的双翅越飞越远，我知道以后再也不可能和父亲见面了，内心弥漫着黑色的伤感的迷雾。

脚下细长的草茎在晚风中瑟瑟摇曳，我忍不住仰天长嘶了几声。夕阳在长嘶中沉到了地底。我在山丘上整整站了一夜。

天亮了。

云雀在草丛里起起落落地扑腾着，偶尔有野兔从身边惊慌失措地跑过，这些都没有激起我的一点兴趣。我的思绪被严寒冻住了，忘记了运转。

红彤彤的太阳从天边慢慢升起来。橘红的雾在草原上流动着，溢得满满的。

炊烟飘起来了，太阳变得刺眼灼人，雾也消散得干干净净。看着地上自己越缩越短的影子，再次感受到自己的渺小和无奈，内心深处只剩下无限的悲凉。

东周嘉措来了。这次他真的生气了，一到家里就给我拴上了绊马索，我挣扎过，反抗过，可最后还是被驯服了。

3

远处的节目还在继续，时而有人在唱山歌，时而有人在弹吉他，时而有人在舞蹈，各种各样的表演引得掌声一浪盖过一浪。

节目终于表演完了，那些参加比赛的马匹被陆续牵走。

这是赛马节的第一天。表演过文艺节目后，各种比赛开始进行第一轮的选拔赛。

我们每四匹马一组，在他们规定的距离内赛跑，终点站着几个裁判和一个记录员，用所用时间的长短来判定是直接进入决赛还是进入明天的淘汰赛，或者是直接被淘汰。

赛道两边没有多少观众，其他的地方正进行着举石头、摔跤、骑摩托、射箭等项目的选拔赛，人群分散开去，各看各的热闹。

今天的赛马快要接近尾声了，我和三个陌生的同伴各自驮着自己的主人站在起跑线上。说它们陌生，是因为我到这地方的时间短，对身边的一切都还没来得及熟悉。

起跑线的旁边站着个穿制服的人，他"叭"的一声扣响了手里的枪，立刻，我们沿着跑道向前疾冲。

撒开四蹄，我的血液又沸腾了。凉爽的风迎面吹来，滑过肌肤，身体骤然变得轻快，背上的旦洛好像在刹那间失去了重量，变得比一片羽毛还要轻盈。

我一路领先，把几个同伴远远地抛在了身后。

有个裁判员挥动了手中的旗子。我跑出终点几十步后长嘶一声人立而起，双蹄刚一落地，旦洛便从背上一跃而下，牵着我向裁判们跑去。这时，几个同伴先后从身边掠过。

旦洛向他们凑过去低声问了一句，记录员对他说了句什么，他一听，高兴地欢呼了声"拉甲洛"，走过来拍拍我的脑袋，摸了摸我的鼻梁，说："好样的！"看到他那兴奋得好像满脸的麻子都在一颗颗闪光似的脸，我忽然觉得他是那么丑陋，不禁对他生出一种厌恶之情。

我头一扬，躲开旦洛的抚摸，鼻子里重重地哼了一声。

旦洛没有看出我的不高兴，身子一跃，双腿一夹，稳稳地落在我的背上。他一拉缰绳，我迈步离开赛场向热闹的人群走去，听见他在背上吹起了欢快的口哨。

晚上，站在帐篷外，我看见七八个小伙子陆陆续续走进旦洛的帐篷，向他庆祝。从他们的谈话中，我隐隐听出我好像可以直接参加最后的决赛，争夺冠军也不是不可能的。

听到伙伴们的夸赞，旦洛劝酒的声音越来越大，我想他满脸的麻子又在放光了。

对我来说，能跑过那些在我的眼中显得羸弱的同伴们并没有什么值得兴奋的。在前年的赛马节上，我和小主人东周嘉措一起去参加，那里的草原一望无垠，白色的帐篷像天上的星星，骑着高头大马的小伙子们捎着自己心爱的姑娘，那里简直成了人和马的世界。

在那次赛马会上，有那么多高大健壮的骏马。我们一共赛了五天，虽然我夺得了最后的冠军，可是至今想起那些强悍的对手，心里还存有敬意，它们是那么优秀，我的胜利简直是一种侥幸。

我能跑得快，是因为我喜欢奔跑，喜欢奔跑中的自由自在。我觉得我是为奔跑而生的！

被驯服是痛苦的，因为被束缚的是我们的自由。

但是，我还是幸运的，驯服后的我依然有我的自由。小主人东周嘉措一直很喜欢我，从来不让我驮东西，我唯一要做的就是他要出远门的时候驮着他，陪着他。

当我明白东周嘉措对自己的宠爱，获得一定的自由后，我就在那广漠的草原上做自己一直渴望的事情——奔跑。踩着松软的草地，迎着清爽的风，高昂着头颅，抖动着浑身强健的肌腱，翻飞起雪白的四蹄，看云雀从脚下的草丛里惊飞，感觉是那么惬意，那么痛快。

在奔跑中，我的脑海里装的全是父亲的影子，我也努力地让自己更像它。慢慢地，我的筋骨更加强壮了，体魄更加健硕了，身材更加高大了，长长的鬃毛也飘飘洒洒地垂到了胸前，这时，我就觉得自己真的成了它。

看到我的变化，东周嘉措对我更加宠爱。有一次，我听见他自言自语似的对我说："'好汉需要刀箭来装饰，宝马需要好鞍来装饰'，

15

我要给你买套好鞍鞯。"

果然，没过多久，东周嘉措真的买回来一套鞍鞯。锃亮的马镫，崭新的皮革，柔软漂亮的垫子，马鞍上镶着黄、白两色的金属，镂刻着精致的花纹，还有一副漂亮的络头。

不过，这些东西只用过几次，赶集的时候，东周嘉措结婚迎亲的时候，还有就是前年的赛马会上。

旦洛的帐篷里有人唱起了山歌，我听到这悠扬而辽远的歌声，不禁深深地思念起自己的伴侣——一匹漂亮的红马，自己的孩子——一匹黑色的小马驹，还有自己的小主人东周嘉措。

望着一顶顶透着柔和的灯光，像白纸糊的灯笼似的帐篷，传到耳朵里的歌声渐渐多起来。歌声轻轻地飘散，越飞越高，一直升到星星点点的深邃的夜空里，凝在一起，继而幻化成我的小主人东周嘉措的歌声，一直落到我心灵的深处。

我不知道东周嘉措是从什么时候开始喜欢唱山歌的，他的歌声显得有些沧桑。我也不知道那么年轻那么快乐的他为什么会有一副那样沧桑的嗓音，但是，他的歌声还是悦耳的、动听的。

在那段日子里，有时是夕阳西下的时候，有时是新月初升的时候，只要东周嘉措对我轻轻地喊一声"震吉颇聂"，我就知道我们要出发了，心里特别高兴，就会不知不觉温顺地靠过去。

东周嘉措抓着我的鬃毛，轻轻地跃上我的脊背，我就驮着他蹚过那条清澈迂回的河流，翻过对面的山丘，向另一片宽广的草原走去。

最让我难忘的还是我们第一次去那里。

在夕阳中，我们漫步在草原上，慢慢地向前走着。这时，东周嘉措斜坐在我的背上，亮起歌喉唱起来。

这是我第一次听见东周嘉措唱得那么大声，唱得那么深情，那一刻，我看见夕阳更红了，草原更宽广了，雄鹰飞翔得更慢了，白云不动了，小草不摇了，我的脚步也更轻快了，头颅也在不知不觉中仰得更高。

远远地，看见有人在圈牦牛，更远处的帐篷像个小黑点，有狗吠声从那里隐隐传来。东周嘉措让我停下来，对着远处的人影唱起了山歌：

    雄鹰远飞越千山，
    双翅已累要休息。
    借你白崖停一停，
    崖下是否有猎人。

远处的人影听到歌声停下来，亮开清脆的歌声回了一首，原来是个姑娘：

    白崖无言静静立，
    心盼雄鹰日已久，
    崖下猎人早离去，
    可以放心落下来。

听到歌声东周嘉措显得很高兴，他在背上挪动了一下身体，"嘻嘻"一笑唱道：

    春来草绿百花开，
    五彩缤纷迷人眼，
    可是我只采一朵，
    花中属它最漂亮。

那姑娘回道：

花虽不美只一朵,

孤孤单单开一春,

只等蜜蜂来采蜜,

只等蝴蝶来做伴。

　　东周嘉措不唱了,小声地哼着调子,催我过去帮那姑娘圈牦牛。看着他俩含情脉脉、情意绵绵的样子,我知道他们是在恋爱。他们第一次对歌是在询问和回答,第二次当然就是表达他们的爱意了。

　　圈好牦牛回去,谢让磋(我听东周嘉措这样叫她的)家的帐篷里没有一个人。东周嘉措从背上跳下来,拍拍我的脑袋让我自己随便。我听谢让磋问他:"连马笼头都没有,不拴不会跑吗?"

　　东周嘉措得意地朝谢让磋眨了眨眼睛,说:"不会。别看它不会说话,可聪明了,它懂我的意思,就像我的兄弟一样。"

　　谢让磋笑着说:"噢,原来它是你这匹笨马驹的兄弟。"

　　东周嘉措把两只脱下来的长袖往腰间一绑,笑着问:"你说什么?"光着两只黝黑的膀子向谢让磋追过去。

　　谢让磋边跑边说:"我说你是笨马。"

　　两人笑着闹着,追赶着进了帐篷,就再也没有出来。

　　我对他们的嬉闹没有兴趣,无聊地一边啃食青草一边在帐篷四周溜达。

　　来到围马的栅栏边,我忽然发现马群里有一匹十分漂亮的雌红马,健美的体形,修长有力的四肢,还有那乌亮柔情的眼睛,使我一下深深地喜欢上了它。

　　我走到栅栏边,轻轻一跳就越过了高高的栅栏。我的举动让它们吃了一惊,引起了一阵小小的骚动。

　　我没有理它们,径直走到雌红马的面前,对它含情脉脉地轻嘶了一声,伸过头在它的嘴上、脸上碰了碰,在它的脖子上厮磨起来。雌红马没有拒绝,主动伸过头在我的脖子上、胸脯上厮磨,还不时在我的耳边轻轻地嘶叫着。

我的举动激怒了雌红马身边一匹高大的黑骏马，它愤怒地喷着粗重的鼻息向我靠过来。这时，我看见其他的雄马也一个个围了过来，看来我这外来汉的粗鲁和对它们最漂亮的"姑娘"的无礼触犯了它们的尊严。

见它们围过来，我暗自窃喜，心中升起了想要战斗的欲望。看着那匹黑色的雄马冒冒失失地最先冲过来，我突然转身扬起后蹄向它狠狠踢去，正中它的肚子。它哀叫一声滚过去撞在栅栏上，栅栏一阵摇晃，过了好一会儿它才慢慢爬起来，嘴里还哀嘶着。

其他的雄马们被吓住了，很不甘心地嘶叫了几声，但又不敢靠近，最后只好悻悻散去。

那一夜，我拥有了这匹漂亮的雌红马，它也好像很喜欢我，整夜都依偎在我的身旁。

第二天，天刚蒙蒙亮我就看见谢让磋起来挤牛奶，东周嘉措也跟着起来帮忙。他们见我待在马群里，一脸的诧异。谢让磋问东周嘉措说："这么高的栅栏它是怎么进去的？"

东周嘉措得意地说："当然是跳进去的！我给你说过它很厉害的。"他又用调笑的语气说："既然是我的兄弟，不和我一样厉害行吗？"

谢让磋的脸"刷"地一下红了，她似嗔还羞地啐了东周嘉措一口，提着奶桶向牛群走去。

东周嘉措帮谢让磋把牛马赶向草场。我在离帐篷不远的地方陪着雌红马，我们一边啃食青草一边耳鬓厮磨，亲密地交流着。

忽然，我听见东周嘉措在叫"震吉颇聂"，知道该回去了。

雌红马一直跟着我。东周嘉措在我背上和他的恋人道别后，我在他的催促中向雌红马嘶鸣了一声，它也回应着，我们都舍不得离开对方。

东周嘉措抚摸着我长长的鬃毛说："你也不赖嘛，这么快就找到相好的了？真不愧是我的好兄弟。"

他见我不愿离去，好像劝我似的说："好了，该走了，下次再带你来就是了。"说着在我肚子上轻轻踢了踢，我知道没办法再留下来，只好恋恋不舍地往回走。

我看见雌红马嘶叫了几声，被它的女主人挡了回去。那一刻，父亲的影子在我的心里闪了一下，转瞬间又消失。

从那天以后，小主人东周嘉措就隔三岔五带着我去幽会。每次当看见谢让磋在野外，他总是用这样或那样的歌声询问。如果谢让磋家没有人，我们就去她的帐篷；如果家里有人，她就在晚上骑着我心爱的雌红马出来，和东周嘉措在遥远僻静的地方幽会。偶尔也有看不见她的时候，无法从对歌中了解信息，东周嘉措就会带着对恋人的爱情去冒险——钻帐篷。

那样的日子是开心和幸福的。

后来，雌红马生了匹小马驹，黑亮的身体，雪白的四蹄，额头一簇火焰似的白色的印记。我知道那是我的孩子，是我血脉的延伸。

又过了段时间，东周嘉措把他的恋人谢让磋娶了回来，最让我高兴的是我的新女主人把我心爱的雌红马和小驹子当嫁妆带了来。

我们团聚了，幸福地生活在一起。

4

想着往事，不知不觉过了一夜。这是赛马节的第二天了。

早上，天空灰蒙蒙的，有些阴沉，远处佛塔似的雪山隐在了云雾里。

山上飘动着薄雾。

柳树和灌木的叶片上托着露水，盈盈欲滴。从河谷里吹来的风撩动着人们的衣襟，天气骤然变得有些寒冷，有人穿起了冬季的厚袍子。

等旦洛起床走出帐篷的时候，鸟儿早就不叫了。他昨夜喝得酩酊大醉，早上起来眼睛还是红红的，一头蓬乱的头发像被风吹乱的牛毛。

旦洛打了个长长的哈欠，摇了摇牛头似的脑袋走过来给我添加草料，尽管他的妻子昨晚加了好几次，我到现在还没吃完。

旦洛回帐篷把自己拾掇了一下，吃过不知算早餐还是午餐的饭，给我鞴上一副华丽的马鞍，一踩马镫跨上来，催打着我向草原深处的人群走去。

草原变样了，显得陌生了，昨天早上还像碧玉般的原野上是一条条纵横的黑色小径，脏兮兮的草茎上再难找到一朵盛开的清纯的鲜花了，它们被踩碎后裹着潮湿和寒冷睡在泥土里。寒风中，有许多食品袋或包装糖果的五彩的纸屑、塑料在飘飞、滚动，喝空后随手丢弃的酒瓶和易拉罐随处可见。

各种比赛正在进行，围观的人群在欢呼呐喊。也有对比赛没有兴趣的人，他们三三两两站着或坐着，男人们喝着酒，女人们吃着零食，他们悠闲地享受着生活的舒适。

我迈着优雅的步伐，高昂着头颅在人群中穿梭。不是我刻意要去表现，这是我这些年走路的习惯。

我的样子吸引了人们的眼光，特别是年轻的小伙子们。也许他们已经知道了我昨天比赛的成绩，眼神中流露着惊叹、歆羡和赞赏，当然还有妒忌和贪婪。

看到这样的眼神我害怕了。

如果你要问我最怕什么，我会肯定地对你说——人类的眼睛，只要是那双眼睛看上的或者是看不顺的都会有危险，要么被占有，要么被毁灭。

前年，在故乡的草原上举行了一场空前盛大的赛马会，我和小主人东周嘉措在那里出尽了风头，许许多多的人拦住我们的路，要从他的手中买下我，可是每次他都抚摸着我长长的鬃毛坚定而开玩笑似的对他们说:"请您不要生气,我是不会卖它的,因为它是我的好兄弟。"

草原上的牧民爱马这谁都知道,人们只好叹着气垂头丧气地离开。

赛马会回来没几天,有天夜里,天很黑,没有月亮也没有星星。牛栏里的牦牛睡得沉沉的,连反刍的声音都听不到,巡逻的藏獒也不知躲到了什么地方。

我倦了,正闭着眼睛休息。忽然,我感觉到背上一沉,一件什么东西落在背上。我不知道那是什么,蓦然惊醒,惊慌失措。没等我做出什么反应,只感到腹部两边一阵刺痛,有尖锐的东西刺进了皮肉里。

我大吃一惊,长嘶一声跳出栅栏向外面跑去,那只巡逻的藏獒在身后狂叫着追来,帐篷里响起了东周嘉措一家的喝骂。

这时,我已经知道了背上的是个盗马贼,想停下来或者往回跑,可是他拽着我的鬃毛,用双脚狠狠地踢我的腹部,尖锐的马刺一次次扎进肉里,我吃不住痛,在草原上没有方向地乱跑乱窜。

"砰"的一声,遥远的身后传来一声枪响,刹那间消失,连狗吠都变得隐约起来。

从盗马贼跳上我的背到现在只不过是一瞬间的事,我的心不由得往下沉。在这里有谁能追得上我?以前奔跑如风的栗色大马现在在我的眼中和一头病牛差不多。东周嘉措他们怎么追?在这无月无星的漆黑夜晚他们不知道我的去向。还有,等露水一降,晨风一吹,太阳一晒,这松软的草原上不会留下任何痕迹,他们到哪里去找?

我的内心焦急万分,使出浑身的解数想把背上的盗马贼掀下来,可是不管我怎么努力,他的双腿夹得紧紧的,手抓得牢牢的,就像是粘在了我的背上,或者跟我长成了一体,根本掀不下来。

"真是一匹好马啊!"背上的人终于开口了,声音低沉而粗重,自言自语地说。

在没有方向的胡奔乱窜中，盗马贼忽然拿出一副笼头就在背上给我套起来。我使劲挣扎，又一次想把他从背上掀下来，但是结果不尽我意，不但没有把他掀下来，马笼头却被套上了，嘴里一凉，马嚼子也硌在了嘴里。

我的心里万分沮丧，这样的事情是我做梦也没有想到的。忽然，嘴角一阵刺痛，盗马贼狠狠地拽了一下缰绳，一股咸咸的液体流进了我的嘴里，两边的嘴角立刻被马嚼子划破，原来这嚼子竟是三棱形的。

就这样，我只能按着盗马贼的路线走了。一路上，他不断用马刺踢打，手中的缰绳时不时拽动，忽紧忽慢地整整跑了一夜没有休息。

晨曦已现。草原上的一切渐渐清晰起来。

来到一条小溪边，他下马去饮水，这时我才看到他的样子。粗壮的身体，宽大的藏袍，一脸的戾气，特别是那双阴鸷的眼睛，使我立刻想到了天葬台上吃死尸的秃鹫。他走路的样子一摇一晃，十分有力，好像每一步下去都会在地上踩出脚印来似的。

跑了一夜，我已经浑身是汗，筋肉酸软，呼吸时喉咙里冒着丝丝凉气。我想要喝水，我的身体已经快着火了似的燥热。但是，跑累流汗的马是不能喝水的。盗马贼把我拴在溪水边的一棵红柳上。

盗马贼喝够了，回过头看了看我，掬来一捧水洗我嘴角的血。流了大半夜的血凝固了。他洗得有些粗暴，我的心里气愤难耐，把头撇开。他"哼"了一声，把手里的缰绳用力一拽，闷声闷气地、恶狠狠地骂了句："狼杀的！"

伤口又裂开了，钻心地疼，我吸了口凉气使劲忍着。盗马贼把我拉到有草的地方，放长缰绳，一手挽着，另一只手从胀鼓鼓的怀里掏出一大坨用油纸包着的熟牛肉，大口大口撕咬起来。他一边嚼一边打量着我，用含糊不清的声音自言自语说："真是一匹好马！"

看到他狼吞虎咽地啃着牛肉，我也慢慢地试着啃食脚下的青草，虽然马嚼子妨碍着我，虽然嘴角流着血，还很痛，但是我得恢复体力。

太阳已经升得很高了,盗马贼早就啃完了那坨牛肉,看我吃得差不多了,就收着缰绳走过来。我想躲开他,挣扎了一番,最终还是被他轻而易举地跨上了背。他真是个魔鬼!

这一整天,他就让我朝看不见帐篷、远离牛羊的地方行走。

傍晚,太阳一落天色就变得昏暗了。盗马贼在一条河边把我伤口上的血洗净,让我喝了个饱。然后,他走到一片粗矮的灌木丛边,从怀里掏出一根皮绳,一头系在马笼头嚼子旁的铁环上,另一头紧绑在一根粗大的灌木树根上,他自己挽着缰绳,拉了拉衣襟,就倒在那丛灌木下蒙头呼呼大睡起来。

我为自己遇上了这么可怕的人而深感惊恐,我既绷不断绳子又拖不了他,而且只要一用力他就会醒。我束手无策,一整夜只能啃啃草尖、嚼嚼灌木的嫩枝来驱赶心中的沮丧。

第二天,当太阳从天边缓缓升起,云雀在灌木丛、草丛里鸣叫的时候,像熊一样蜷缩的盗马贼醒了。他坐起来,阴冷地看了我一眼,伸了个懒腰,走过来检查我嘴角的伤口。

我头一侧,躲开他的手,不过,这次他再没有粗暴地拽动缰绳。

盗马贼收好绑在灌木上的绳子,把我牵到河边,他自己在上游喝了几口水,让我在下游慢慢地喝。等我喝足了水,他又逼着我出发了。

走了大半天,炽烈的阳光火辣辣地照着。远远地看见有顶帐篷上飘着青烟,这次他不躲了,径直朝那户人家走去。

帐篷前有两母女正在挤牛奶,看见盗马贼停下了手中的活。几只狂吠的藏獒拴在木桩上。年长的妇女问他打哪儿来,要去什么地方。他回答说自己家丢了几头牦牛,是来找牛的,还编出几头牦牛的特点,问她们有没有看见。她们当然没有见过。他顺便向女主人讨一顿饭。

帐篷里钻出个中年男人,皮肤被高原的阳光晒得发紫。他和盗马贼寒暄了几句，招呼他进了帐篷。

盗马贼从我背上跳下来，把我拴在粗大的拴马桩上。他冲那母女俩和善地微笑着，友好地点了点头，道了声谢，随男主人钻进帐篷。

我看了看正被挤奶的牦牛群，又看了看正在挤奶的母女俩，多么希望她们能发现这人是个盗马贼，自己是被他偷来的。

帐篷前拴着一匹灰马，身上鞴着鞍鞯，看来是这家的男主人要出远门，或者出门后刚回来。我想把自己的遭遇告诉同类的灰马，可是只能发出几声嘶鸣，灰马冷漠地没有一点儿反应，甚至没有朝我瞥上一眼。

过了一顿饭的时间，盗马贼被紫脸膛的男人送出帐篷。善良的他们什么也没有发觉，可怜我的希望就这样落空了。

我们在路上走了很多天，盗马贼一直用找牦牛的借口解决着一日两餐的饮食。这一路，走过辽远的原野，蹚过了几条弯曲的河流，翻过了许多绵延的小丘，现在，我早已不知道自己在哪里了。

到盗马贼家的时候是个傍晚。

不大的黑帐篷显得有些寒酸、破旧。帐篷边的牛栏里关着二十多头牦牛，两匹劣马徘徊在牛栏外。一只藏獒没精打采地趴着。

听到响动，一个三十来岁的妇女从帐篷里钻出来，一张憔悴的脸好像生下来就被浸泡在忧郁和悲伤的水池里，到现在还没有拧干似的。她怀里抱着个小男孩，身后紧跟着一个四五岁的小女孩。他们一看到盗马贼回来，眼神有些怯懦躲闪，从内心渗出但是不敢表露的恐惧深深地折磨着他们。最后走出来的是一位老人，有着一脸深深的皱纹和同样忧伤的眼睛。

他们什么话也没有说，默默地看着盗马贼把我牢牢地拴起来，然后小心地簇拥在他身后回到帐篷里去了。

我一直被拴到第二天中午，才看见盗马贼从帐篷里钻出来。

这几天，一直在荒郊野外过夜，第一次回到有人烟的地方，看到火光，我禁不住更加想念起自己的家来。这一整夜，我的伴侣——漂亮的雌红马，孩子——黑色的小马驹，小主人——东周嘉措，还有他的家人，都在我的脑海里不断闪现。现在，我的心被思念的痛苦和被侮辱的愤怒折磨着。

我开始甩开四蹄在原地乱踩乱踢，心里狂躁不安。

盗马贼冷冷地看了我一眼，满脸的轻蔑与不屑。我心中的怒火烧得更旺，恨不得将这个魔鬼狠狠地踩在我的脚下，将他深深地踹进泥土里。

正在这时，我看见昨天被那女人抱着的小男孩从帐篷里出来，摇摇晃晃地向我走过来。突然，小男孩滑了一跤，骨碌碌地滚到了我的脚边。盗马贼被这突如其来的事情吓得脸色发白。我正气愤难忍，乱蹄向小男孩的身上踏去。

一阵女人惊恐凄厉的尖叫声传来。我看见盗马贼的妻子被吓得面无人色，瘫倒在地。老人也在那瞬间出现在她身后。

听到叫声我低头看了看小男孩，见他丝毫不知道危险降临，正摇摇晃晃地爬起来，还对着我"嘻嘻"地笑着，一双清亮的眼睛那么干净，像是雨后的天空。

我的心里一震，这干净清亮的眼睛让我觉得很熟悉。对了，那是小主人东周嘉措的儿子的眼神啊。自从新女主人谢让磋嫁过来生了个儿子以后，东周嘉措显得更开心了，他常常抱着孩子，让他摸我的脸，摸我的鬃毛，等到他稍微会走路，还把他放在我的背上，用手扶着，让他骑着我玩。还有每次东周嘉措骑着我去近处圈牦牛的时候，也抱着他的儿子，那孩子的眼神我怎么会不熟悉呢？再看看眼前的孩子，看着那和东周嘉措的儿子一样的眼神，我怎么能踩死他呢？

我压住狂躁的心，后退了两步。盗马贼和他的妻子同时扑过来抢救他们的孩子。我身体一转，瞅准机会，尥起后蹄向盗马贼踢去。他躲了一下，我的一只蹄子踢空，另一只蹄子从他的髋上擦过，他远远地滚了过去。回过头，我看见盗马贼的妻子已经抱着孩子连滚带爬地逃走了。

盗马贼从地上爬起来，一瘸一拐地冲到妻子面前，恶狠狠地骂了句："女魔鬼！"一拳打在她的脸颊上。女人抱着儿子一起摔倒在地。等她狼狈地挣扎着爬起来，脸颊高肿，嘴角流血。她转过头悄悄把嘴里的血渍轻轻吐在地上，什么话也不敢说，抱着儿子躲到一边去了。

盗马贼气冲冲地从帐篷里拿出一根皮鞭，对着我的脊背就是生猛的几鞭子。

鞭打得不是很痛，但是我心中的愤怒却越积越深。我不断地尥蹶子，原地乱踢，前蹄腾空，嘶叫，一心想挣断缰绳再踢他几脚。缰绳没有挣断，嘴角的鲜血却在长流。

盗马贼好像知道我的感受，脸色变得更加阴沉，他瘸着腿去把皮鞭浸了水。这次，每抽一鞭子我身上就火辣辣地痛，像是被撕开了一条条长长的口子，一直痛到心里。我依然拼命地反抗着，挣扎着，只是这一切都没有什么用。

盗马贼的父亲看不下去了，说："丹巴尔，你住手吧。别以为它不会说话就什么也不懂，要不是它留情，你儿子的命还在吗？唵嘛呢叭咪吽，它也是一条生命啊！"

盗马贼丹巴尔更加用力地抽了几鞭子说："你个老头子知道什么，这样的畜生不好好驯驯，不给它一点厉害，以后那还了得。"

老人摇了摇头，叹了口气，眼里蓄着泪水，仰望虚空默默地对大慈大悲的观音菩萨祷告了一番，嘴里小声地念着六字真言进了帐篷。

渐渐地，我感到身体有些麻木了，徒劳的反抗也变得迟缓了。丹巴尔好像也打累了，他收起皮鞭，瞪着我说："你应该感谢我没有剥下你的皮！"说完一瘸一拐地进了帐篷。

老人从帐篷里钻出来，来到我的面前，说："唵嘛呢叭咪吽。真是作孽呀，这一鞭子一鞭子都抽出血来了。怎么嘴角也在流血？"

老人说完向草原上走去，过了一会儿抱着一大束长茎的上面缀满了黄色花朵的草回来。老人把草放在地上，摘了几朵花和几片叶子一起放在嘴里嚼起来。他走过来想抚摸我的伤口，我警惕地后退了几步。老人摆摆手示意我不要怕。看着他忧郁而和善的眼睛，我停住了后退的脚步。

老人轻轻地褪下我嘴里三棱形的马嚼子，把口里嚼碎的花叶汁喷在我的嘴角，顿时，一股清爽的感觉从伤口传来，还透着丝丝凉气，说不出的舒服。

我知道老人在为我疗伤，心里很感激，对他轻轻嘶鸣了一声。老人似乎懂了，拍了拍我的额头说："这是'热冬木'草，是用来止血镇痛的。放心吧，你很快就会好的。"

老人说完又去嚼花叶治我背上的鞭伤。我抬头看见丹巴尔不知什么时候站在帐篷门口，阴沉沉地盯着我们。

在老人的治疗和照顾下，我身上的鞭伤和嘴角的勒伤渐渐好了。丹巴尔瘸了好多天的腿也慢慢灵活了，可是，我们对彼此的仇恨却始终没有减退。

以后的日子里，他依然要骑着我去圈牦牛或者赶集，因为他不可思议的骑术，我总是拿他没有办法。但是，他也得时时提防着我，只要他稍一大意，我就尥蹄向他狠踢，有好几次差那么一点我就得手了。

丹巴尔想不到我的性子会这么犟，时时刻刻的提防让他显得疲惫不堪。他怕我逃跑，放牧的时候用长长的绳子控制着我，我不能逐水草而食，变得瘦弱了，皮毛也失去了原来的光泽。

相互仇恨和提防的日子终于让他忍受不了了，有一天，他把我骑到集市上，和小眼睛、麻脸的旦洛一番激烈的讨价还价，最终把我卖给了旦洛。

来到旦洛的牧场，我为摆脱了盗马贼丹巴尔这个魔鬼而高兴了好久。

在这陌生的地方，旦洛每天把我放在水草丰美的牧场，看着我的皮毛慢慢恢复，变得越来越油亮，他忍不住感叹说："啊啧啧，多好的一匹马啊，如果把它卖出去会值多少钱呢？"

有时候我看见旦洛的脸上会闪过一丝忧虑，自言自语地说："这么漂亮的一匹马难道不会有盗马贼来偷？看来养你也不是长远的打算啊。"

听了这些话，我的心就开始往下沉。我不知道旦洛会怎么对我，不禁深深地思念起自己的小主人东周嘉措来。我迫切地想要回到他的身边。

5

"啊啧啧，多漂亮的马呀！"这是我今天听到的最多的赞美了，可是这些赞美让我感到很不安。

果然，已经有人在试探了。旦洛委婉地拒绝着，可是语气不太坚定。

这一夜，旦洛似乎有了心事，喝酒的时候也没听见他唱山歌了。

第二天早晨，天气显得特别阴沉。这是赛马节的第三天，也是最后一天了。

山上的雾又厚又浓，一直压到山脚，流到河谷，拖到草地上来。人们的衣襟拉得更高了，围起了五颜六色的围巾。

远处晶亮的雪山早就深深地隐在了浓雾中。

过了一会儿，天空飘起了蒙蒙小雨，雨丝很细很轻，几乎连蜜蜂的翅膀都难以淋湿。慢慢地，雨大了一些，草看起来又绿了，它们一定是洗落了身上的尘土和脚印，挺直了被踩折的腰肢，变得清爽了。

不知什么时候，草地上出现了花花绿绿的雨伞和雨衣，像开放的漂亮而硕大的花朵在风雨中飘动，给草原增添了一些生气。

雨下得随心所欲，没有规律，落一阵停一阵地折腾着。没有人去躲雨，各种比赛仍旧在继续，到处响着人群的欢呼声和喝彩声。

终于轮到我上场了。西斜的太阳在变薄的云层后忽隐忽现，灿烂的阳光把稀疏的细如牛毛的根根雨丝照得辉煌闪亮。这时，所有的比赛都结束了，只剩下赛马组的最后一场——决赛。

来到跑道的起点，见两边长长的人墙一直延伸到跑道的尽头，那些深色的袍子、彩色的围巾和妇女们漂亮的"绑垫"连同各种颜色、大小不一的雨伞雨衣一起组成了两道美丽的花边，还有人在急急忙忙地朝这里赶。看来所有的观众都聚集到了这里。

走在绿茵茵的草地上，脚下湿湿的，还有些滑。我挪动四蹄熟悉场地。忽然，从旁边的人群里挤出一个人来，他拉着旦洛的袖子，压住四周"嗡嗡"的喧嚣高声说："不要忘了。我们不是已经谈好价钱了吗？"

旦洛点了点头，脸上散发着兴奋的光芒。我突然明白了，看着这牵着缰绳的丑陋的人，看着他闪烁着贪婪的光芒的眼睛，那吃山不饱，喝海不足，一头扎在钱眼里的魔鬼不正是他吗？

没等我多想，旦洛已经跨了上来。那人又大声强调说："我们说好了的！"

"呼"的一声枪响，身边的同伴冲了出去。一刹那，熟悉的想要奔跑的欲望立刻燃烧了我的血液，我本能地向前窜出，只几步就超过了他们。

两边的人墙激动地尖叫着、呼喊着，声音就像滚动的惊雷。看着兴奋不已的、不停往后闪退的人群，我的心却忽然莫名地悲伤起来。那一双双让我内心震颤的眼睛哪！

我机械地向前跑着，内心的思绪如潮水涌动，一连串我从来没有想过的问题像回巢的蜜蜂一样在我的脑海里闪现、回旋、嗡鸣：

"我是谁？我不知道！我只知道我有一个渴望自由的灵魂，现在它却被禁锢在一匹在别人眼中健壮、轻盈的骏马的躯壳里。我的躯壳以前还有一个名字，叫'震吉颇聂'，现在却连名字也失去了，我到底是谁？

"我从哪里来？我也不知道，我以为找到父亲就找到了自己，可是我还没有找到自己，父亲就失踪了。我以为在主人的牧场，在家人的身边我就知道我是谁，可是他们也失去了。我到底从哪里来？是该问这看得见的躯体，还是那看不见的渴望自由的灵魂？

"我要到哪里去？这我更不知道！我的躯体出生在一个陌生而美丽的草原，我把那里当成了自己的家，可是，我被盗马贼丹巴尔偷了，卖到了这里，现在又要被麻脸的旦洛出售。我到底又要去哪里？在人类欲望的驱使下，我又要遭遇什么样的经历？"

我的心被痛苦和悲凉的大手紧紧地攥住。

我一路领先，离终点已经不远了。

我听到背上的旦洛在得意地狂叫。

这时，我看见一缕阳光斜斜地穿过稀薄的云层，辉煌地洒在草原上，给上面的一切镀上了一层温暖的金色，细丝似的雨点在空中划出了一条条银线。那一刻，我在心里对自己说："为什么不舍弃这笨拙的躯体呢？上天虽然没有赋予我任何用于反抗的武器，但是给了我天生的傲气，一身的傲骨！"

想到这，我突然刹住了两只前蹄。顿时，我感到脚下一滑，整个世界在我的眼中翻了几转，随后消失，变得一片漆黑。

等到眼前重现光明，我发现自己轻盈地飘浮在空中，像一缕风，像一团气，像一束光。

我俯下身，看见我熟悉的那匹额头有火焰、四蹄雪白、鬃毛飘洒的健硕的黑骏马的躯体倒在终点，一动也不动。比赛中的同伴挟着一阵风从它身边先后跑过。人群惊叹着围过来。

旦洛被人扶起来。他一瘸一拐地冲过来，拨开围得密密层层的人群，大声喊道："让开！让开！让我看看。"

刚才想买马的人也在人群中，他在我的躯体上抚摸了一阵，对挤进来的旦洛说："真可惜，它死了，颈椎骨断成了好几截。"

旦洛听了气急败坏，冲过去在我留在世间的健壮而又笨拙的躯体上踢打着、诅咒着，不顾旁人的劝解。

"'震吉颇聂'！我的'震吉颇聂'！"忽然，一个熟悉的声音从下面的人群里传来，我看见那是我的小主人东周嘉措。他已经是个健壮的男子汉了。他冲过来一拳把旦洛打翻在地，伏在我的躯体上痛哭。"我来迟了，我可怜的兄弟，你知道这几年我一直在找你吗？你为什么不等着我！"

东周嘉措的痛哭引起了人们的恻隐之心，牧民们对爱马的人总有好感。旦洛挣扎着站起来，朝东周嘉措冲了几步又停下来，他默哀似的垂下了脑袋。

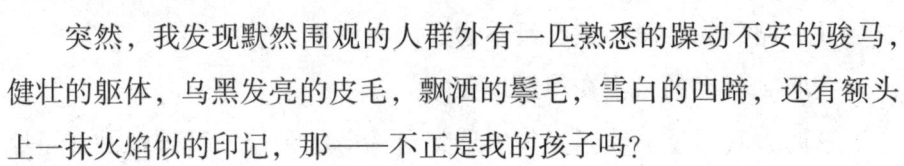

突然，我发现默然围观的人群外有一匹熟悉的躁动不安的骏马，健壮的躯体，乌黑发亮的皮毛，飘洒的鬃毛，雪白的四蹄，还有额头上一抹火焰似的印记，那——不正是我的孩子吗？

世间还有我的影子存在着？这该让我感到欣慰还是应该感到悲伤？

不过，我不会再有什么留念了。我让自己轻盈的灵魂飘动起来，乘着风，沐着雨，披着金色的阳光，穿过灰白的云层，一直向温暖的光明飞去。

我本自由！

（原载于《草地》）

炊 烟

黑牦牛 摄

夕阳下

傍晚，殷红的落日漂浮在草原尽头曲线柔和的小丘上。薄薄的碎云层层叠叠地铺展开去，在温暖的夕阳中轰轰烈烈地燃烧着。草原呈现出醉人的辉煌。

刚刚放牧归来的桑吉感到高兴极了，尽管他是村里最后一个得到这个消息的人，但这属于自己的好消息让他兴奋不已。他在忐忑的心情中等了那么多天，现在终于来了。他欢呼了一声，跃上马背，两腿一夹，打了个长长的呼哨跑出村落，径直向草原的深处驰去。因为他觉得现在的喜悦，只有像蓝天一样宽广的草原才能承载。

风惬意地吹动着，在桑吉的长啸声中不断有云雀从马蹄下惊飞，起伏疾飞几圈又落下来，没在草丛中。

一路狂奔，一路尽情地呼啸呐喊，桑吉感到尽兴了。他调转马头，唱着山歌信马由缰地往回走。不远处，河水像条锦带在草原上迂回流淌着。

桑吉想该给马饮水了，牵动缰绳打马慢慢向河边走去。到了河滩的草甸上，他忽然看见金光粼粼的河边蹲着一个人影，正在不慌不忙地舀水。河水成了溶化的黄金，在瓢起瓢落中被"哗哗"地倒进木桶里。

"是贡秋措。"桑吉不禁在心里一声轻呼。虽然人影背着夕阳，看不清面庞，但他还是一下就认出来了。他跳下马背，踩着柔软的草坪伫立在河边，凝视着娇小的人影，一丝甜蜜、一丝惆怅悄悄袭上心头。想到刚才的消息，桑吉的心里被什么东西给蜇了一下。他微微叹了口气，牵着马向河边走去。

"嗒嗒，嗒嗒。"马蹄落在光滑的卵石上，发出一串清脆而富有节奏的声响。

听到马蹄声，贡秋措猛然转过脸来。她的脸上挂着两行泪水，泪珠里映着血红的夕阳，就在两滴泪水裹着夕阳从她的下颏滑落的时候，桑吉的心被眼前的画面紧紧攫住了，不知不觉发出了一声惊叹。

"桑吉——"贡秋措站起身，把水瓢"啪"的一声扔进木桶里，扑过来一把搂住桑吉的腰，将脸贴在他还不够强壮结实的胸膛上低声痛哭起来。

桑吉听到她的哭声，心里咯噔一下，眼泪毫无征兆地冲出眼眶。

"贡洛（贡秋措的昵称），我……"桑吉把贡秋措紧紧地搂在怀里，哽咽着说不出话来。

"我想你可能会到河边来的。菩萨保佑，你真的来了。录取通知书……你看了？"贡秋措啜泣着说。

"是——"桑吉应了一声，声音一下哽在喉咙里。

"难道……难道就这样结束了？"听贡秋措在自己的怀里哭得这样悲伤，桑吉的心揪得紧紧的，禁不住在心里问自己。

谁都知道这纸通知书代表着什么。要不了十天半月，他将背着行李，怀揣着这张纸片走向遥远的省府，在一个完全陌生的地方开始新的学习生活。几年后，当他从那里出来，人生的道路也就完全改变了，几乎再也没有跟她的人生道路相重叠的可能。到那时，吹在他们身上的风是不相同的，晒在他们肩上的阳光也是不一样的。

"要不是因为她是家里唯一的孩子而辍学，她肯定也会和自己一起考上大学的。这两年来，虽然她在家里放牧，我在学校读书，但是这丝毫不能阻止我们相爱。况且我自己也从来都没有想过会考上什么学校，那样的目标和理想对我们这样的家庭是遥不可及的，所以，打算毕业回来后就和她结婚。可是，想不到录取通知书居然来了，这虽然是个不小的惊喜，可是——"

桑吉的思维一刻也没有停歇，想必贡秋措也是这样吧。两人静静地拥抱在一起，都不知道该说什么。舒缓的河面几乎听不到什么声响，桑吉的耳畔只有贡秋措小声的啜泣声。

马挣脱桑吉手里的缰绳，喝足了水，拖着缰绳回岸上一边溜达一边啃食青草。

贡秋措好不容易收住眼泪，可是她舍不得离开桑吉温暖的胸膛。她已经死心了，心想现在能多靠他一刻也是幸福的，于是依然那样紧紧地依偎着他。

"桑吉。"贡秋措开口了，抽噎着说。

"嗯——"

"你高兴吗？"

"刚才是，可是现在我的心很痛。"桑吉紧了紧他的拥抱，说。

贡秋措抬起头望着桑吉，见他年轻的隐隐还带有一丝稚气的脸上满是伤感，浓眉紧蹙，双眼里还浮着清亮的泪水，问："那是所好学校吗？"

"他们都这么说。"桑吉的胸前湿了一大片，晚风拂来，稍微有些凉意。

"我真为你高兴。"贡秋措说完，紧紧地抿着双唇，深情地望着他，泪水给她的眼睛蒙了一层薄雾。桑吉真想低头吻干她眼角残留的泪水，但是他没有。到现在他还没有真正吻过她呢。

桑吉悠悠地吐了一口长气，抬手擦干她的眼泪，认真地说："我不去了。"

"你说什么？"贡秋措愣住了。

"我说我不想去学校读书了。"桑吉平静地说。

贡秋措抓住他的手，说："为了我？"

桑吉点点头。

贡秋措又哭了，她被桑吉的真情感动，其实她也想两人永远厮守在一起。可是，她知道自己的心肠不能软下来，于是带着责备的语气说："为了我？你这样做对得起谁？你的家人供你上学容易吗？你是我们这里第一个考出去的人，难道就这样放弃了？眼看着你就有机会改变自己的未来，再不需要在这贫穷的草原上生活了，你不知道这是多少人的梦想，又有多少人在羡慕着你。我们读书考学校不就是为了能过上更好的日子吗？你这样做会后悔的。"

"我喜欢你，我离不开你。为了你我做什么都不会后悔！"

"不行，我要嫁给别人了。"

桑吉的脸唰地白了，简直不敢相信自己的耳朵。他痛苦地一把推开贡秋措，沉痛地问："你要嫁给别人了？"

"今天你放牧去了，通知书来的时候你不在家，这时候顿珠又来提亲了。他一直都喜欢我，这你也知道。他经常对我说我跟你不是一路人，是走不到一起的，我跟他才是一路人。是啊，他说得没错。今天我答应他了。"

"难道你对我的感情都是假的？"

"不！我当然爱着你。就是因为爱你，我才不能嫁给你。"

"为什么？"

"我知道你的成绩一直很好，只是我跟你一样，从来没有想过像我们这样没有任何背景的人会考上什么学校，心里盼望着等你毕业后就在一起生活。现在，你考上了，我很高兴，但是我不能拖累你，你应该去读书，你应该去更好的地方工作，你应该找个更好的姑娘做你的妻子。"

"你难道不知道我最大的幸福就是和你在一起吗？你难道不知道我这辈子只爱你一个人吗？噢——你当然知道，所以你想成全我。刚才一看到你哭就猜到你会这样做的，只是没有想到会这样快。我不想去学校了，我只要你。"

"我求求你不要这样好不好？我们已经不是小孩子了。"贡秋措拉着桑吉的手哭着央求道。

37

"不能和你在一起，我的生活就没有任何意义了；没有了你，我的生命只会剩下一副躯壳。我还读什么书？过什么好日子？"

"我只希望你过得更好。"贡秋措泣不成声地说。

桑吉一把抱住贡秋措，哽咽着坚定地说："我是不会让你嫁给别人的！"贡秋措再也想不出什么用来劝解的话，只能倒在他的怀里低声啜泣着。

夕阳落山了，满天的云霞开始慢慢褪色，铅色的云层里透出黯然的暮色。

桑吉突然轻声一笑，他捧起贡秋措的脸，说："傻瓜，还哭什么呢？我毕业后想办法回这儿工作，我们一起生活不好吗？"

"我说了这么多，你还要回来？"

"我当然要回来，这里的草原和河水养育了我。既然我是从这里走出去的第一个人，我又怎么能撇下不回头呢？更何况，这里还有我心爱的姑娘在等着我呢，不是吗？"桑吉轻松地说。

贡秋措觉得心里很矛盾，她既希望桑吉能离开这里去更好的地方生活，又舍不得心爱的人离开自己。"你真的要回来？"

"我为什么不回来？谁说读书考上学校后一定要走出故乡去更繁华的地方生活？纸醉金迷、灯红酒绿的生活不一定就是幸福，平凡真实的生活也未必就是受苦。再说了，每个人对幸福的追求都是不一样的，我的事业和爱情都在这片美丽的草原上，我能不回来守候我的幸福吗？"

"那你是答应去学校了？"贡秋措欣然地问。

"是的。但是首先你要答应我不会嫁给那个该死的顿珠或者其他什么人。三年的时间很快就会过去的，等毕业回来我俩就可以永远在一起了。"

桑吉的话深深地打动了贡秋措，她轻轻地点了点头，靠进他的怀里。两人幸福地拥抱在一起，他们坚贞的爱情在夕阳的洗礼下再一次得到了升华。

夕阳下

"向菩萨保证。"桑吉调皮地笑着说。

"我向菩萨保证。"贡秋措满怀快乐地说。

"那你是答应嫁给我了?"

贡秋措的脸倏地一下红了,转身想挣脱桑吉的手。

桑吉一把拉过她,将她紧紧地抱在怀里,嘴唇却猛地粘上了她温润的双唇。一瞬间,他感觉自己在她的双唇间溶化了,整个世界也跟随自己乘着柔和的晚风轻轻地朝上飘升。

桑吉似乎看见慈悲的菩萨坐在云端,对他露出洞悉一切的微笑。

(原载于《草地》)

夕阳下的林坡寺   黑牯牛 摄

远去的摩托声

晌午的阳光炽烈地照着，不只疏懒迂回缓缓流淌的河水、顺着河谷延伸的稠密的红柳灌丛、田野里深深浅浅相互交错补缀的庄稼泛着光泽，就连覆盖着细碎尘土的转经路也在晃人眼睛。

我走在曲折幽深的小巷里，阳光下的阴影像凝重的夜色，淡化了我穿梭的身影，看起来像在阳光和阴影间穿梭的幽灵。

我抖动气息长长地吹了声口哨，好像放牧的某一天迎着烈日坐在舒缓的草坡上，希望哨声能唤来一阵清澈凉爽的风。可是，口哨只响了一半就停了下来，我听到旁边僧舍里有个稚嫩清脆的声音在高声学诵经文，忽然想起这是在寺院，自己应该庄重一些。

我乜斜着眼抬头远望，透过重重的僧舍看见大殿的金顶在蓝色的天宇下熠熠生辉，寺院倚着的大山和森林一片宁静，空气中流淌着溽热的绿色的馨香，偶尔还夹杂着野花的芳香。随着香味，我的脑海中浮现出纷繁怒放的花海、五彩蹁跹的蝴蝶和振翅忙碌满身花粉的蜜蜂。

在偌大的寺院僧舍间左弯右拐，一路打听，我终于找到了这座漆着红门的僧舍。我用镶在门上的椒图嘴里硕大的铜环叩了叩门，清越的声音在静谧的晌午显得格外清晰。

铜环的余音还没有从空气中消失，僧舍里迎出一个年轻的僧人，一袭深红色的僧衣，新剃的头，炯炯的眼神就像此时头顶的苍穹般深邃，鼻梁笔挺，两片稍厚的嘴唇充满了不羁的野性，裸露的臂膀被高原的阳光晒得黝黑。

"请问画师夕让在家里吗?"我谦逊地问。

"我就是夕让。你不要称我画师,我只是会胡乱涂几笔而已。你找我有事吗?"

他就是本地鼎鼎有名的画师夕让?我感到很意外,在来之前只听说夕让是寺院里最有名的画师,没问他的年龄,还以为是个慈眉善目的老人,想不到却是站在楼上的这个年轻人。

夕让对我这陌生人的来访一点也不感到意外,他热情地邀我上楼。

我从背包里捧出两瓶百事可乐、两包糖和一条印有"吉祥八宝"图案的白色哈达恭恭敬敬地献上,说明来意。夕让没有接东西,只是请我到里面喝茶。我随着夕让进屋,把东西放在画有精美花纹的橱柜上,盘腿坐在客位的白色毡垫上。屋里干干净净的,飘着一缕淡淡的藏香味。地板擦得发亮,一条条木纹清晰地显露着。夕让给我斟了一碗浓郁的酥油茶,随意坐在地上,问:"你叫什么名字?今年多大了?"

我说了。

"二十岁?生肖是龙,五行占火,两仪属阳,跟我同岁。"夕让显得有些惊讶地说。

听了夕让的话,我又一次感到意外,想不到世上竟然有这样巧合的事。我俩相互打量了一下,一样的身材,一样的年龄,嘴唇上也都生着淡淡的髭须,就像两只正在破茧的蝴蝶,正从稚嫩慢慢向成熟蜕变。两人除了一僧一俗装束不同,没有什么大的区别。

两人的心里自然而然地有了一丝亲近,也对对方产生了兴趣。

"你为啥想到寺院来学画?"夕让问。

"为了一个曾经的梦想。"我说,接着讲了自己想学画的原因。

那时农村的孩子读书都很迟,我上学的时候都快十岁了。自从到学校读书,我画画的天赋很快就显现出来了,学校发的作业本基本被

远去的摩托声

拿来临摹课本上的图画，有次抄生字我实在找不到有空白的本子，就把生字抄在摹过图画的页面上，因此手心挨了语文老师的一顿条子，屁股挨了阿爸的一顿巴掌。可是这些小事难不倒我，接下来我暗中帮班上几个成绩差的男生做作业，酬劳就是十几根柔韧的细钢丝。我把钢丝做成套索下到寨子后面地埂的一溜溜灌木丛里套野鸡，从那以后，我不仅没有缺过本子，还买了一盒让全班同学都羡慕地睡不着觉的彩色笔。

也许是我进校时的年龄大，学习也不吃力，我从二年级到四年级，又从四年级到六年级，连跳了两级，可是成绩从来没有落下。

回忆往事，在我整个小学阶段，最幸福的是有一次我经常帮忙的一个男生送了我两本小人书。我高兴坏了，那可是比天上掉馅饼还要美的事情。那两本小人书不知道被我临摹了多少次，后来书页变得像一片片破布也舍不得扔掉，时不时地拿出来翻看。我永远不会忘记这两本书的名字——《格林童话》中的《勇敢的小裁缝》和《西游记》中的《三打白骨精》。

由于家境不是很宽裕，自己又是家里的老大，我求学的道路就在辍学的边缘摇摆。为了尽快走出校园，走进社会，我进了师范学校。不过，促使我来这里学画的还是毕业时候的那件事：两年前，学校的美术老师见我绘画功底好，就向校长推荐，当时，学校只有两名美术老师，严重缺编，因此，学校决定等我毕业后保送我去省美术学院进修三年，回来后留校。可是，世事难料，就在毕业之际，校长因病去世，保送的名额被人调换，憧憬了两年的梦也就此破灭。

当我得知这个消息的时候已经太迟了。我很受打击，觉得气愤，也感到无奈，这就是我即将走向社会所上的最沉重的一课。这件事虽然不可挽回，但是却激发了自己不服输的傲气，我觉得有一股遏制不住的力量在心里不停地翻腾。

尽管这样，我在学校还是没来得及证明什么就已经毕业回家了。

就这样，与梦想失之交臂的遗憾成了我最大的心病，可是我依然想证明自己的能力，证明自己不输于任何人，能从最低的地方爬起来。分配工作的时候，我主动向县教育局申请要求到这个离自己的老家将近200公里路程，因为落后偏远而没有公路、电力超弱、不通信号的地方工作。当然，来这里还有一个原因：全县最大的寺院就坐落在这里，我想在这里一定可以找位师傅学习唐卡画，弥补一下自己曾经残缺的梦。

听完我的讲述，夕让沉默了一会儿，他慢慢地呷了口茶，起身进卧室抱了一卷东西出来，说："你先看看吧。画好的唐卡都被人买走了，只剩下一些画在纸上的草稿和样本。"我高兴地接过来。

当我一件件打开那些卷着的画纸时呆住了，虽然这些画没有色彩，只是由单调的线条组成的白描，但是那些迂回跌宕的曲线勾勒而成的图案美轮美奂，有祈福吉祥的八瑞祥、七政宝、五妙欲等各类吉祥图案，有宝相庄严或者愤怒威严的各类神佛，还有腾龙飞凤、祥云嫣花、山川河泽、花边图腾等，应有尽有，让人眼花缭乱。我想，如果这些画都上了颜色，那将会是怎样的绚丽夺目，动人心魄。

我由衷地赞叹着，将这些画翻来覆去地看了又看，爱不释手。

在我看画的时候，夕让给我重新倒了茶，溶了酥油，放上一大撮糌粑，摆好手抓肉请我就餐。已经是午饭的时间了，我俩边吃边聊，至于拜师的事夕让答应以后"互相学习"。

也许是糌粑放多了，也许是看过画后兴奋地没有了食欲，我碗里的糌粑竟剩了一半，说什么也吃不下去。后来夕让说，我俩的缘分就是从那坨吃剩的糌粑开始的，因为没有吃完，所以我一定还会再来。

求学的日子是艰苦的，无论是在盛夏的烈日下，还是在冬日的严寒中，我每到周末要么借熟人的自行车，要么走路去六公里远处的寺院学习绘画唐卡的理论知识，回来后把所有工作之余的时间都用上，废寝忘食地埋头苦练。

经过一年的努力，我终于可以在画布上作画了。这是一个不小的进步，虽然每完成一件作品都要付出巨大的精力，但是每一次都能得到师傅夕让的称赞，他也觉得很欣慰。

一起的时间久了，我和夕让的关系慢慢有了一些变化。我心里对夕让的敬畏和夕让对我的严厉在不知不觉中消失了，取而代之的是朋友间的亲密。终于有一个晚上，夕让叫我不要再睡在客房里了，搬来被褥打地铺跟他同室睡，那晚，我们天南海北地闲聊到天亮。

从那以后，我去寺院已经不只是去学画，更主要的是想和夕让一起坐一坐、聊一聊。我俩常常坐在他卧室窗前的小榻上，品着茶，看窗外参天松柏上的黑鸦起落，看转经路上的善男信女，听寺庙里的晨钟暮鼓，闲聊畅谈。每当这时候，我感到心灵沉浸在无边无际的祥和宁静中，似乎时间也停止了流动。

在交往中我发现夕让的爱好很广泛，他喜欢骑摩托车，技术高超，修车的技术也不赖；喜欢听亚东、腾格尔的歌曲，有时也会小声地哼唱；喜欢看李连杰、成龙的电影，为他们的功夫着迷，有时候他到学校来看我，我就想办法去借一些功夫片，一起欣赏；他还有一台袖珍收音机，每天都要听听新闻，关心一下国内国外发生的大事，当我俩在一起的时候，他就发表一下自己的看法，也问我的观点。

现在我俩已经很少谈论绘画方面的事情了，两人最喜欢的就是辩论。我很佩服夕让的知识，每次辩论中我不管是雄辩、诡辩还是狡辩，都甘拜下风。我自诩看过的书还不算少，涉猎的知识面也算广，可是在夕让面前却感到自己的知识苍白而可怜。

在辩论中夕让出口成章，观点新颖，常常让我感到耳目一新，心里豁然开朗。慢慢地辩论次数多了，我也从夕让身上学会了一些技巧，如怎样不动声色地暗设圈套，引入歧途；怎样避重就轻，四两拨千斤；怎样泰山压顶，杀鸡用牛刀，让人无法反驳等。这时，我才发现，原来辩论的技巧和知识同样重要。

就跟其他的年轻人没什么两样，我和夕让经常开玩笑，我有时候还故意跟夕让讨论关于爱情的话题。夕让性格坦率，思想开放，喜欢接触新的东西，从不因为是出家人就避讳谈论世俗的事。

那次，夕让骑摩托车捎我上寺院，一路飙车，到了他的僧舍，我就数着他的爱好开玩笑说他不像个出家人。夕让笑了，说："我们出家人也是正常人，为什么就不能喜欢这些呢？关心新闻是因为我们生活在这个世界上，不能两耳不闻窗外事，普度众生就得了解众生；克制情欲是为了修行，而不是因为我们脑袋有问题不懂。至于摩托车嘛，你不是也爱疯骑吗？再说前人靠马代步，僧人也不例外，现在经济发展了，人们都以车代步，我们为什么就不能呢？马和车不都是交通工具吗？听歌、唱歌、看录像的事情你就不能太苛刻我了，第一我没有沉浸在里面影响我的修行，第二我还年轻。你可别忘了我们两个同岁。"

我会心一笑，没有辩论也没有反驳。夕让用诧异的眼神看着我，表情很夸张。他见我还是没有反应，就故意从窗户向西边张望。我懂得他的意思，说："不用看了，太阳没有从西边出来。"夕让听了哈哈大笑。

夕让虽然谦虚，但有时候也很自负，我被他嘲笑已经不只一两次了。那次，夕让看见我刚写好贴在寝室里的藏文书法，就揶揄地说："这就是曾经在学校里年年拿一等奖的好字吗？"

我除了满脸通红，只有哑然无语。是啊，了解了夕让在书法上的造诣，我还能说什么呢？不管看他写藏文大楷、小楷、行书、草书还是梵文，都是一种享受，那些字有的敦实凝重，有的飘逸洒脱，我是万万比不上的。

有一天，我忍不住问夕让："你年纪轻轻的为啥知道这么多呢？"

夕让笑了，说："出家吧，做了和尚你就有很多的时间学习了，除了有佛事的时候在大殿诵经，其余的时间都是你的，想怎么打发就怎么打发。"

听完夕让的话，我的心竟怦然动了一下，可是转念又笑了，说："我的尘心太重，六根不净，出家可能要不了十天就会被乱棒打出寺院。还是省省吧，不给你们清净的寺院添乱了。为了我那漂亮的女朋友，我就留在尘世慢慢熬吧。"夕让指着我哈哈一笑，眼里闪过一丝不易觉察的怪异的神情，我想他也许真的希望自己出家。

夕让的生活很有规律，也很刻苦，不管他睡得再晚，可是第二天天边刚开始泛白他就准时醒来，盘腿坐在榻上开始一天的功课——先诵一段经文，然后朗读、背诵哲学或者其他的什么。这让我很汗颜，自从毕业后，我睡懒觉的时间越来越长了。

在夕让身上，有很多东西我都想学。可是在我身上，夕让唯一感兴趣的就是学习汉语，这好像也是我在他面前唯一能拿得出手的东西。

我从拼音开始教，夕让学得很认真。

到今年夏天，算起来我和夕让相识已经整整两年了，两人已经成了无话不谈的知己。大多时候是我去寺院，要是星期天学校有事走不开，夕让就会骑着摩托车到学校找我。

我们也常去夕让的老家，有时候假期我还会在那里待一段时间。夕让是他们家里唯一的儿子，他有个姐姐招了女婿是当家的，有个妹妹已经嫁人了。他的父母很喜欢我，经常给我拿糌粑、酥油、奶渣、牛肉什么的，简直把我当成了他们的孩子。

我以为在我没有离开这个地方之前，我俩会以这样的方式一直交往下去。可是，那天夜里发生的事情却超出了我的意料。

那夜天气很好，夜空中朗月如镜，群星闪烁。我备完课就在寝室里看小说。快十一点了，觉得有些困，正准备睡觉，忽然听到有人在敲门，我想谁会在这个时候来串门呢？打了个哈欠从里屋走出去。

打开门，我愣住了。虽然这里是高原，虽然现在是晚上，但是在这个季节穿这身是不是太厚了？只见夕让穿着冬天的僧服，戴着摩托车的头盔，裹得严严的，我还是从那双眼睛认出他的。

我用不解的眼神看着夕让，竟忘了请他进来。

夕让摘下头盔，笑了笑，说："晚上气温下降，风太大了。"

我回过神来，侧身示意夕让进屋。

"不了，我还要赶路哪。"夕让说。

"大半夜的，你要去哪里？"

"不知道，可能先去拉萨。"

"做什么？"我有些吃惊，前两天见面时夕让可没有透露过要出远门的消息。

"流浪。我决定还俗了。"夕让迟疑了一下说，语气虽然有些激动，但是一脸的平静。

"你不是在说胡话吧？"我被他的话吓了一大跳。

"我当然不是骑着摩托车去拉萨，"夕让答非所问地说。"等过了今晚，找个合适的买主把摩托车卖了，就坐客车去。现在寺院放假一个月，暂时还不会有人知道我偷跑还俗的事。这是我'扎哈'（僧舍）的钥匙，你过段时间再交给我的家人。"夕让掏出一串钥匙放在我的手里。我懵了，不知道该说什么，只是机械地接过钥匙。

"再见了，我的朋友，我的兄弟，等下次我们再相聚。"夕让忽然抱着我说。

我的思维在拥抱中突然恢复了，可是我没有劝夕让，因为我了解他的性格。夕让从来就不是个冲动的人，他还俗肯定有他的理由。

我紧紧地抱着夕让，想到不知什么时候才能再次相见，喉头哽得难受。

我们在门口哽咽着、拥抱着站了很久。

我把我最珍爱的护身符项链解下来给夕让戴上，说："我不知道以后还会发生什么事，但是不管你做了什么，变成什么样的人，你永远都是我的兄弟。"

夕让走了，我从他的背影看见他悄悄地擦了下眼睛。那刻，我忍了很久的泪水潸然而下。

那一夜，我彻夜失眠，想了很多很多，夕让离去时发动摩托车的声音也在我的耳边响了整整一夜。

远去的摩托声

夕让走的第二天,我向学校请了三天事假去了寺院。

打开夕让的僧舍,里面的摆设依旧,干净的厨房,小巧别致的卧室,巨大书架上的书籍,还有作画的工具材料等,一切如故。

我在寺院里待了两天,没有一个僧人来找夕让。因为放假,这里显得更加寂静。我白天泡杯茶,坐在夕让靠窗的小榻上看书,看景,想事,晚上就睡在小榻上,听风,听夜,听水声,饿了就简单弄些吃的。

第三天,在晨曦微露的时候我起床洗了把脸,锁上夕让的僧舍出门了。高原夏末的早晨已经略带寒气,寺院笼罩在朦胧的晨雾中,画眉鸟和麻雀的鸣叫显得格外清脆。

来到活佛的禅院前,我叩了叩门,金属撞击的清越的响声让我想起那天去拜师的情景。

开门的是个十一二岁的小和尚。他诵经的声音一直没有中断,估计是在做早课,不过脸上带着诧异的神情,他肯定在寻思谁会这么早来拜见活佛。我对他点点头,小和尚做了个请进的手势,等我进去后关好门,在前边引路。

尽管我在这里待了几年,但这是第一次近距离看到活佛。活佛很年轻,就三十岁左右,一张儒雅的脸显得有些瘦削,清澈的双眼里写满了睿智,他盘膝坐在经堂里诵经,低沉洪亮的声音发出共鸣的震荡。

我向着活佛和他身后悬挂的唐卡、佛龛里的佛像恭恭敬敬地磕了三个头,然后坐在一边细细地聆听。佛龛前摆放着一摞摞的经卷,绘有图案的法鼓悬在梁上,法铃和铙钹寂然地放在长条的矮桌上。酥油灯里的火焰轻轻地跳跃着,我觉得那是活佛诵经的声音引起的震动。净水宝瓶上插着孔雀羽毛,在酥油灯的摇曳中泛着五彩的油光。我努力倾听经文的内容,想清理一下自己的思路,因为到现在为止,我还不知道自己为什么要到活佛的禅院来。是来告诉他夕让的离走?这不可能。是说自己有什么目的？可我确实没有。就这样，我的头脑里只是被一种声音占据着——夕让离去时的摩托声。

活佛终于诵完了经。我忽然站起来，双手合十说："感谢仁波切，我要走了。"

活佛有些诧异地看着我，缓缓地问："你心中的疑惑解了？"

我说："我现在明白了。其实我心中本来是没有疑惑的，只是自己以为有就来了。"

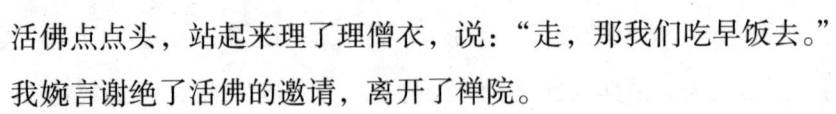

活佛点点头，站起来理了理僧衣，说："走，那我们吃早饭去。"

我婉言谢绝了活佛的邀请，离开了禅院。

雾就快散了。

我穿行在巷子里，回想着刚才的一幕，觉得好笑。我从前在家乡或者其他地方也拜见过别的活佛，可是从来都没有像现在这样莫名其妙地去，又莫名其妙地回来。不过我说的也是实情，之前以为自己心里真的有疑惑，忽然间产生了想到活佛那里去坐坐或者说点什么的愿望，于是就去了。

一个月后，我怀揣夕让僧舍的钥匙去了他家。夕让的家人见我一个人到来显得有些奇怪，当听到夕让还俗的消息时他们哭了。

我尽力安慰他们，说现在夕让虽然走了，但是希望他们继续可以把我当成他们的孩子。夕让的母亲上前抱住我哭得更伤心了，我流着泪劝了很久才劝住。

再次听到夕让的声音，已经是三年后的事情了。

这些年来他一直杳无音信，我却无时无刻不在牵挂。这里开通手机信号也不过半个月，我不知道他是怎么找到我的电话号码的。

"兄弟，你还好吧？"电话里夕让的声音一点都没有变，还是那么低沉，充满磁性。一刹那，他闲情逸致的神情又浮现在我的眼前。

"还好，你呢？"我压制着内心的激动，尽量让语气显得平缓。我没有问他是怎么知道这里通手机，又是怎么知道自己的号码的。

相互很久没有见面，也没有听到任何的音讯，忽然之间不知道说什么，两人的对话一时间像蹒跚学步的婴儿的脚步，显得磕磕绊绊。不过，话匣子很快就打开了，我们在询问和笑声中尽情地聊着。夕让在电话里祝福了我的婚姻，又为没能亲自到场祝福而道歉。

"你知道我为什么还俗吗？"夕让忽然问。

"我想了很多种理由，可是都不恰当，所以猜不出来。"

"我是因为你。"

"我？"我大吃一惊。

没等我问，夕让已经在说了。

"自从你第一次来我的僧舍，我就预感到自己会有这一天。虽然我们相处的时间不算很长，虽然我从来没有向你说起过，可是我一直都欣赏你无拘无束的性格，也向往能像你一样自由潇洒地生活。

"我表面上经常嘲笑你，其实心里很佩服你的知识。你尽管向我问东问西，可是你头脑里装的东西有许许多多是我不知道的。所以，我决定还俗了，用自己喜欢的方式去生活。

"我四处流浪，去了很多地方，有些是你说过的，有些是我一直想去的。几年来，我靠给别人画画或者打零工来挣钱，用完了就又挣。你教我的汉语在有些地方给了我很大的帮助，我还在不断地学习，谢谢你。我现在很开心，想不到人生还可以这样活着。"

夕让的这番话让我感到十分意外，想不到我钦佩羡慕的人原来一直在钦佩羡慕着自己，而且他的人生竟被自己改变。

我跟夕让在电话里聊了整整一个下午，傍晚时分才挂的电话。他说，明天他又要向下一个目标出发了。

落日西坠，大地开始寂静下来，我静静地坐在窗前回想着和夕让的对话。

爱人泡了杯茶轻轻地放在我的面前，挨着我坐下。我环过手臂搂着她的肩膀，嗅到她漆黑的长发散发着淡淡清香。我俩相互依偎着，默然望着窗外沿墙的那排绿意盎然的杨树，内心充斥着祥和与宁静。

　　在短暂而寂然的沉思中，我的视线透过杨树茂盛的枝叶，那里是一片广袤而陌生的天地，我仿佛看见一个人背着一副简单的行囊悠然独行，那熟悉的身影竟然像极了自己。

（原载于《西藏文学》）

约

黑耗牛 摄

飘逝的情歌

题记：

  涉水渡河的忧愁，船夫为你去除。
  情人离去的悲伤，有谁帮你消解？

——仓央嘉措

  送别情人的第二天，整个城市空了一半。
  城市怎么会空呢？想是我的心儿空了一半。

  在这个幽寂僻远的小村寨里，无论谁听到这首歌都知道是索郎夺吉在唱。尽管寨子里爱唱能唱的小伙子也不少，但是喜欢用这种欢快、无忧无虑的调子哼唱这首满怀相思、无限惆怅的情歌的人就只有他了。

  听到歌声，拉姆的脸色就变了。

  中午，从夏河跑生意的次仁阿哥回来后，一见到她就神秘地说："拉姆，你的索夺（索郎夺吉的简称）哥这次给你买了好东西，他说傍晚的时候要来。"

  自从听到这句话，整整一个下午，拉姆的心都没有从慌乱中缓过来。现在，听索郎夺吉哼着歌来了，拉姆的脑海里已经显现出他的模样：高高的、显得有些瘦削的身影正一摇一晃地穿过小巷，那无忧无虑、略带玩世不恭的脸上一定挂着压抑不住的喜悦。

54

拉姆变得有些手足无措。

拉姆不敢看家人的脸色，其实不用看她也知道每个人的表情是什么样的。从索郎夺吉的歌声一响起，家人就在担心，可是该来的事情迟早会来，谁也挡不住，他们只能在心中默默地祈祷事情不要变得更糟。

索郎夺吉右手提着送给拉姆父母的礼物，左手袖在怀里，他轻轻地抚摩着揣在怀里已经变得有些温热的打算送给拉姆的礼物，反复地哼唱着那首情歌，把一首哀婉的情歌哼得越来越快乐。晚风中，袍子空着的长袖在他的身侧左摇右摆地飘动着。

索郎夺吉走进拉姆家的大门，拴在门口的大黑狗已经在亲热地摇着尾巴等他。他亲热地叫了声"色铎"，伸手用力地搓了几下它那毛烘烘的头，拍拍它的脸颊，兴冲冲地走上楼。

跟往常一样，索郎夺吉一走进屋就受到了拉姆一家的热情招呼。为什么不呢？索郎夺吉可是他们家未来的女婿，他和拉姆今年春节就要结婚了！

索郎夺吉招呼了阿爸、阿妈、次仁和嫂子勒么磋，在他们亲热的问候中把礼物送给两位老人。他见拉姆低着头站在那里不敢看自己，娇好的身材和稍微瘦小但不失漂亮的脸依然没有变，只是脸色显得有些苍白。他想两人已经有好几个月没见面了，她可能是害羞，就微微一笑，走到次仁给他腾出的位置上盘膝坐下，就和往常一样跟他们闲谈起来。

看索郎夺吉就坐在眼前，拉姆内心的思绪更加烦乱了，她失魂落魄地继续跟嫂子一起忙家务，索郎夺吉和家人的谈话她一句也没有听进去。

忽然，听拉姆"啊"的一声，她扔下菜刀紧紧地捏着左手的食指，迅速渗出的血染红手指滴了下来。她的脸色变得惨白。

"邬金仁波切哪（莲花生大士）。"阿爸低声嘟哝了一句，觉得这是暴风雨来临的前兆，他端起茶碗喝了一大口，让这口茶把烦躁的几乎已经跳到嗓子眼的心压了下去。

索郎夺吉"啊"了一声,想过去看看拉姆的伤口,可是起了一半又为自己的失态羞赧地坐下。那只不过是点割伤而已,阿妈已经放下念珠过去瞧了,就不需要再兴师动众了。他坐在那里关切地注视着。

勒么磋慌乱地找来一块布头、一截线和一包头痛粉,见伤口不深,松了口气,宣布似的说:"不用担心,割得不是很深。"她把头痛粉撒在伤口上,一边给拉姆裹伤,一边深深地叹了口气,说:"你呀——"

勒么磋的叹声落到了拉姆失落伤感、彷徨无助的心灵深处,她也知道这声叹息包含的意思,忍了很久的眼泪一下冲出眼眶,抽噎着哭泣起来。

次仁见妻子惹哭了拉姆,火冒三丈,恶狠狠地吼道:"女魔鬼,你不说话要死啊!"那本来就威严的样子这时显得特别凶恶。勒么磋低下头,脸上没有一点血色,委屈的双唇紧闭着,柔弱的眼睛里已经在掉泪了,模糊中包扎伤口的结打了几次也打不好。

阿爸在火塘边的木墩上擂了一拳,瞪了次仁一眼,说:"吼什么吼,她是你的女奴吗?"又没好气地对拉姆说:"丢人。你哭啥?你不是说你不后悔吗?"

"都住嘴吧,一个个像是有仇似的,也不怕人笑话。"阿妈接过线头打好结,忍不住插嘴说。

阿爸看了索郎夺吉一眼,眼神中闪过一丝怜悯和歉意,转过头重重地"哼"了一声,不再说话。

屋里突然一片死寂,索郎夺吉陷入了莫名的尴尬中。他轻轻地咳嗽了一下,笑着说:"阿克(叔叔),阿嫫(阿姨),你们不要生气,气坏了身体可不好。到底发生了什么事?"阿爸、阿妈和次仁都不约而同看了索郎夺吉一眼,可是谁都没有说话。

索郎夺吉从他们的沉默中看出了这家人有不便让自己知道的秘密,又见两个女人在那里不停地抹眼泪,心情不由得郁闷起来,他知道自己不能再待下去了，就不失礼节地起身告辞。

走出大门，索郎夺吉的心变得莫名的沉重。"他们今天是怎么了？阿克为什么说拉姆丢人？那瞒着我、拉姆做的不后悔但是又让全家人都生气的事情会是什么？看他们的眼神，难道和自己有关？和自己有关的岂不就是跟拉姆春节的婚事？是不是我有什么地方做错了？"想到这，索郎夺吉变得慌乱起来，他停下脚步想返回去，可是又知道这样做不妥当。他束手无策，站在漆黑的小巷里，仰望头顶的繁星，背倚着冰冷的石墙，心绪就像此时天空的星星，繁乱而闪烁不定。

索郎夺吉在巷子里站了很久才满怀心事地回去。

这一夜，索郎夺吉失眠了，他好像感觉到拉姆正在从自己的心里慢慢远去，躺在床上翻来覆去睡不着觉。他睁着空洞的眼神望着天花板，头顶木纹清晰的一条条木板悄然消失了，他看见的只是自己和拉姆的身影：青梅竹马的游戏，情窦初开的私语蜜言，私订终身的深情爱恋，正式订婚后的浪漫约会，一桩桩，一件件，不停地在他的眼前重现。就在这一夜，索郎夺吉真正明白了自己对拉姆的爱到底有多深，他也终于知道了自己快乐的真正原因，那就是自己深爱的人也同样深爱着自己。

天不知不觉亮了，阿妈早起去背水的声音打破了索郎夺吉梦魇般的沉思。"我一定要单独见见她，问她这几个月到底发生了什么事，问她是不是还那样爱着我。"他似乎已经预感到了什么。

接下来的几天，索郎夺吉觉得自己像是掉进了噩梦的怀里了，不管怎样挣扎都醒不过来。每一次，当他在等待中好不容易见到拉姆，约她去幽静的地方单独谈谈，她就泪眼婆娑、抽抽搭搭地哭泣；每一次，当他像从前一样去次仁家串门，发现全家人都神情紧张，说话躲躲闪闪，有一搭没一搭。索郎夺吉终于肯定这秘密跟自己有关，更确切地说是和自己跟拉姆的婚事有关。

几天来，索郎夺吉变得很烦躁，既没有心情做事，更没有心思唱歌。幽静深长的小巷里失去了他快乐的歌声，人们忽然觉得好像少了什么，总期待他的歌声会在某一时刻不经意地再在耳边响起。但是，索郎夺吉知道如果自己不把事情弄清楚，别说唱歌，就连活着的感觉都没有了。

太阳升得很慢，好不容易熬到了晌午。索郎夺吉走在通往草场的林荫小路上，四周静静的，清澈的阳光从树叶稀疏的地方射进来，在铺满松针苔藓的空地上撒出斑驳的光影。偶尔有马鸡锉锯似的叫声穿透阳光草影，在树冠密实的林子里回荡。

走出树林，眼前是一块长着稀稀落落的灌木的台地，和远处的草场连成一片，一直延续到山梁后的树林边。散落的牛羊在不远的地方吃草，台地的草坪上隐隐传来牧人的笑语声。索郎夺吉悄悄地掩到近处，半躺在深长的草丛里倾听，当他听到拉姆的笑声以后，心里觉得又亲切又难受。他在心里说："谢天谢地，原来你还是这样快乐，可是你知道我这几天的煎熬吗？"

阳光强烈地照着，头顶上空细小的蚊子成群结队地嗡嗡叫着来回盘旋，和灰色的有着丑陋斑纹的牛虻一起，专找有血有肉的生物进攻。牛羊躲进了灌木和红柳丛里，半闭着睡眼，偶尔有气无力地反刍一下。

索郎夺吉不知道自己要等多久，他脱下袍子的长袖，一条垫在头下当枕头，一条盖在脸上防蚊虫。躺在炽烈的阳光下，感到全身都快像酥油一样融化了，不可阻挡的睡意沉重地向他压来。

索郎夺吉知道自己不能睡着，如果有牛羊离群，放牧的人就会轮流去把它们赶回来，他不知道拉姆什么时候会去，也不知道她会去什么方向，所以他必须清醒地等着。

在和睡魔绵长的搏斗中，索郎夺吉终于听到有人在叫："拉姆快一点。"他偷偷地探出头，看到一头甩着尾巴拍打蚊虫的牦牛正急急地向通往山后的垭口走去。他立刻爬起来，绕了个大圈向山后跑去。

索郎夺吉横冲直撞地穿过草丛、灌木、红柳和山后的树林，赶上了那头喘着粗气已经翻过垭口的牦牛，他迅速从怀里掏出一圈绳子，熟练地做成个套索抛出去，准确地套住了牦牛两只粗大的犄角。索郎夺吉收短缰绳，把牦牛拴在一丛浓密的红柳丛里，耐心地等候。不一会儿，拉姆气喘吁吁地从山口冒了出来。他几步走上前去，静静地站在那里看着她。

　　这突然冒出的人影把拉姆吓了一跳，当她看清楚是索郎夺吉的时候，刚才爬山时铆足的劲忽然全泄了，她喃喃地、痛苦地吐出一个字："你——"

　　索郎夺吉走过来，什么话也没说，将拉姆一把拽进怀里紧紧地抱着。拉姆倒在他的怀里，嘤嘤地哭泣着。

　　"你这几天是怎么了，拉姆？"她毫无来由的哭泣让索郎夺吉觉得更加不安，他压抑着颤抖的声音问。可是，她除了哭得越发伤心却不肯说一句话。

　　索郎夺吉觉得自己在无尽、寒冷的深渊中飞速陨落的心就快要沉到底了，几乎忍不住快发起抖来。以前，不管拉姆有什么高兴或者烦恼的事总会说给他听，现在她哭得这样伤心，却不肯向他吐露一个字。

　　索郎夺吉扶拉姆坐下，从怀里掏出一件"尕吾"（挂在胸前用来装饰的佛龛）递到她面前说："这是买给你的。"

　　拉姆透过朦胧的泪眼，看到索郎夺吉手里的"尕吾"十分精美，圆圆的银质龛身上镂刻着精巧的花纹，左右两边各用金丝镶嵌的一龙一凤栩栩如生，四颗红艳可人、大小如一的珊瑚珠均匀地嵌在四角，中心透明的玻璃后面是一尊金色的释迦牟尼的坐像；"尕吾"的两边串着一条银链，下边吊着三条小小的吉祥鱼，一片片细小的鱼鳞和"尕吾"上精致的花纹一起在阳光下闪闪发光。

　　拉姆的心碎了，瘫在那里，用双手捂着脸无声地抽泣着。她怎么会不懂索郎夺吉的心呢？

"不要哭了，拿着吧。"索郎夺吉突然变得木讷了，准备向拉姆询问和倾诉的千言万语竟在不知不觉间烟消云散，从头脑里跑得干干净净了。他拉过她的手，憋了半天就说出这样一句话。

拉姆抽回手，摇了摇头，泪水兀自流着。

索郎夺吉叹了口气，默默地坐在她身边。

两人虽然沉默着，可是各自内心的思绪如飓风中的海浪，起伏不定，又如一团理不顺的乱麻，纷纷扰扰，千头万绪。

沉默中，索郎夺吉的嘴艰难地张了张，终于沉痛地问："你找到自己爱的人了？"

拉姆停住哭泣，突然紧紧地抓住索郎夺吉的手说："索多哥，我对不起你，你打我吧。"

听到让自己打她，索郎夺吉像是受到了侮辱，他愤怒地把手抽开，说："你——"

拉姆觉得又羞又痛又愧，咬咬牙起身就走。

索郎夺吉追上去，拽住拉姆的胳膊，问："他是谁？"

"他叫耿桑嘉。"拉姆低声说。

这是多么熟悉的名字啊。可是，在我们身边叫这个名字的人有很多，你乍一听到这名字，眼前就会浮现出好几个叫这名字的熟悉的面孔。可是，现在隐藏在这个名字后面的又会是个什么样的人呢？

"哪里人？"

"其尔谐。"

这名字索郎夺吉听过，但是这个寨子离这里很远，骑马大概要走一整天。他忽然想起拉姆的姑姑好像就嫁到那个村，疑窦丛生，问："你们是怎么认识的？"

拉姆从索郎夺吉的眼神中看出了他的猜测，赶紧解释说："不是你想的那样。"

"那是怎么样？"索郎夺吉的语气有些愤怒。

拉姆突然觉得很虚脱，浑身上下说不出地疲乏，也不想说话了。

她觉得没什么可说的，反正事情都已经这样了，说多了只会让两个人更受折磨，何况自己已经做出了决定，难道还要倒回去重来？即使时光能倒流，依自己的性格还会这样选择。再说时光也不可能倒流。虽然她去其尔谐修公路打工那几个月一直住在姑姑家里，尽管这之前她从来没有见过他，可是那段日子两人天天见面，从早到晚都在一起干活，虽然她千百次地提醒过自己，可最终还是喜欢上了他，也许这就是人们常说的前世的姻缘吧。

"他长得很英俊是吧？"索郎夺吉见她不说话，不甘心地、略带嘲讽地问。

他长得英俊吗？拉姆没有在意，也没有注意过他的长相是否英俊。现在回想起来，觉得他浓眉大眼很平常，虽然不难看，但是和英俊却沾不上边，身材可能比索郎夺吉稍微矮一些，但比他健壮魁梧。

"那他家很富有啰？"索郎夺吉还是那副语气。

他家富有吗？拉姆就去过一回，那算不上是殷实人家，只是能凑合着过。尽管这样，这个家几乎也没有他的份，他就处在快要流浪的边缘。

"这样看来他很能干，很有本事啦？"见拉姆一直不说话，索郎夺吉几乎快泄气了。

他很能干、很有本事吗？以前也许是，以后肯定也会，但当时拉姆一点也没有看出来。他们相识的时候他刚退伍回来没几个月，听说在部队表现挺好，可是不知道为什么就回来了。也许他退伍有他自己的理由，但是他回来绝对是个错误。哥哥成家了，娶了个蛮横的嫂子，拖着两个孩子，成天风里雨里地忙活，可是家里却做不了主。阿妈的地位和佣人没什么两样。自从他回来以后，嫂子就整天阴着脸，看什么都不顺眼，成天找碴，把丈夫当成了出气筒。兄弟的关系日渐冷淡，阿妈在暗地里经常以泪洗面。他站出来想说句公道话，嫂子就又哭又闹地说都在欺负她这个外人，撒泼的声音传遍了全村的每个角落。要不是为了可怜的阿妈，他早就离家出走去异乡流浪了。他这样忍气吞声地挨日子，能叫很能干、有本事吗？

"那你到底喜欢他什么？"索郎夺吉的语气忽然变得像是在哀求。

是啊，拉姆在想，到底喜欢他什么呢？

可能是他的热心勤快吧。在工地上，他没有闲着的时候，做完了自己的活就去帮助年迈或体弱的人，所以大家都很喜欢他。

也许是他的坦诚吧。虽然他的话不多，但是自从他们相识以后，谈话很投机，在人少的时候他就陆陆续续给她讲他的事情，说了许多他从来没有对人提及的心事和秘密。

或者是他的孝顺吧。他说不管发生什么事，他都要尽快和哥哥分家，哪怕他得不到任何东西也无所谓，大不了去乞讨，先搭个简陋的四面透风的棚子住着，只要能让阿妈不再受苦、伤心就行。他说其实他退伍回来也是因为阿妈，毕竟天下没有不透风的墙。

要么是他忧郁中的坚毅吧。尽管他相信自己会让母亲过上好日子，但是分家后的一切都要从头开始，让阿妈过好日子可能要很多年才能实现。他怕找不到一个愿意嫁给自己和自己一起努力的好姑娘，怕生活的重担依然会压在阿妈已经伛偻的身上。

不管怎么说，拉姆就是莫名其妙地喜欢上了他。那段日子，她一想到他分家后为了生活四处奔波、独自挣扎的模样，内心就沉甸甸的，总希望自己能有什么办法去帮助他一下。

其实，拉姆答应嫁给耿桑嘉也是一个意外。那天他们正在工地干活，忽然下起了白雨，工地只得停工。在回去的路上她不知道为什么就答应了耿桑嘉的邀请，去了他家。他们刚坐了一会儿，连一碗热茶都没有喝完雨就停了，远远地传来喊开工的声音。

他们走下楼，在院子里碰到了他串门回来的嫂子。那女人长得并不难看，五官端正的脸也说得上有些漂亮，但是，由于她扭曲的心态全都印在阴冷的脸上，看起来让人感到莫名的厌恶，就像毒蛇的花纹再漂亮，它依然是一条冰冷的毒蛇。她冷冷地盯着他们，最后眼光落在拉姆身上，把她上下打量了好几遍，然后嘴角下撇，刻毒而又傲慢

地说："你们什么也别想带走！"

　　拉姆没有想到天下竟然会有这样无耻的女人，也没有想到平白无故会受这样的侮辱，平常温柔的心被一下激怒了。她咬一咬牙，无数的念头在大脑里飞速地转了几转，然后在一瞬间做了个决定。她鄙夷地看着她，也用同样傲慢的语气说："你就像老狗守骨头一样地守着吧，我们什么也不需要带走，因为我们有两双勤劳的手。"

　　那女人脸色一变，竟隐忍着没有发作，只是带着被她说中的表情，头一扬"哼"的一声离去。

　　耿桑嘉还没来得及为嫂子的话语和行为生气就被拉姆的话弄晕了头，心里又惊又喜，他可是一直都在默默地喜欢着她，所以邀请她到自己家里。只是他心里矛盾重重，既希望能娶到她又不想她跟着自己受苦。可是，想不到她今天居然这样说了，那意思他怎么会不懂呢？他想，这该不是在做梦吧？

　　拉姆虽然在激愤中做出了这样的决定，但并不完全是意气用事或者一时冲动。她想索郎夺吉性格开朗，做事果敢，跟次仁阿哥合伙的生意虽然不大但是经营得也算不错。可是，耿桑嘉就完全不一样了，他的处境还很艰难，他比索郎夺吉更需要自己。有时候，能打动一个姑娘的心并不是因为他的坚强勇敢、阳光灿烂，而是他身上有让她感到悲悯的东西。

　　拉姆当然知道索郎夺吉一直深爱着自己，同时又像个哥哥一样宠着自己，虽然两个人曾经相约白头，订有婚约，但是她相信他一定会原谅自己，并从失恋的痛苦和毁约的阴影中走出来的。

　　这些事拉姆一句也没说，索郎夺吉就什么也不知道。他痛苦地摇了摇头，说："你难道忘了我们的约定吗？"

　　"没有。"拉姆忍不住开口说。

　　"那你还——"

　　"你不会明白的。忘了我吧，我不是个好女人。"拉姆流着泪往回走，她忘了自己是来圈牦牛的。

"我会找到他的！"索郎夺吉对着拉姆的背影狠狠地吼道。

拉姆停下脚步，跑回来跪在索郎夺吉的脚边，紧紧地抓住他袍子哭着。她痛苦地喊道："索夺哥，你就先杀了我吧。"

见到拉姆这样，索郎夺吉心如刀绞，粗重的呼吸堵在喉头让他久久喘不过气来。山野里弥漫着令人心碎的寂静。

过了很久，索郎夺吉哽咽着像是对拉姆又像是对自己说："你是铁了心了。"他扶起拉姆，放开牦牛，把挽好的绳子塞进怀里，头也不回地消失在树林里，只有临走的那句话在她的耳边回响。

"你不明白我爱你有多深！"

新年。

下了两天的厚厚的积雪还没有化，山川河流都静静地笼罩在洁白的世界里。在寒冷的朔风中，节日的欢乐气氛多少给人一些温暖的感觉。

今天是拉姆出嫁的日子。

尽管家人因为疼爱她想尽办法反对和阻挠过这门亲事，可是他们拗不过固执的拉姆，最后不得不同意。他们唯一能做的就是尽量给她多准备一些嫁妆，那送亲的队伍从来没有这样壮观过。

送亲的马队在亲人别离的哭声中浩浩荡荡地出发了。路上，谁也没有想到会碰到索郎夺吉，可是送亲的人一看到坐在路边积雪的大石上的汉子，立刻就认出是他。从来没有人在送亲的路上等候过自己出嫁的恋人，这样做是不合时宜的，也是不能让人容忍的，可是今天却没有人唾弃他，他们的心情都有些黯然，他们原谅了他。

看着长长的队伍走近了，索郎夺吉站起来，默默地注视着。他穿着宽大的皮袍，瘦削的身影显得更加单薄，往常飘逸的头发现在蓬乱地堆在头上，眼睛红红的，失去了以往的神采。

走在队伍最前面的次仁看到自己最好的朋友、生意上的伙伴、几乎成为自己妹夫的索郎夺吉的样子，忽然感到鼻子一酸，眼前立刻蒙上了一层雾。他想对他说点什么，可是他又怕自己会忍不住流泪。他和索郎夺吉对视了一眼，对他点点头，使劲咽下眼角的泪水，打马继续向前走去。

每个送亲的人都带着充满同情和怜悯的眼光从索郎夺吉身旁走过，可是他的眼睛只停留在队伍后面新娘的身上。

等她走近，他上去挽住白马的缰绳。

新娘揭开了披在头上的红袍，她看到的是怎样的一张脸啊！她刚刚止住的泪水又一下子涌出来。女伴们打马走出一段距离在雪地里等候。

索郎夺吉笑了笑，笑容很凄然，干燥的双唇皲裂出血来。他艰难地舔了舔嘴唇，说："我想了很久，这个'尕吾'还是应该送给你。"索郎夺吉从怀里掏出"尕吾"递给拉姆。

"索夺哥，你喝酒了？"拉姆流着泪接过"尕吾"说，她闻到了索郎夺吉身上散发出的浓烈的酒味。她知道索郎夺吉酒量不好，平时是很少喝酒的。

"我本来应该去送你的，我跟次仁是兄弟不是吗？现在……现在你是我的妹妹了，可是我去不了了。你们的情况我都打听清楚了，你……你们一定会过得幸福的。"索郎夺吉看着她，自顾自地说着。他是多么渴望能再摸一摸她的脸。

拉姆听了他的话，心痛得几乎痉挛起来，她想挣扎着下马，再偎在他的怀里痛哭一回。她想不到这样的相见和别离会是如此的伤肝断肠。

索郎夺吉拦住她，说："不，你不能下马，没有到男方家下马是不吉利的。"他用力在马臀上拍了一掌，松开缰绳。"走吧，愿神灵保佑你，你一定会快乐的。"

白马驮着新娘回到了队伍中，稀稀拉拉的送亲队伍又整合起来出发了。

蓦然，在蔚蓝的天空下，在苍茫的天地间，在浩荡的队伍后，在

65

蜿蜒的道路上，在冬日的冷风中，幽幽飘起一阵歌声，那稍微嘶哑的歌声中充满了无尽的悲伤、凄凉、孤寂与寥落，就像在寒冷的冬夜四野流浪却又无处落脚的风。

所有人的内心都被深深地震动了，他们已经很久很久没有听到索郎夺吉唱歌了，想不到他那曾经充满阳光的声音会被爱的伤痛侵蚀而变成这样。送亲的女伴捂着脸，在马背上抽动着双肩。次仁那忍了又忍的泪水终于从脸上无声地滑落。

索郎夺吉走向村寨的身影已经在山梁的拐角处消失了，可是那催人泪下的歌声仿佛还在风里反复吟唱，久久地不肯散去，因为那是他第一次把那首满怀相思、无限惆怅的情歌的歌词放在了哀怨回环、婉转跌宕的山歌里：

　　送别情人的第二天，整个城市空了一半。
　　城市怎么会空呢？想是我的心儿空了一半。

（原载于《**西藏文学**》）

故乡藏寨

黑牦牛 摄

赎

1

勒姆出发的时候，天上还看不到一丝亮光。

凝重的夜色里万籁俱寂，一切灵动的光亮和鲜活的声响都已胶着凝固，唯有流进肺叶的空气是轻盈的。

勒姆取下门闩，轻轻打开大门，曲折的小巷显得格外深沉。

门口几棵枝丫横生的果树上有麻雀筑巢，每当晨曦微露就"叽叽喳喳"吵闹不休。可是，现在它们正蜷缩在温暖的翅膀下静静酣睡，开门时轻微的"吱呀"声既没有惊醒它们，也没有引起隔壁家那条脾气粗暴的獒狗的注意。

勒姆跨出门槛，回头对丈夫说："好了，你回去睡吧。不要担心我们。"

"我能不担心吗？"丈夫桑洛的声音有些沙哑，估计是昨晚没有睡好觉。他语气中充满了沮丧，也隐隐透出一丝抑制不住的烦躁。"出了这样的事情，应该让我这个做男人的去承担，可是，现在却——"

"好了，不要再说了。"勒姆打断他的话说，"就因为你是男人，我才不让你去的。回去吧，我们不会有事的。"她说着又轻轻拉上大门。

"一路上小心。到了好好说话。"桑洛把声音稍微提高了一点，隔着大门叮嘱说。

勒姆"嗯"地应了一声，快步走出小巷。

一条潺潺的小溪从村寨中间淌过，道路傍着溪水。勒姆迅速穿过村寨，向后面森林覆盖的黢黑连绵的大山走去。

这一晚，桑洛翻来覆去也没有睡好觉，整晚都断断续续做着噩梦。现在，笼罩在他心头的阴霾，跟这黎明前的黑夜差不多，既没有星星的闪烁，也没有明月的清辉。

2

昨天接到消息的时候，已经是傍晚了。

传话的人说，这消息是他在县城时遇到的熟人捎来的。口信说：桑洛家的儿子贡波偷了祥丘村一户人家的牦牛，被抓住了，捎话让他家里拿五千块钱去赎人。

桑洛两口子又羞又气。桑洛破口大骂："这出卖祖宗声誉的败家子，从来就没干过一件让人省心的事。被人抓住了是吧？他活该，最好叫人一棒子打死，我直接去收尸就行了。"可是骂归骂，他们就这一个儿子，总不能真叫人打死或者打残吧。

五千块钱，对桑洛家来说可不是个小数目，他们根本拿不出这笔钱。俗话说"远水解不了近渴"，即使马上去亲戚家借也来不及了。他们只好拉下老脸，顾不上羞愧，在村寨里挨家挨户求情借钱。走完一圈，天已经全黑了，在得到无数个善意或虚伪的劝慰中，他们最终只借到了一千三百多元。

他们心急如焚，可是也一筹莫展。两人也没心思吃晚饭，只能在昏暗的灯光下相对长吁短叹。贡波被抓已经整整一天了，如果他们第二天继续想办法去凑钱，那他就得多吃一天的苦。

勒姆在心里不停地叹气。要是每个沉甸甸的叹息都会变成沉重的石头，那早就堆积如山，可以修建起一座雄伟壮观的宫殿了。勒姆心想：这有啥办法呢？儿子小的时候，感觉他总长不大，看着别人家的孩子，就恨不得他"噌噌"几下长大成人。终于等他长大了，才发现原来儿子带来的真正让人烦恼的东西才刚刚开始，倒希望他就是当初那个不懂事的小男孩。

勒姆的心中忽然闪过一个念头，不过这想法让她犹豫了好一会儿。"也只有这样了。"她说着站起来，桑洛好奇地看着她。

勒姆来到卧室，在角落漆红的大木柜里一阵翻腾，从最下面取出一件包裹，层层打开，里面是条由几颗蜜蜡点缀的头饰，那是只有在重要节日或者重大活动时才戴的。她阖上柜子，顺便从笸箩里拿走剪刀。

桑洛看到妻子手里的东西，猜到她要做什么，说："这怎么行呢？"

勒姆觉得喉头哽得难受，神情黯然地说："除了这，我们还有啥办法？"

桑洛不吭声了，紧紧地抿着嘴唇，嘴角刻痕般的皱纹显得更深了。

勒姆坐下，迎着灯光虚眯着眼睛，用剪刀小心地剪着线头，不时涌上的泪水像雾一样罩住视线，她使劲地眨着眼睛。为了安全，每条穿缀蜜蜡的粗线都被勒姆打了重重死结，她现在得细心地取下其中一颗。

桑洛静静地看着妻子的一举一动，仿佛剪刀在线头的每一下挑动都挑在了他的心头，不只心里跟着一痛，呼吸也跟着一滞。这些蜜蜡都是勒姆的嫁妆，他们结婚的时候，他穷得根本买不起价钱昂贵的蜜蜡。而她现在拆解的正是里面最贵重的那颗。

勒姆终于把那颗形状最圆润、色泽最光亮、纹路最柔和的蜜蜡取下来，拿在手里轻轻地抚摸，嘴里叨念着："这是我阿妈她自己的嫁妆，也是她最喜欢的。阿妈，对不起，我要拿它去赎您的外孙了。哎，也只有这颗才值五千块钱。"她说着，溢在眼眶的泪水掉落下来，滴在那颗蜜蜡上。

"这样，我们还可以不去动用那些借来的钱。"她哽咽着对丈夫说。

桑洛不知道该说啥，痛苦地紧捏着两个拳头，好像要从里面挤出水来似的。他眼里含着泪水，喃喃地咒骂着："败家子！败家子！"

勒姆抽泣了一会儿，说："我想好了，明天还是我去吧。"

"怎么能让你去呢？这样的大事该我们男人去解决。明天当然是我去！"桑洛立刻坚定地说。

"你忘了，那是要去祥丘村啊。"勒姆小声说，语气显得非常懊悔，还掺杂着一丝无奈。

桑洛沉默了一会儿，说："我知道。但还是我去，我毕竟是个男人，他们应该不会过分为难我的。"

勒姆擦了一下眼角，看着他说："你儿子偷了别人家的牦牛，你是去赎他的，他们会有好话吗？你一个大男人的，要是他们侮辱你，做出啥过分的事情，那你以后还咋活啊。我只是一个女人，怕什么。"

桑洛还是不同意，两人争执了很久，最后他说服不了妻子，就只好妥协了。

3

村寨里的女人起得都很早，她们每天天不亮就起来烧火、背水、打扫、做饭，忙里忙外地张罗。出了村寨，勒姆松了一口气，她暗自庆幸自己没有遇到早起背水的人。

一路上，蜿蜒的溪水一会儿在脚边哗哗流淌，一会儿又在不远处的灌木乱石或者树林草丛间跳跃奔涌。也不知道走了多久，天渐渐亮了，一路蓬乱密实的红柳丛里，成群的画眉鸟在相互追逐扑腾，清声鸣叫。

风似乎也醒了，阵阵松涛声从森林的深处隐隐响起。

71

不过，这些变化勒姆都没有注意到。这不是因为她在这里住了多年习惯了，而是她正想着心事，回忆着往事。

当眼前的景象越来越清晰，天终于大亮，勒姆脑海中那个从出门就响起的一个女人悲伤绝望的哭声，终于从丝丝缕缕的羊毛膨胀成漆黑厚实的毡垫，填满了她思绪的空间，那断断续续的回忆，也在瞬间串连成脉络清晰的影像，一下充斥在她的脑海里。她不禁念出声来："哦，神哪！神哪！"

那已经是许多年前的往事了，自从那天勒姆挨了丈夫的一巴掌后，她就从来不愿去回忆它。她以为自己已经把这件事情给彻底忘记了，谁知它只是被心魔的浮云遮蔽，在多年后的今天却清晰地显露出来。

那时的勒姆还是这村寨里的年轻媳妇。她身体健壮，但是看着一点也不笨拙。她长得漂亮，最吸引人的就是那双水波轻漾的眼睛，让每个看到她的男人都怦然心动，暗自赞叹。她大嗓门，爱唱，爱笑，性格也泼辣，只有她丈夫桑洛能管住她。

那年冬天，她和村寨里几个媳妇在森林里砍柴。

那天，还没到中午她们就已经把柴砍够捆好了。赶来的驮马和驮牛在对面的阳山草坡吃草，她们在山脚小溪边的一块草坪上煮茶。用来做锅桩的三块白石头经过长年的火薰，向火的一面早已变得黢黑一团。阳光暖暖地照着，偶尔有风吹动，松针就从头顶的大树上"扑籁籁"坠落。

忽然，有个同伴说："哎，勒姆，那人你认识吧？"

勒姆坐在一张鞍鞴上，正把一截枯枝折断塞进火里。她转过头，看见有个四十多的妇女从溪水对面的山路上走来，穿着一身干净的衣服，头上搭着个红色的头巾，看来她是要赶往县城。这条路通往山后的祥丘村，他们去县城必须得走这条路。

勒姆一眼就认出了她，虽然她不知道她的名字，但是对她的模样和身影印象太深刻了。

赎

　　年前，桑洛家的一头耕牛半夜被人偷走，惊动了全村人，他们分头寻找，最终在县城屠宰场找到了刚被割喉放血还没死透的耕牛。桑洛正好认识宰牛的老板，细细询问，仔细打听，最终把小偷给抓住了。他们从小路把小偷绑到村寨里，狠狠地毒打了一顿，问出他是祥丘村的。当时，小偷死也不肯说出他自己的名字，但是为了让家人来赎自己，他只说了他父亲的名字。捎信后也就小半天，小偷的父母亲都来了，低声下气地说了无数的好话，道了无数的歉，赔了无数的礼，最后赔了钱把儿子领走。那时勒姆心里虽然很气，但是这样的大事由男人来解决，她一直忍着没有吭声。

　　现在，正在对面赶路的那个妇女，就是那小偷的母亲，叫珠么措。

　　"贼！"勒姆回过头低声咒骂了一句，伸手抓起手边的一根枯枝，解气似的"啪"的一声折断塞进火里。

　　勒姆只要一想起今年春耕秋收时的事情，心里就火大。由于家里那头耕牛被偷被卖被宰，就剩一头单边了。倒霉的是，他们用赔的钱买的耕牛，在下地的第一天就被铧头犁伤了脚踝，走路一瘸一拐的，根本下不了地。他们只能央人借耕牛。那时，大家都在赶季忙着播种，谁也不想耽搁，也不能耽搁，他们一家三口出工出力跟人家对换劳力，人家才同意把耕牛借一天。到种完地，他们跟六户人家对换过劳力借过耕牛。

　　事情还没完，那头耕牛的脚一直没好，后来找乡里的兽医看了才知道韧带被割断了，再也不能劳动了。他们只得把耕牛贱价卖了，一时没有挣够买牛的钱。秋收的时候又重复了春耕时的事情，而且时间还更长。勒姆的心里早就窝了一肚子火。

　　"你的声音也太大了吧？让她听见了还得了？"有人嗤笑一声说。

　　"贼——！哈哈哈！"勒姆立刻拖着腔调高声说，随后忍不住大笑起来。伙伴们也"哄"的一声笑了。

　　她们看见珠么措朝这边看了一眼，随后头一抬，理也不理继续赶路，只是脚步明显加快了。

"哎，现在的贼呀，真是越来越猖狂了，做了坏事还那样傲慢。"刚才的同伴说。

勒姆的气本来在那阵笑声中消得差不多了，但一听到同伴的话，火又上来了。她站起来，说："我去好好羞辱一下她，谁让她养了个没家教的儿子。"她说着跑过去，在光滑的冰面上也没有放慢脚步。她们见她脚下一滑，打了个趔趄差点摔倒，跟着身子一拧，两步三步跳过冰面，快步追了上去。

伙伴们想要阻拦已经来不及了。只见勒姆冲到珠么措面前，挡住她的去路，两人说了几句，就见她抓住珠么措的衣襟撕扯。

"都是你惹的事，两舌魔鬼。"伙伴们见情形不对，一起责备刚才煽风点火的人，都跑去劝解。

"我今天要好好让她出出丑，这些不要脸的臭贼！"勒姆变得有些疯狂，拳打脚踢地撕扯着。

在勒姆面前，珠么措显得有些瘦小，岁月的皱纹已经在风霜浅染的脸上光顾，她的表情中充满了惊慌失措。她边哭泣边苦苦哀求，发辫散乱，衣襟敞开，腰带松散，显得狼狈不堪。她的头巾掉在地上，被两人繁乱的脚步踩得又脏又皱。一个同伴捡起头巾抖了抖，费了会儿工夫才把它塞进珠么措的怀里。

"那天我是着魔了吗？"勒姆这样想着。

那天伙伴们怎么劝也没有把她劝开，她的心智被同伴那邪毒的恶语蒙蔽了。她觉得自己浑身上下都被莫名的快感充斥着，还发出旁人感觉不到、自己控制不住的轻微颤抖。三言两语中，她吩咐同伴把她的三幅鞍鞯藏在平常大家藏东西的那丛厚密的灌木丛里，下午回来的时候帮着把三匹马赶回来。她说她要把珠么措一直拖到村寨里，让大家看看她的丑样。

一路上，珠么措哭着，哀求着，却没有一点用，她就那样被眼前这魔鬼般的女人在咒骂中拉扯着行走。有时候，她在跟跟跄跄中不小心被路上的石块或者树根绊一跤倒下，就会被勒姆生拉硬拽拖着走。那可是两个多小时的漫长路程啊，路上也碰到过人，有去放牧的，有背柴火的，他们都劝过勒姆，可是别人越劝她越想把这事进行到底。

走过前面的缓坡，终于看见山脚的村寨了，只见无数条五彩的经幡，在每家的房前院后或者屋顶猎猎飘动。

前面不远处，有十几个男人正大声吆喝着，吼着号子在搬运木头。

看到眼前的人群，勒姆兴奋极了，扯着嗓子喊："嗨，你们快来看这不要脸的臭贼。"

珠么措感到眼前一黑，几乎昏了过去，本来已经哭干的眼泪又涌出眼眶，干涸的嗓子里只剩喃喃的叨念："我求求你了……我求求你了……"

正在干活的男人们停下来，好奇地看着她们。

"啥臭贼？"桑洛听到妻子的声音，从后面挤上来问。他看到勒姆死死地抓着个女人，只见两人衣襟散乱，脸色潮红，喘着粗气，就像刚刚进行了一场激烈的撕打。

"你认不出来了吗？就是她儿子在年前偷了我们家的耕牛，害得咱们今年吃了不少的苦头。我在苏铎卡遇见她的，就把她拖到这儿，让她好好出出丑。"勒姆有些得意，大声地说着，生怕旁边的人听不见。

"苏铎卡？从那么远的地方一路拖着来的？"

"就是啊。"

"你疯了！看看你的样子，十足一个泼妇。苏铎卡。哼哼。哪怕是九头魔女也比你有怜悯心。"桑洛气得大骂。他身后的人群中有人发出不满的哼声，只是大家碍于面子，没人说话。

"难道贼不该受到教训吗？"听到丈夫的喝骂，勒姆的得意变成了愤怒，狠狠地质问。

"啪"的一声，桑洛抬手给了妻子一个耳光，指着她的鼻子，说：

75

"你还不放手！那牛是她偷走的吗？谁年轻的时候不犯点错。那牛他们家不是赔了吗？你还想做什么？"

勒姆见丈夫的脸上乌云涌动，平常那双充满温柔的细小的眼睛里闪着冷电，就快打出霹雳来，她刚才的愤怒忽然消失得无影无踪，吓得赶紧把手松开。

珠么措抬起头感激地看了桑洛一眼。他见她满脸污秽，几处瘀痕清晰可见，左边的脸颊上有处划伤还渗着血，衣服也撕破了好几处。他指着勒姆，骂道："你……你看她年龄跟你阿妈差不多，你竟做得出这样的事情来。女魔鬼！"他扬手又一个耳光打过去。勒姆一见他抬手，吓得尖叫一声逃开了。

桑洛狠狠地瞪了妻子一眼。他转过去想对珠么措道歉，可她已经掩着面哭泣着跑了。

"等她家人找上门来，你就给我收尸吧。马呢？鞍鞯呢？"桑洛问。

勒姆不敢吭气。

"滚！你这女魔鬼，哪儿来的滚回哪儿去！"在桑洛的咒骂中，勒姆一溜烟逃了。

4

今天，勒姆走在这条路上，和那时的心情完全相反，她懊悔、害怕、愧疚、自责，但这些都没有用，事情已经发生了。有些事情只能面对，无法逃避。

她想起多年前珠么措哀求自己时说的话："求求你放过我吧，我们都是女人，谁的孩子从不犯错呢？"

她冷酷而骄傲地回答说："我是有个儿子，但我敢肯定他是不会去做贼的！不会去偷人家的东西的！"

"这就是报应啊。我真是魔鬼，还好被他一巴掌打醒了。万能的神灵啊，请看在这些年我虔心诵经，佛珠不离手的份上，可怜可怜我吧。我要去祥丘村赎儿子，他们肯定会认出我来的。他们会怎样说我，怎样对我呢？"勒姆一路走一路想，心里乱成一团。

她在路上看到有凸出的尖石，就会想，珠么措脸上的伤是跌倒后在这块石头上划的吗？或者不是，刚才那块石头更尖锐。如果看到一段虬结的树根裸露出地面，又想，珠么措脸上的瘀痕可能是在这儿绊倒后留下的。再看到从路边密集的灌木中横出的曲折坚硬的枯枝，禁不住又想，珠么措的衣服多半是在这里挂破的。一路上，这样的念头就没有消停过。

终于，走过幽暗的森林，勒姆爬上了山顶。

山顶树木稀少，到处长满了深厚的野草和阔叶植物，视野也开阔了不少。

勒姆感到有些累了，她擦擦脸上的汗水，看到路边有一棵粗壮的柏树，走过去坐在树下小憩。地上的苔藓厚厚的，软软的，坐着很舒服。

不远处有一大丛柳兰开得正盛，摇摇摆摆地晃人眼睛。绵软而温热的山风缓缓地吹动着，风中混着阳光、青草、松脂、野花和柏叶的香味。勒姆见身边有几茎红艳艳的野草莓，随手捋下放进嘴里慢慢咀嚼。

对面的山峦有着舒缓优美的弧线，山腰自然凹进去，让整个山形看起来像把绿色的座椅，祥丘村就坐落在那块平坦的凹处。村寨安详宁静，经幡随风轻摇，四周的田野连着绵密的树林。地里的庄稼在阳光下闪烁着耀眼的光泽，就快到收成的时候了。

忽然，从不远处传来一阵雉鸡的鸣叫，尖锐刺耳，就像在森林深处的某处阴影里，有个锯木匠人在锉动生锈的钢锯。

"锉锯也好，磨刀也好，那里终究是要去的。求神保佑。"勒姆想着，起身下山。

就快到祥丘村了。田地都被用红柳编成的篱笆围着，中间有条曲折的小路直通村寨，道路两边有高大的白杨树，葱郁的树叶在头顶沙沙作响。

村寨里很安静。

勒姆看到前面有个转经房，几个老人正围着巨大的转经筒在转经，他们手里拨着念珠，嘴里诵着经文。经筒在转动中发出"吱扭吱扭"的响声。转经房前是座煨桑烟的白塔，缕缕青烟袅娜飘动。几个小孩在塔前玩耍，他们看见来了陌生人，停下来好奇地看着她。

勒姆向一个扎着小辫子的小女孩询问："小姑娘，请问泽仁大叔家在哪里？"

"泽仁大叔？泽仁大叔是谁？"她一脸茫然地看着同伴们。

"你是那小伙子的阿妈吧？"转经房里走出一个老人，蓄着一把大胡子，已经白多黑少。他问完这句，对那小姑娘说："就是阿尼（爷爷）泽仁家，她是来接那个阿哥的，你带她去吧。"

小姑娘恍然，小伙伴们也马上明白了是咋回事，他们相互招呼一声争着带路。勒姆谢过那位老人，跟在这群小孩身后。

小孩子们把她带到一户人家的大门口，说："就是这里了，那个阿哥就在里面。"

这户人家的大门才新修不久，左右两扇大门的正中画着野牦牛和雪狮，周围点缀着其他吉祥图案和精美花边。大门两边砌着石墙，石墙上高高的柴垛向两边延伸。勒姆没有注意到这些，她急忙走进大门，来到房前的一个小院子里。

院子正中立着一根粗壮的经幡杆，已经开始褪色的红经幡在风中轻轻摆动着。经幡杆上，一个十七八岁的小伙子被牛皮绳反手绑在那里，在晌午炽烈的阳光下耷拉着脑袋，一副有气无力的样子，正是勒姆的儿子贡波。他的藏袍被扒掉了，随手一裹扔在脚边，袍子里露出一截橘红色的腰带。在旁边柴垛的阴影下，有几个小伙子在静悄悄地玩扑克牌。

听到有人进来，玩牌的小伙子们停了下来。小孩子们嘴里窸窸窣窣地悄声说着啥，兴奋地争着往里面挤。

贡波抬起头，看见阿妈，又羞愧，又难受，怯怯地喊了声"阿妈"。

勒姆见儿子脸上有伤，左眼瘀青，肿得老高，嘴角也有血痕，眼泪一下就流出来了。"孩子……"她喊了一声就哽咽住了，几步跑过去抱着贡波哭泣。

平常，贡波最害怕看到阿妈哭，也最不愿意看到她哭。现在，他一看到阿妈的眼泪，内心立刻被怜悯和内疚感充斥着。可是，由于那还不太成熟的男人自尊心的作祟，怜悯和内疚在他心里一闪而逝，变成莫名的烦躁。他压抑着性子有些暴躁地说："阿妈，别哭了，给人笑话。"

院子里，人们不知啥时候开始聚来。尽管被偷的牦牛是泽仁大叔家的，但是现在有人来赎人，这样的大事就是属于全村人的。看着眼前的一切，有人发出叹息表示对做母亲的同情，有人嗤笑小偷自作自受，有人则小声地对身边的孩子进行教育和告诫。

忽然听有人说："桑洛来了。"

勒姆大吃一惊，心想，不是跟丈夫说好了吗？他怎么来了？这可咋办？

她擦了一把眼泪，转过身，看见一个三十出头的男人牵着头牦牛从人群中走来。原来这人也叫桑洛，跟勒姆的丈夫一个名字。勒姆舒了口气，心刚放下，忽然又紧紧地提了起来，虽然时隔十多年，眼前的这个男人已经变得沉稳成熟，但是样子依然可辨，特别是他那努力向前探出的高挺的鼻子，让她一眼就认出了他是谁。

"哦，神灵哪，这是命运的捉弄还是您刻意的安排。报应，这就是报应。"勒姆的嘴里悄悄地叨念着，感觉心跳得很厉害。

被盗的牦牛是最直接的证据，所以不能放到山上去。桑洛刚把牦牛牵去喂水回来，见院子里围着很多人，知道贡波家来人了。他把缰绳递给身边的儿子泽扎，让他把牦牛牵进圈里。

桑洛看了勒姆一眼，见她脸上惧怕的神情和泪水混在一起，眼光在畏畏缩缩中躲闪着不敢看自己，内心深处忍不住发出一声同情的叹息。可是，转眼间他的脸色就变了，睁大的双眼快喷出火来，他恶狠狠地问："是你?!"

"大哥，是……是我。"勒姆语气有些颤抖，她感到身体忽然变得虚弱无力，全身的精力在刹那间随这句话消失了。

"你——!"桑洛只喊出一个字就不出声了，他觉得即使把所有用来咒骂的最恶毒的话语全部汇聚起来，也代替不了他此时心中的怒气。他几步冲上前，一拳向勒姆的脸上打去。

人群里发出一片"哦"的惊叹。事情发生得太突然，谁都来不及做出反应，大家的心里只是下意识在想：桑洛一个大男人怎么会动手去打一个女人呢？

"你敢!"贡波使劲挣扎着，愤怒地大喊。

桑洛的拳头在勒姆的脸颊边硬生生停住，这不是因为贡波那可笑的威胁，而是他心里虽然恨，但是对个女人还是下不了手。一个真正的男人咋会去殴打一个女人呢？这样丢脸的事情他桑洛是不会去做的。

桑洛两步走过去，狠狠地对贡波说："你不是女人吧？"说完一拳打在贡波的肚子上。

那是在繁重的劳作中磨砺出的像顽石一样坚硬的拳头，贡波被绑得死死的，根本没有办法招架或者躲避。贡波觉得五脏六腑都被震散了，巨大的钝痛迅速扩散到全身，脸上的五官痛苦地扭在了一起，呼吸也在瞬间停顿了一会儿。他咬着牙，缓过一口气，嘶哑着声音说："好样的！像个男人！"

"哼哼！男人！我们都是男人！"桑洛嘴里说着，转眼间又在他身上、脸上狠狠打了几拳。他知道贡波骨头硬，他们在半路抓住他后带回来，把他打得伤痕累累他才说了村寨和他阿爸的名字，但他自己和跟他一起偷牦牛逃掉的伙伴的名字到现在还没有问出来。桑洛觉得这是历史的重演。本来，他还挺佩服这硬骨头的小伙子的，昨天多少还给他留了些情面，但现在他是为了报仇，为了泄恨，下手根本没有留情。

勒姆回过神来，哭叫着冲上前拉住桑洛的手，说："不要打他，你要打就打我吧，该受惩罚的是我。"她说的是多年前的那件事，可是旁边的人都不明白，他们在心里暗暗嘀咕："这事咋能怪她呢？"

贡波咳嗽着，嘴角破了，滴着血。他大声说："阿妈你走开，牛是我偷的，凭啥你受惩罚。"

桑洛对勒姆说："你这恶毒的女人，快给我放手。"

"你嘴里放干净些，有本事冲我来！"贡波朝地下狠狠地吐了口唾沫，挣扎着对桑洛说。

"贡波你还不住嘴。"勒姆哭着，一双手死命地拉着桑洛不放。

人群中有个老人走出来，说："都少说两句吧。桑洛，这孩子昨天已经惩罚过了，大家都看到了他牦牛一般的犟劲，再闹下去会出事的。你也不该那样咒骂他阿妈，她也是个可怜的女人，儿子不听话，干出这样丢脸的事，她能不伤心吗？"

"旺甲大叔，你不明白，她的心跟我们不一样，是魔鬼给的，你们不要被她假惺惺的善良给骗了。"桑洛说。

人们见贡波又在骂，桑洛又在挣，都上去劝解。院子里闹成了一团。

桑洛挣不脱人群的阻挡，正气得无处发泄，忽然看见阿妈珠么措不知啥时候到了眼前。她眼睛一瞪，说："你疯了，还不停下。"

桑洛的劲立刻泄了，垂下头说："阿妈，是她。"

珠么措愣了一下，看了看勒姆，惊讶地"呀"了一声。她对儿子说："知道了，你一边好好待着去吧。"

"阿妈！"

"你不听是不是？"

桑洛没办法，见抓着他的手都松开了，悻悻地退到一边。

珠么措对院子里的人说:"都辛苦大家了,等会儿解决事情的时候还要请你们做个见证。""桑洛,"她又对儿子说,"还瞪着眼看啥?去把哂酒坛子抱下来,请大伙儿喝会儿酒。这位大姐从那么远赶来,肯定饿了渴了,让她上楼吃点东西。"

勒姆一看到珠么措,内心就被愧疚的魔爪撕扯着。她不知道今天珠么措会怎样对待自己,但是自己做错在前,现在只有听天由命,含泪忍辱了。

珠么措见儿媳妇索朗吉跟在后面,说:"你也留下吧。"索朗吉"哦呀"应了一声,侧头看了桑洛一眼,停下了脚步。

勒姆跟随珠么措往楼上走。上楼梯的时候,勒姆见珠么措伛偻着腰,嘴里念着六字真言,呼吸变得急促,一步一步爬得有些吃力。尽管人老了多多少少都会这样,但是勒姆看着她,悲伤的感觉从心底扑腾而出,好像她佝偻的脊背是被自己压弯的,粗重的呼吸是被自己堵塞的。

屋里明亮干净,火炉里的火烧得正旺,茶壶里的水开了,喷着水汽。勒姆闻到砖茶的清香,感觉到肚子真的饿了。

"你坐吧。"珠么措指着座位说,"我想,来赎那小伙子的人应该快到了,就和儿媳妇烧火煮茶。想不到来的是你。"

勒姆看到她干瘦的脸上布满了皱纹,左边的脸颊上赫然留着一道细长、褐色的伤痕,那伤痕就像织布机上被梭子带过的纬线,把脸上深深浅浅的皱纹都串联了起来。勒姆感到脑袋里一声轰响,眼泪哗哗往下掉落,她哽咽着说:"阿妈拉,我——"

老人从碗柜里拿出碗筷放在勒姆面前,碗里早已撒好了糌粑,放好了酥油、奶渣和白糖,接着取出一张烙好的饼子切成小瓣放在她面前。老人叹着气,为勒姆斟上茶,说:"先吃点东西吧。哎,我们这些苦命的女人哪。"

"阿妈拉,我……我对不起您……"勒姆不停地抹着眼泪说,觉得自己的泪水从来都没有像今天这样多过。面对眼前的食物,勒姆怎么吃得下，那堵在心头的往事就像是块生硬的钢铁，估计这辈子是永远不会熔掉的了。

"出了这样的事情，大家心里都不好受。哎，想不到他是你儿子，更想不到来的是你。还好你泽仁大叔不在家，这让我松了一口气。他到女儿益西卓玛家去了，估计还得几天才回来。你喝茶吧。"珠么揩说。

她见勒姆不动碗筷，只是不停地擦拭眼泪，说："是啊，这都是我们的心病。"她停顿了一下说："说真的，这是我这辈子受到的最大的侮辱，可是又有啥办法呢？这些都是儿子惹的祸。"

想到多年前噩梦般的那一幕，老人的脸抽搐了一下，眼角一下湿润了。

"万能的神灵哪，我真不愿意去回忆。那天，我是一路哭着回来的，虽然身上到处都在痛，可是跟心里的痛一比就不算什么了。一路上，我只要看到路边的大石头，就想一头撞死在上面；看到哪棵大树长着粗大的枝丫，又想解下腰带吊死在上面算了。可是我终究还是没有那样做，一来我放不下两个孩子跟他们的阿爸；二来要是我就这样横死了，泽仁跟桑洛他们问清情况，我们两家肯定会出几条人命的，那是我永远都不敢去想象的。还好，菩萨保佑，没有让我做出那样的傻事。

"我到家的时候，天已经黑了。我在门口好好把衣服和头发都理了一下，但是当我走进屋里，他们看到我的样子还是慌成了一团。他们问我怎么了，我说是路上不小心摔的。他们哪里相信，不停地追问，最后我忍不住就说了。哎，那不争气的眼泪啊。你泽仁大叔气得大骂，桑洛冲到了他房间，我知道这孩子是去拿刀子。这时我心里又气又急，身上又痛又累，眼前一黑倒了下去。你泽仁大叔赶紧把我搂住，扶过去放在毡垫上，他大声地喊我，女儿益西卓玛在一边吓得大哭。

"桑洛听到哭叫声跑进来。这时我也醒了，看见他手里果然拿着他那把藏刀，跪在旁边哭着喊着'阿妈你怎么了'。我说：'你就一刀把我杀了吧，免得受你折磨。'他阿爸一脚把他踹翻在地，骂道：'这都是你惹的祸。'我让他阿爸和益西卓玛把我扶到卧室，桑洛要跟来，我没让他进来，他就跪在门口哭着求我原谅。

"我心里的痛啊，怎么肯那样轻易就消失呢？哭到半夜，我也累了，不知不觉睡着了。就那晚，桑洛在门口整整跪了一夜。早上天亮了我还没有睡醒，他却磕着长头去了寺院。你知道吗？从我们村寨到色吾寺骑马有小半天的路程，而且前两天还下过一场大雪，风冷得像刀子，地上冻得跟铁块似的，他连护手跟皮围腰都没戴就去了。

"可怜的孩子，这一天他可真是吃尽了苦头。听说他到了寺院后直接去了活佛家，跪在地上直哭。活佛见他一身的泥泞，头发上的泥水结成了冰，脸上的泪水混着泥土，额头磕破了流着血，很是吃惊。活佛问清了情况，带着他连夜赶到我家里，代他求情。活佛亲自上门，我能不答应吗？况且我看到桑洛受的苦，心早就软了。

"就在那天夜里，桑洛在活佛面前发誓，说再也不会去干偷盗的事情。我又逼着他用我的生命发下重誓，今后不许向你们家任何人寻仇，还请活佛给他摸了顶，给誓言打下了永不能解的金刚结。"

"桑洛寻仇的心就这样给誓言禁锢了，可是他阿爸却在私下对我说要找你们理论。我不知道你丈夫的脾气，但他是个好人。我丈夫的性格我是了解的，要是他去了还不出大事？我是哭了很多场，劝了很多次才让他打消这个念头的。"

勒姆静静地听着，内心被老人的讲述搅得起伏不定，这场震撼心灵的聆听让她的身体忍不住轻轻地颤抖着。她想：那段时间大家心绪不宁地等待事情的发生，丈夫虽然没有再责骂自己，可那阴郁的神情让自己害怕了很久。感谢神灵，感谢菩萨。不，应该感谢的是眼前这位老阿妈。

"你也许不知道,"珠么措说,"从那天起,我再也没有走过那条路。那是我这辈子最坏的噩梦。"

"阿妈拉,我丈夫说得没错,就是九头魔女也比我有怜悯心。我那时候疯了,竟然那样侮辱您。请您原谅我吧。"勒姆说着要给老人下跪。

珠么措赶紧过去拦住,扶着她坐下,却忍不住掉下泪来。勒姆一把抱住珠么措,嘴里叨念着:"阿玛拉,阿玛拉。"老人伸手搂住她,两人相拥着哭成一团。

忽然,旁边有人说:"阿妈,你们俩咋哭了?"

珠么措抬头,见是儿媳妇。原来,桑洛的儿子小泽扎刚才悄悄上楼打探情况,却看见奶奶跟那位客人正抱头痛哭,吓得赶紧下楼向阿妈报告这一重大事件。索朗吉也没有跟丈夫说,自己赶紧跑上楼看个究竟。

珠么措回过神来,说:"是啊,咋就哭了呢?"她抹着眼泪,安慰地说:"年轻人没经过事儿,头脑是空的,难免犯点过错。都过去了,都会过去的。孩子,吃点东西吧。"

勒姆擦干眼泪,点点头,端起碗吹开已经凝固的酥油,轻轻呷了一口茶。索朗吉立刻提来茶壶给她续上。

珠么措说:"你儿子脾气很犟啊。不过还好,看得出来他很孝顺。"

勒姆说:"这孩子的性格呀,哎——阿妈拉,你以后来我家吧,我会把你当成自己的母亲的。"

"嗯,再说吧。喝茶,喝茶。"

5

院子里,男人们围成一圈正在喝酒,女人们都散了,留下来想看热闹的孩子们在旁边追逐打闹。

人们三三两两地交头接耳,有的在满怀期望地谈论今年的收成,有的在声情并茂地讲述某次惊险经历,有的在绘声绘色地转述听来的奇闻逸事,人群中不时有人发出爽朗的大笑或者"咦""哦"的叹息。

桑洛在殷勤地劝酒。他每次抬头,看见贡波就一直那样狠狠地瞪着自己。他嘴角的血已经凝固,眼里却充满了血丝。他真想过去再重重地打他几拳,扇他几巴掌。

这时,珠么措和勒姆下楼来了。

珠么措对儿子说:"去把他放了。"

桑洛松开牛皮绳,放了贡波。勒姆过去拉着儿子,含泪帮着他揉瘀青的手臂。

珠么措拿起贡波的藏袍,抖了抖上面的尘土和草屑,想要折起来。桑洛心里的火又冒起来了,他气哼哼地从阿妈手里抓过袍子两下折好,用腰带一扎,一把塞进贡波的怀里。

珠么措说:"好了,你们走吧。"

"走?就这样放他们走?"桑洛急了,奇怪地问。

"你还想干吗?"珠么措问儿子说。

"牦牛虽然追回来了,但是把我们累成了啥样。被偷的牦牛虽然是我们家的,但这也是村寨里的大事,我们可不能坏了规矩。"

珠么措一听也对,对大家说:"父老乡亲们,这两天辛苦大家了。泽仁大叔不在家,这事我就做主了。牦牛追回来了,我们家也没有损失啥,就不要他们赔偿了,放了他们吧。都是做父母的。刚才他阿妈要用她的嫁妆——一颗蜜蜡做抵押赎人。这年月挣几个钱不容易,就算做件善事吧。"

大家见主人家都这样说了,也就不好再说什么,尽管有人心里不乐意但也只能附和答应。桑洛的心里很憋气,按理说阿爸不在家,这事就该让他来决断,可是阿妈不让他说话,他也不敢顶撞,只能忍着。

珠么措转过身,对勒姆母子说:"你们走吧。"

勒姆见儿子凶狠地瞪着桑洛,好像随时要冲过去咬他两口。她一把夺过袍子抱在怀里,对他说:"跪下!"

"凭什么?"贡波以为要给桑洛他们下跪道歉或者道谢,心想今天就是被他们打死也绝不下跪,气哼哼地说。

勒姆想贡波毕竟是个男人,在这么多人面前跪下是有点难堪,也就没有强求他必须下跪,说:"你今天给我立个誓。"

贡波明白了,顿了一下,说:"我用身、语、意对神圣的'三宝'和守护山神、斯雷战神郑重起誓,从今天起,我再也不会去做偷盗的事情,如有违背,我甘心下地狱受罚。"他的表情看起来好像很受屈辱,但是语气却很庄重。

勒姆说:"你还要立个誓言,让这里的人都做个见证。"

"还要立什么誓言?"贡波大窘,心想还有完没完,几乎气急败坏地嚷起来。

"桑洛刚才当着你的面骂了我,还差点打了我,这些都是我自作自受。我知道你心里难受,知道你在打什么主意。我要你发誓以后不许向他寻仇。"

贡波脸上恨意大增,咬牙切齿,却不说话。旁边的人都愣住了,有人发出"啧啧"的赞叹声,为勒姆的行为感到赞赏。

"你不肯是吧?你想要气死我是不是?你——"勒姆又急又气,眼泪又下来了。

"好了,好了,我发誓。"贡波说。只见他嘴里嘀咕了几句,然后说:"我立过誓言了。"

"我没有听见,大声点。"勒姆说。

贡波没有办法,只得大声把誓言说出来。他刚才确实是在哄骗大家，嘴里念动的是痛恨的咒骂。

"用我的生命起誓。"勒姆逼迫他说。

"阿妈你疯了！"

勒姆瞪着儿子不说话。

贡波没办法，只得照着说了。他的脸涨得通红，一说完，眼里竟流下两滴泪来。

看到眼前的一幕，桑洛想起了那天自己磕长头上寺院的情景和自己发下的誓言。他向母亲看去，见她望着勒姆母子俩，脸上露出满意和嘉许的笑意。

6

勒姆带着儿子离开了祥丘村。大家目送他俩离去，只见她一手怀抱儿子的袍子，另一只手不停地擦着眼泪。

贡波一瘸一拐地跟在阿妈身后。他咬着牙，努力抬起头、挺直腰，可是从后面看，他依然像个弯腰驼背的病人。珠么措老人把他俩一直送到村外，叮嘱他们路上小心。

走在回家的路上，勒姆想着让人愧疚的往事、珠么措老人的善良、儿子的不争气和人们复杂的表情，忍不住悲悲切切地哭出声来。于是，就在这条大山深处的蜿蜒曲折的小路上，在绵长不绝的松涛声中，响起一个女人哀怨悲伤的哭泣，这哭声没有被骤然出现的野兔的蹦跶打断，没有为脚边草丛里惊飞的野鸡停顿，也没有被四处悦耳动人的鸟语掩盖。

终于，勒姆感到自己哭累了，心里也轻松了许多。她回过头，见儿子一言不发艰难地跟着，眼里蓄满了泪水，可使劲忍着不让它掉下来。贡波看到阿妈回过头，迅速把眼泪擦掉。

勒姆叹了口气，在路边的一块草甸上坐了下来，说："休息一会儿吧。"

贡波在离她几步远的地方慢慢坐下，抿着嘴，呆呆地望着地上不出声。

"孩子，我知道我逼你发的誓言，在你心里打下了死结，如果我再隐瞒，它会永远折磨你的心的，现在我就把它解开吧。"

勒姆理了一下思绪，眼光掠过面前绵密肃立的树木，看到被树影割出的一小块天空中，有团白云在慢慢移动。她悠悠地说："那已经是十多年前的事情了。那年你还小，才两岁多一点……"

"有一天……"

（原载于《民族文学》）

雪山上的祈祷　黑牦牛　摄

就这样成长

1

跟往常一样，纯净的天空看不见一丝云影，头顶上通透的深蓝犹如被反复地擦洗过，清澈、洁净、诱人。已经有十来天了，太阳还是这样火辣辣地晒着，每天一近中午就变得炽烈耀眼，闪烁出金属的硬光，使山岭、沟壑、树木、石头和其他所有东西的阴影变得更加阴暗。

当同一件事情持续不断地在身边重复，不用刻意去观察和留意也会知道它的每个细节。他看着身边来往的人，没等他们走近，就已经感觉到了他们身上挟裹着的那股劲风，耳边跟着响起从他们身上发出的"沙沙"的声响。从昨天开始，他怀疑那摩挲纸张般的"沙沙"的声响是他们的身体和干燥生硬的阳光摩擦后产生的。

他知道自己的身体就很难产生那种轻快而又让人感到烦躁的声响。他在自己身上听到的只有从脑袋深处传来的"嗡嗡"声，这几天，响声也变得越来越频繁了。就像现在，那"嗡嗡"声让他觉得自己是一朵硕大娇艳的鲜花，有群看不见的蜜蜂正振翅朝自己飞近。

除了阴雨天，在这不大的河谷里到处都是人。但是跟你发现的一样，河谷里虽然人多，可是一点也不混乱，除了个别看似闲散的人，他们都在有规律地活动着。

冰冷的月

第一次看到河谷里的景象时，你肯定会想到秋天采集食物的蚂蚁。庄稼地里一字儿摆开的几个漕子①是蚁穴，从地里延伸到河滩，再从河滩蜿蜒到河边的几条泛白的小径，是蚂蚁探测出的安全小路。而每条小路上来回穿梭的数十条人影，就是勤劳的工蚁了（人们把背砂②的人称为"马尾子"，乍一听，还以为在说"蚂蚁子"，名称上也相近）。唯一不同的是，蚂蚁把采集到的东西送进洞穴储藏起来做过冬的食物，而他们把洞里挖掘的东西背出来淘洗变卖后换成钱。

河谷里原来是一片沿着河岸上下延伸的巨大草坪，河边点缀着一溜浑圆、泛白、大大小小的河卵石。草坪上长有很多红柳，虽然没有连成片形成林，但是这里一簇那里几棵，枝丫横生，葱郁茂盛，摇影相接，生机盎然。每年一开春，不同的野花就在草坪上相继绽放，一直到秋意渐浓，万物萧瑟，才逐渐消失隐退。在农忙季节里，每到中午时候，在地里忙活的人们就三五成群地在这些红柳树的某个阴凉处休息，他们先煮上一壶浓酽的老茶，然后边喝茶边在闲聊中做午饭，看着淡紫袅娜的轻烟，绿意葱葱的柳树和草坪，还有草坪上绚烂盛开的报春、紫菀、狼毒、马先蒿或者龙胆花，内心生出闲适而满足的惬意。

两年前，有"高人"根据山岭的走势和河水的流向断定这里能挖出黄金，于是，河谷里骤然聚集起许多人来。"高人"说得没错。没过多久，这里被人称之为"红滩"③，而"红滩"又很快取代了河谷原来的地名。河谷里原来有数十个四处散落的殷红的石头，本来"红滩"之名跟这些石头无关，但现在也算有来源了。

河谷是从那时候开始改变的。因为人们的需要，一丛丛红柳被砍倒晒干，随着一处处炊烟的升灭，连枝带叶逐渐消失在灰烬里，飘散在轻烟中。跟着，有人惊喜地发现淘洗河沙也能淘出米粒般大小的一

---

① 漕子：采金术语，指开采黄金时挖掘的洞穴。
② 砂：采金术语，指含有黄金的砂石。
③ 红滩：采金术语，指大量挖出黄金的地方。

粒粒黄金，因此，河谷里的草坪就像一块美味的大饼，被饥饿的铁锹和长把的铁耙一块块吞噬，消化在大河的胃囊里。河卵石迫不及待地从草坪消失的地方冒出来，连同砂石，从河水的陪衬变成河谷的主人，起起伏伏地堆满了人们的视线。沙石间，绿幽幽的大小深潭这里一个，那里一个，大多数水潭没有进水口和出水处，里面没有鱼，每年只有青蛙和蟾蜍跑来产卵，然后蝌蚪变成青蛙和蟾蜍再离开。

也有一些红柳顽强地生长着，用寥落的身影经历着严寒和酷暑，它们已经没有了高大的身影和茂密的枝叶，只是以苟延残喘的方式畏缩在起伏的砂石间，躲藏在灰白的小径旁。它们连做柴火的资格都没有了。

河谷里到处是巨大的遮阳伞，花花绿绿的，像雨后森林里冒出的漂亮的毒蘑菇。伞下放着人们做午饭的食材、锅碗瓢盆和其他如背包、上衣一类的东西。夹在遮阳伞中间的是一些用木板搭成的简易的棚子，从那里飘散出各种诱人的美味，是等候购买黄金的老板和舍得花钱的人最喜欢光顾的地方。

在这忙碌的河谷里，你看不见老人也看不见孩子，你看见的都是青壮年的男女，因为这里的劳作是繁重而艰辛的。

看着那些从后面不断超越自己和从对面匆忙赶来的人，不管是男是女都显得生龙活虎，他明白唯一跟阳光擦不出声响的人只有自己，而脑袋里发出群蜂追逐般的声响的人也只有他自己。所以，那时不时就会涌上心头的自卑感又铺天盖地地弥漫开来。

他不敢让自己的脚步慢下来。每个从后面赶来的人都可以一拐一闪轻易地越过他，除了力不从心的无可奈何，他却觉得问心无愧。他对自己说："我已经尽力了！"

他机械地迈动沉重的脚步，半眯着眼睛朝明晃晃的天空瞟了一眼，肚子刚才就在咕咕作响了，可是看太阳的高度离午饭还有一段时间。他不由得在心里咒骂了自己几句，骂完了又忍不住怜悯起自己来。是啊，都说男人吃饭像打仗，可是他不仅吃饭速度慢，而且每次只吃几口感觉肚子就饱了，这导致饥饿也就早早地降临。

他从小肠胃就不好，容易生病，长得瘦瘦弱弱的，一张脸焦黄，所以村里的人都叫他"金脸"。"金脸"可不是什么赞美人的话，这是送给那些长相孱弱、面黄肌瘦的人带有一些讽刺意味的绰号。

从去年开始，他长个子的速度忽然加快了，好像在不经意间就已经跟他父亲的个头差不多了。长个头当然是件好事，但如果是不长肉呢？他那皮包骨头的样子更让人揪心了，大家每次看见他就想到细腰长腿的蚊子，在闲谈中他们说他"比冬天的枯竹子还要瘦弱"。夏天的时候，他再也不愿意跟伙伴们去河边洗澡了，因为大家总是喜欢拿他一条条清晰的肋骨和一截截突兀的脊椎打趣说事儿。

他隔着衣服摸了摸兜里，心里开始惴惴不安，一个上午就快过去了，可是兜里才揣着十来枚计数的小木牌。确切地说，是十二枚。再不跑快一点，下午可就有苦头吃了。

走完河滩就到了庄稼地里，抽穗的粮食在耳边沙沙作响，上坡的道路在眼前直立。庄稼地在缓坡上一直延伸到山腰。庄稼地的尽头是像腰带一样缠绕在山腰的光滑开阔的桦树林，再上去就成了覆盖整个山峦的密实的杉树林。漕子没有开在庄稼地的尽头，它从河滩上来就三分之二的路程。

为了庄稼地少受损，背砂的道路开得像用尺子画过的直线，让他每趟上去时气喘吁吁，下来时双腿发软，怎么都不好受。不过，那也只是让他最难受的其中一段道路而已。

他的脸上落满尘土，几条汗痕像蜿蜒的虫子倒挂在脸颊上，在汗水的滑落中，皮肤上像有蚂蚁或者毛毛虫爬过般发痒。他一把抓下汗湿的棒球帽，看着帽檐那圈湿漉漉发黑的汗渍和帽顶刚蹭上的泥土皱了皱眉头。他用帽子擦了把汗水，然后把它翻过来戴在头上，这让他涂鸦般的脸看上去更加滑稽可笑。

"这就是喜欢白色的结果。"他心里对自己说。

他想起那天他和伙伴们的聚会结束，从县城买回这顶帽子，父亲只是瞥了一眼，玩笑中带着嘲弄的语气，说："我们每天都像土狗儿①一样在泥土里打滚，你这是要去大城市游玩吗？"

"我会经常洗的。"他的语气有些倔强，也带有一丝顶撞的意味。

父亲没有再搭腔。他们父子俩不知道从什么时候开始话越来越少了。自从他回来后虽然跟父亲朝夕相处，可是相互间的距离却好像越来越远。也许是丢下课本的时间还不太长，他忽然觉得自己和父亲的心思就是数学题中常提到的那两列本该相遇而又一直没有相遇的火车，交流总是聚不到一个点上。有时候，他充满诗意的脑中又闪现出另外一个画面，他觉得他俩是大海上朝着相反方向航行的两艘船只，不知道还有没有返航的时候。所以，他们在对方的眼里正像影子般渐渐淡去。

在这特殊的劳作中他们需要帽子，需要用它来遮太阳、挡泥沙，还有对头皮进行适当及有限的保护。他一直喜欢白色，喜欢它带给自己的那份清爽。他每隔两三天就用肥皂和刷子细心地把帽子洗刷干净，可泥土和汗水总是让它显得脏兮兮的，不过他从来不为这件事情烦恼。

走完上坡路一头钻进漕子，凉爽的惬意就直浸上来。这里是阳光的禁地。从庄稼地里挖出的洞穴就像一根巨大的管道，斜斜地直插入地底，在亮光消失的地方溶在神秘的黑暗里。

洞内下斜的陡坡是让他感到难受的另一段道路。他想，其实从洞口折断般向内延伸的斜坡根本就不需要，根据目测和感觉，如果从河滩往上十几步的地方开始平着挖掘，不但不需要走这洞内洞外的两段陡坡，而且现在漕子里渗出的地下水可以顺着流出来，大家也就用不着蹚里面那道淹过小腿肚的浑浊橙黄的泥水了。

不过，他的想法立刻被伙伴们推翻了。他们笑着说："得了吧，不就是两段斜坡和一道水吗？有啥大不了的？再说了，当时谁也不知

---

① 土狗儿：方言，指旱獭。

道板①在哪里，要是挖得稍微高一点或者低一点都会错过，谁肯投那么多的工啊？"他听了也就默然了。

2

从洞口进去几步远的地方横挖有一个较宽阔的支洞，以前是晚上看守漕子的大叔睡觉的地方。最开始看守的大叔开口闭口总在细数睡在支洞里的种种好处，特别是提到冬天的避风和温暖，语气中还忍不住带有夸耀的味道。可是，没过几个月，他开始抱怨睡在洞里的坏处，他埋怨洞里的潮气让他落下了可怕的风湿病，每天早上起来后所有的关节都肿胀疼痛，难以忍受。

看守说的是实情，老板也不能眼睁睁地看着让个健康的人得上一到阴雨天就浑身疼痛、呻吟不止的病。这日子还长，不能让他继续睡在洞里了。老板跟几个人一起在漕子边用石块和夯土整理出一块平地，再找来一些旧木板和椽子，用长短不一的铁丝和生锈的钉子在平地上搭了一个简易的棚子，这不但是看守的新住处，也成了大家避雨的场所。后来，其他漕子的老板也跟着效仿，都在漕子边搭起了棚子。

看守大叔搬出来后，宽敞的支洞闲置了一段时间。后来，漕子里渗水，老板专门安排几个人抽水，支洞就成了他们小憩的地方。现在，他们几个盘腿坐在支洞里抽烟、闲聊，吞吐出的青烟像薄雾朝洞外飘散，在潮湿的洞穴里留下带有一点馨香的烟味。

他进洞后朝下多走了几步，在稍微阴暗的地方让眼睛适应一下，才踩着在泥地里挖出的"梯子"朝下走去。前面，一道微弱的光亮从黑暗的深处一抖一抖地冒出来，渐渐变大，慢慢上升，在飘忽不定中向他靠近。那是背砂的"马尾子"在往外走。他们在光线即将消失的

---

① 板：采金术语，指含有黄金的地质层。

地方相遇，他贴着洞壁让道。漕子内也有严格的"交通规则"——行走时两人相遇都靠各自的右边；进洞的要让出洞的人先过，就跟"轻车让重车"一样。

来人关上手电筒，呼哧呼哧地喘着气从他身边擦过，他们谁也没有开口说话。大家都忙着，谁也没有时间闲谈，再说从这熟悉而枯燥的劳作中也聊不出什么新意。至于在洞里打声招呼什么的就更没有必要了，一天中大家要相互碰面几十次呢！他听到那双刚刚走出泥水的湿鞋子踩出"叽叽吱吱"的响声很快消失在洞口，背上的重量和上升的坡度没有对他的速度造成什么影响。他大拇指一滑，打开手电筒，金黄的亮光立刻灌满了整个山洞。

走完斜坡就到了板上，双脚也踩进了哗哗作响的从早上开始就被无数双腿搅拌过的泥水里。从那里开始，所有的岔洞都是平坦的。水渗得很快，尽管抽水的人很卖力，但是一直干不了。他把腰弯成了虾米，一手拿着手电筒，另一只手随着脚步像在黑暗中摸索般地摆动着。没办法，洞挖得太低了，只能这样行走。

两边随手砌起的坚实石墙四通八达，连成一片，墙体上泛着潮湿阴冷的光泽。石墙里每隔丈许就嵌着一根杉木，以"立木撑千斤"的韧劲顶着上面用半爿杉木并排架成的樑。樑木连成一片，成了粗糙的屋顶。

进洞的道路虽然只有一条，但是一到里面，就像一棵大树生出的无数枝丫，到处是支洞，到处是一模一样的岔路。有些支洞开采得较深，跟左右相邻的漕子的支洞相连，整个地下布着个隐秘巨大的蜘蛛网。

无人行走的支洞里黢黑一团，没被振动的浅水无声地流着，清澈，凉爽。在深邃的黑暗里，偶尔有颗小石子从杉木缝或者冷石间掉落，轻微的击水声就在空洞、脆弱的暗影里回荡徘徊，良久才散去。听到这样的声音时，总是让人产生幻觉，觉得在那无知的黑暗里有个什么地下生灵，正在悄悄地窥探着行人的一举一动，虽然不会让人感

97

到悚然惊动,但是也会稍微惴惴不安。

他在洞中先后又让了两个背砂出去的"马尾子"。

他们这次挖得太深了,越往里面走缺氧越严重,蜡烛点不亮,进出的人只能拿手电筒照明。他感到呼吸急促起来,胸口像被塞了团厚厚的棉花般滞涩难受,两边的太阳穴也在欢快地"咚咚咚"打鼓。不知道是因为缺氧影响了视力,还是手电筒也需要足够的氧气,射出的那束光看上去也变得昏暗了。

走到尽头,他看见父亲光着膀子跪在地上,正挥舞着沉重尖锐的十字镐在面前的砂石上挖掘,镐尖上偶尔飞溅出火星。父亲手臂和肩上突出的肌肉坚硬如铁,在硬朗的线条中起起伏伏地跳动着,宽阔厚实的身影几乎占据了整个洞穴。这让他想到了在洞里冬眠的熊。但是冬眠的熊一动不动,而他父亲正在热火朝天地干活。

十字镐像个坚硬无比的鹰喙,疯狂地啄食着大山体内的血肉。干燥的砂石带着蓬松的脆响落在地上,但是立刻像粗糙的海绵一样吸饱了地下渗出的水。父亲的两个助手,也就是大家说的"二把手"和"三把手"在一旁打着手电筒给他照明。

看着父亲埋头苦干的模样,他心里感到自豪。但是,父亲那强壮的身影又让他感到羡慕、愧疚和不安。他的父亲是个优秀的匠人①,除了每天几十个人几十趟的砂石从他的十字镐下挖出,他还是一天劳作结束时最重要的摇篓手②,所以,他也就成了他们这漕子无可争议的主心骨人物。

"二把手"见有人来,前一漕挖好的砂已经装完了,就招呼匠人停下。

他见父亲弯着腰站起来,大腿以下全是湿的,淅淅沥沥地滴着泥

---

① 匠人:采金术语,指能按照含金地质层的走势挖掘,并做好砌墙和架檩木等保证安全工作的人。

② 摇篓手:采金术语,指能用特殊的木制淘金工具在水里把细砂和黄金分离,单独把黄金提取出来的人。

水。匠人退到一边把十字镐放在屁股下坐了下来，给他的两个助手腾出活动的空间。"二把手"用铁耙把混着水的砂石钩过来堆成一堆，接下来就轮到"三把手"用铁锹来装了。原来漕子里的活就匠人和"二把手"两个人干，但是这次挖得太远了，缺氧又较严重，就加了个"三把手"，大家好多一点时间轮流休息。

"三把手"示意他转身蹲下。他看了父亲一眼，想对他说自己确实干不了这活儿，也快要支持不下去了。这句话他已经在心里酝酿了很久，如果是个果实也应该成熟落地了。匠人见他一副欲言又止的样子，似乎猜出了儿子心里想说的话，他用粗大的青筋突兀的手背擦了下额头上的汗水，抓下帽子当扇子摇动，威严的眼光在帽子制造的凉风里多了一丝冷气。

他明白父亲的眼神，也记得他说过的话。自己现在已经是个开始长喉结、冒胡须的男子汉了，不能随随便便在别人面前再像小孩子一样示弱。他转身蹲下，背上用来背砂的四方的木箱子杵在地上，生硬地硌着尾椎骨。他喉头一滚动，把心里涌起的一缕悲伤和那句话一起吞进肚子里，心想：反正肚子早就饿了，就用这来充饥吧。

"三把手"用铁锹装了三下，这是每个人每趟的定量。他刚要使劲站起来，听父亲在身后说："再加一点。"他很诧异缺氧没有影响父亲的气息，他的声音依然沉稳如石，生硬如铁。

他的心情骤然暗淡了下来，感到鼻子有些发酸。

"三把手"说："差不多了，你看他瘦的。"

他看不见身后的情形，但是一听到铁锹铲动砂石的声响就知道结果了。在父亲不怒自威的眼光下，不管是任何人，一切争辩都是徒劳的。

本来他是不需要别人的怜悯和照顾的，一切困难咬咬牙也能坚持挺过去。但是，自从那天宣布新的制度后，他就成了学步的婴儿蹒跚在疾步行走的大人的身后，尽管使出浑身的力气也跟不上他们的步伐。

事情是这样的。根据路程和时间，以前规定每人每天背三十趟砂，以发牌计数。开始大家都按章办事，背完每天的三十趟就收工回家，可是不知道从什么时候开始，有人加快速度每天多背几趟，把多余的木牌存起来在想休息的时候用来凑数。后来大家都这样，以致有一天太阳才开始西斜大部分的人就数满回家了。那天他是最后一个把数量凑够的，最后几趟金洞里的"匠人"、"二把手"和河边"船"①上的人就等他一个人。

第二天，老板和漕子里的几个主要人物商议后，决定把每天背砂的次数增加到三十五趟，得到通知后很多人提出抗议，但是听了老板的话后就不吭声了。老板说："有啥可抱怨的？出的砂越多挣的钱也越多，你们不是在给自己挣钱吗？"

这对他来说是个灾难性的决定，他觉得那天是他灾难日的开始。但是，就像父亲说的，他是一个男人，再苦再累也得忍着，再大的困难也要自己去解决。也许是因为父亲的情面，也许是因为他的赢弱，"二把手"或者"三把手"给他装砂的时候开始掂量着少装那么一点，希望这一点能让他不至于那么拼命。

俗话说"群众的眼睛是雪亮的"，没过多久埋怨的话在背地里四下传开来，当然也落到了"匠人"的耳朵里。"匠人"的眼睛里从来揉不得沙子，他也从来不会给人落下任何话柄。

他知道父亲让"三把手"多装一点的原因，所以没对父亲产生一点儿怨恨，有的只是对自己的悲哀和同情。

离开的时候，他的大脑开始变得空白。每当他吃力地去办一件事情的时候，大脑就一片空白，身体只会机械地运动。生长在农村里，作为一个男孩子，能让他大脑变得空白的活计比比皆是。

---

① 船：采金术语，用木板做的像小船一样的采金工具。

3

他艰难地走在那条弯曲泛白的蚁路上，沉重的木箱挂在尾椎上，箱底时不时地撞一下迈步时抬起的小腿肚，脑子里只剩一个念头在打旋——我要休息！这念头拉长了他的脖子，脖颈变得越发纤细苍白，皮肤上青色显眼的血管努力向外凸着，要挣扎着剥离开他的躯体。

他好不容易把这趟砂送到"船"上。从发牌人手上接过计数的木牌时感到手心有些异样，他愣了一下，摊开手掌，见手里果然放着两枚木牌。他觉得全身的血液忽然加快了流速，心里忍不住哆嗦了一下。他诧异地抬头看了一眼发牌人那张被河风吹得干燥发紫的脸膛。发牌人对他点了点头，脸上带着掩饰不住的悲悯的神情。发牌人是他父亲的好朋友，他明白了他的心意。

他的脸猛地一下红了，连耳尖都在发烫，心抑制不住怦怦乱跳。在刹那的犹豫后，他把其中一枚木牌递给了发牌人，并坚定地摇了摇头。

这次轮到发牌人惊讶了，他正在迟疑是否要把木牌取回来，看见有"马尾子"正急急忙忙赶来。他接过木牌，无声地叹了口气。

"船"上的人都在埋头干活，没有人看见刚才发生的事情。

他把属于自己的木牌揣进兜里，对发牌人轻轻地点了点头表示感谢，转身时心里有些骄傲又有些伤感，泪水忍不住涌上眼眶。他不是不想要那张木牌，也不是高尚到鄙夷不劳而获，他是想到了父亲，想到他平常做事的风格，想到他坦荡的胸怀，想到他对自己的严厉，于是毅然决然地拒绝了发牌人的施舍。对，施舍！他这样想。他在心里对自己说："我是一个男人，是一个有尊严的人，我不需要别人的施舍和怜悯！"可是，这种种念头中难道就没有和父亲赌气的成分？应该也有一点吧。这复杂的情感让他自己也感到有些糊涂。

他耷拉着脑袋往回走，陷落在思绪的旋涡里。这是他的另一种习惯，每当想着一件事情，他就会毫无防备地跌落进浮想联翩的波涛里，沉浸和翱翔在别人无法触及的世界中。刚才离开河边时，在"船"上干活的母亲对他说了句啥他也没有听见。

他正走着，有个二十来岁的姑娘背着砂迎面跑来。他本来应该侧身避让，可是他反应迟钝，魂不守舍像在梦游。姑娘吃了一惊，在错身的一刻把身体一倾肩膀一斜，但还是没有避开碰撞，他成了碰在石墙上的皮球，被她的肩膀给弹了出去，一个旋转后倒在路边混着尘土的碎石堆里。他背上的木箱"哐当"一声砸在地上，手电筒从衣兜里掉出来摔在石头上，前面的玻璃"嚓"的一声撞成了碎片。

"哎呀！对不起，我没让过。快起来吧！"姑娘吓了一跳，虽然说得有些急促，但她嗓音中带着女人特有的温柔，像是在安慰不懂事的小孩。姑娘说完踏着大步向河边继续疾走，她想他那么大个的小伙子，总不需要她像搀扶老人那样把他小心翼翼地扶起来吧。况且大家都在赶时间，她也不例外。

她从河边回来，见他还以刚倒下去的姿势躺着，不由大吃一惊，脑袋里立刻闪出一个念头："难道我把他给撞死了？"

姑娘带着惊慌的神情蹲下身子察看，见他眼神空洞地望着天空，眼皮一动不动，似乎在蓝天白云间看到了让他目不转睛的景象。他的鼻翼一张一翕，瘦弱的胸膛也在那层薄衫下轻微地一起一伏。她松了口气，站起来在他的小腿上轻轻踢了一脚，嘴角一撇，嘲笑地说："起来！装死呀？这么大个的小伙子，不害臊。"

他还是一动不动。这时不断有人从他俩的身边走过，见他躺在地上好奇地放慢了脚步。她有些气恼，有些羞愧，也有些害怕，俯下身抓住他的一只手说："赶快起来吧，有这么多人看着，多丢人啊。"她想把他拉起来，一使劲，他的身子朝她转了小半圈还是躺在地上不动。

她跟他是邻居，虽然他们的年龄相差几岁，但也算是一起玩大的。自从两人进入青春期，发育后身体的明显变化拉开了彼此间的距离，她变得容易害羞，他变得有些内向自卑，如今两人见面时点点头就算是打过招呼了，基本不问候也不说话。但是，他们之间会发生今天这样的事情，是让她做梦都没有想到的。

她放下背上的木箱，一张俏脸因为羞愧、紧张和生气憋得通红，她用尽办法想让他站起来，但是劝了、拉了，一点用处也没有。不管她怎么小声地哀求和劝解，他脸上的神情跟刚才一样木然，没有丝毫变化；不管她怎么使劲地拉他，他背部以下都没有离开过地面，反而全身都沾满了尘土。他那画着花脸似的帽子跟他一样仰面躺在路边，头发已经被尘土染成了银灰色。木箱的两条长背带，一条套在肘上，一条套在肩上，在他的移动中，木箱像条忠实的宠物狗带着"哐哐"的声响紧跟着他的身体，不离不弃。有人开始停下脚步观看这场闹剧般的事情。接着，停下来的人越来越多，最后连其他漕子里的人都跑来看热闹。

人群里忽然传来"扑哧"一声忍俊不禁的笑声，因为那人看见紧跟着他的身体旋转的忠实的木箱子，马上想到了另外一个场景：这木箱子多像被脾气暴躁的马匹甩掉但是又被绳索挂在身上的马鞍。

看到围观的人不断增加，姑娘已经变得惊慌失措了，听到这笑声后忍不住哭出声来，嘴里却还在央求死乞白赖躺在地上的他。围观的人有的帮着劝，有的帮着拉，有的在咒骂，有的在安慰，当然还有些人脸上幸灾乐祸的笑意变得更浓了。

他瘦弱的身体被人拉起过几次，但是等他们一松手，他就像被人剔了骨头一样软软地倒下。他们恍然大悟，得出一个结论——他是赖上她了，他根本就不想起来。

他的小叔在另一个漕子背砂，听说侄儿被人撞倒在地起不来了，撞他的姑娘吓得在那里哭泣，急匆匆地赶来。小叔只比他大几岁，两人感情很要好，村里的人都说他俩不像叔侄，倒像是兄弟。

小叔的第一个念头是侄儿肯定受重伤起不来了，他一到现场就狠狠地瞪了姑娘一眼，眼神中充满了责备和威胁。姑娘一直暗恋着小叔，小叔对她也有意思。她见他不问青红皂白一见面就对自己吹胡子瞪眼地充满了敌意，心里一阵难过，哭得更加伤心起来。

等小叔在心慌意乱中检查了一番，才发现事情根本不是他想象的那样，立刻火冒三丈。他一把把侄儿从地上拽起来，大声吼道："给我站起来！要死也死家里去，别在这儿装死丢人！"他的身材魁梧，提着稻草人一样轻盈的侄儿简直就像老鹰抓小鸡。

他用两只大手抓住侄儿的两个肩膀，像拉面团一样把他从一团拉成一条，但是手一松，他又从一条变成一团像刚才那样瘫软在地上。"我就不信！"他说着再提，再放，他再瘫倒，这样重复了几次，他气急败坏地在他的大腿和臀部狠狠地踢了几脚，见他没有任何反应，他自己的脚背却被他臀部的骨头硌得生疼。他龇着牙狠狠地朝他啐了一口唾沫，撞开围观的人群悻悻地离开了，那张年轻的英俊的面孔因为愤怒变得有些扭曲了。

不知道是谁去报的信，他的小叔刚离开他的母亲就赶来了。脸色苍白的她嘴里喃喃地说着骂着劝着，用力朝上拉着儿子，直到她累出一身汗，也不过是在儿子和自己的身上多增加了一些灰白的尘土而已。她知道被一个姑娘的肩膀撞一下不会产生多大的伤害，可儿子却在众目睽睽之下躺在地上活像只死狗赖着不肯起来。

母亲气得有些抓狂，脸上的皱纹好像突然间全堆在了眼角，泪水像檐角的滴水，忍不住"扑簌簌"掉下来，但是，她又不能当着这么多人的面把儿子撕打一顿。现在儿子已经长大了，他也有男人的尊严，所以早从两年前她和丈夫再也没有动过儿子一根指头。可是，今天他为什么要让自己的尊严扫地呢？这让母亲很伤心。她用头巾擦了擦眼泪，劝住还在哭泣的姑娘，央求围观的人群散去，最后无可奈何地对儿子说："你不嫌丢脸就在路边躺着吧！"说完丢下他回河边的"船"上去了。

进去背砂的人把外面发生的事情对匠人说了，他听后脸色变了一下，但马上又恢复了平静。他很平淡地说："他也不是小孩子了，应该有自己解决事情的方法。让他去吧。"听了他的话，没有人吭声。

　　匠人不是不关心儿子，自从两年前他决定不再用对付小孩子的方式来惩罚儿子所犯下的错误时，他就开诚布公地跟儿子进行了一场谈话，告诉他男人的责任、担当、勇敢、气魄、胸襟和坚韧等，希望他能成为一个让大家都竖大拇指的人物。可是，事与愿违，儿子的性格越来越懦弱、自卑、内向，也不知道是他瘦弱的身体影响了他性格的养成，还是他的性格抑制了他身体的成长，要不是他脸上的五官跟自己像是从一个模子里刻出来的，他会认为自己养育了十六年的这个小子肯定不是自己的种。

　　后来，每次他想跟儿子说些意味深长的话，就见他的脸上露出厌烦、惊慌或者胆怯的神情，让他们的谈话不了了之。他明显感觉到父子间心里的距离在不断拉长。现在，他除了在心里默默地叹口气外，没有任何办法。

4

　　母亲离开后，剩下的人群也没有一直围观下去，他们不只有各自的事情要做外，最重要的是等了好一会儿也不见他的父亲出现，以大家熟知的匠人的脾性，可以肯定他是不会来了。

　　人群散去，只剩他一个人不死不活地在路边躺着。几趟下来，匆忙路过的人除了无意识地偶尔会瞟上他一眼，他在他们的眼里已经跟低矮丑陋的红柳和被太阳晒得发烫的河卵石没有什么区别了。

　　"就这样躺着吧，有什么不妥？让他们嘲笑去吧！"

　　当他发现自己已经倒在地上的时候，不清楚自己是摔得轻还是摔得重，浑身感受不到丝毫痛楚，身体下面硌人的河卵石成了柔软的羊绒。他觉得全身软绵绵、轻飘飘的，刚才还异常沉重的躯体快幻化成一片轻柔的羽毛，不需要风的托举就能自然腾空飘走。

　　"这样躺着真好！"这是他所有感官传达给他的唯一信息。

其实，从头到尾他也不是没有想过要起来，他只是渴望多躺一会儿，多享受一刻这梦寐以求的舒适和惬意。但是，接下来发生的事情太快了，哭声、围观、劝解、拉扯和踢打一起向他袭来，他厌恶烦躁的心里突然冒出一个念头，好像是要跟谁赌气似的，"反正已经丢脸了，也没有必要赶紧站起来拉拉衣服抖抖灰尘来挽救了，就这样躺下去，让他们围观吧！议论吧！嘲笑吧！谁管得着谁呀！"

他在心里对自己说完这番发狠似的话后，心灵深处忽然升腾起一种"破罐子破摔"的快感，让他更是下定了决心。这一刻，那些平常无比看重的尊严一类的东西被他抛到了地狱一般阴沉的深渊里。

人群说散就散了，耀眼的阳光下四周恢复了跟往常一样的平静，只有远处河水的流淌声轻一阵重一阵地隐隐传来。

他微微把头侧了一下，眼角的余光看见了那抹鲜红。没错，那不是错觉，那抹让他心灵感到一阵刺痛的鲜红就在他的眼角摇曳。刚才在拉扯中他只是无意中瞟到了一眼，现在却看得无比真切了。

那是一株鲜红艳丽的川赤芍，在一小丛干硬的红柳枝下唱着生命的赞歌。川赤芍卑微地躲在沙丘的阴影下，几乎失去全部绿叶的红柳用交织的枝干挡住砂石的侵蚀，为它守护出一片拱形的隐秘天地，它在那里坚强而又自由地盛开着。川赤芍的花枝上顶着两朵花，一朵开得正鲜，另一朵蓓蕾努力地撑开萼衣等待绽放。这花跟以前在这片草坪上柳林间盛开的川赤芍相比太孱弱了，但它能在这样的环境里开放，又成了另一个奇迹。花开得很隐蔽，是因为柳枝为它缔造的世界正好挡住了行人的目光。这是鲜花和柳树的盟约。现在，却被躺在地上的他看见了。

他回过头，望着高远天空那深邃的蓝色和几缕洁白的浮云，眼角忽然流下两行泪来。泪水顺着眼角滑到鬓角，再从鬓角落在河卵石上，被灼热光滑的石头吸收，迅速消失。

他像一具被人丢弃的死尸倒在路边，纹丝不动的躯体上很难看到生命的迹象。但是，他的思维在鲜花带来的刺痛中恢复了活力，并像机器核心滚动的轴承一样飞速地旋转起来。

离开学校有多久了？应该快一年了吧。为什么流泪？因为他想起了他的班主任，更确切地说是想起了那天傍晚他们的谈话。

自从这片河谷成了"红滩"，人们的生活被搅动了。黄金，原来只是大家偶尔会在谈话中涉及的词汇，但是现在这金灿灿的金属却变得非常直观，人们把它从大山的心腹里混着泥沙背出来，经过河水的淘洗后让它显露本色，可以无比清晰地看到它，也可以无比真实地触摸它。人们话题的中心开始转移，从亘古不变的土地、庄稼、牛羊忽然变成了耳目一新的黄金、黄金、黄金。紧跟着，许许多多的事情从原来的轨道上脱离出来。就像这些事情，你也应该听说过：老板们的家里突然来了那些以前不走动的远亲和已经疏远的朋友，他们用这样或者那样的话语，央求说希望能在老板们的漕子里挣点钱。这些老板以前跟大家一样只是一个老实巴交的庄稼汉，过着勤劳而清贫的日子，可自从他们的庄稼地里挖出黄金后他们就荣升为"老板"。所以理所当然地，他们觉得人生的价值在这一刻体现出来了，说着他们以前没有想到过的话，做着他们从前没有经历过的事情。

你当然也知道，每天在河滩上涌动的人群来自四面八方，甚至还有外县的。他们有的在漕子里做事，每天按时出工按时收工，完成各自的工作，然后每个月底根据出工的天数和黄金的产出量拿到属于自己的那笔钱。有的人没有那么幸运，他们只能在大河的支流里搭好自己的小"船"，征得老板的同意后，把从漕子里背出来刚刚淘过的砂石运过去再淘洗一遍，但是能不能淘到黄金，全靠"船"上的人是否肯高抬贵手，因此他们的收入是不确定的。

就像春雨后洁白的草菇"噌噌噌"冒出地面，在舒缓的草坡上点缀成片一样，原本寂静的河谷里，搭了棚，撑了伞，有人卖各种小吃，有人卖各样杂货，有人腰上裹着一沓沓钞票倒卖黄金，还有人背着相机给人拍照挣钱。

人多了，人性杂了，人心也跟着乱了。这里当然不会缺少聚会般的欢歌和笑语。可是，人与人之间走得太近了，由于相互间的不断了解，等看清别人的缺点和弱点后，彼此间原有的尊重、欣赏、同情或者怜悯也跟着慢慢消失，再加上赤裸裸的金钱利益，河谷间也就有了谩骂和厮打，白眼和仇恨。

不可避免地，关于黄金的诱惑也波及学校。不断有学生辍学，他们基本都是同一个村的，他们都奔着金灿灿的黄金和摸得着的钞票去了。

从挖出黄金开始不到一个月的时间里，他成了他们村寨唯一一个还在县城中学读书的人。

从县城到村寨有七公里的路程，平常每到周末大家就一起回家。有时候运气好，他们能搭上好心人的拖拉机走上一程，但更多是走路，可不管怎样，一路打打闹闹地行走在回家和返校的路上也是快乐无比的。

自从同伴们一个接一个从各自教室的座位上消失，班主任们在时而叹息时而愤慨中不断调整着座位，一次次让班长把空出来的桌子和板凳还到学校的杂物室。跟着，好像有人策划似的，他们村寨和他的名字在全校集会时或者班会上频频出现，在谈论和训话的褒贬中成为社会现实与学校教育之间产生的不可调和的矛盾的活生生的例子了。

一天傍晚，他从外面看书回来，在校门口碰到班主任。那天天空中烧着如火如荼的晚霞。班主任的脸被霞光映得绯红，像是抹了一层胭脂，一头梳得直直的随意披在身后的长发在若有若无的晚风中轻轻撩动着，那一刻，他发现年轻的班主任身上有一种惊心动魄的美。他看见班主任的身上散发着一种朦胧神秘的光芒，暗淡了恢宏的霞光，让他几乎不敢直视，也让他忍不住脸上发烧。

班主任叫住他，问："看书去了？"

他站得很规矩，轻轻地"嗯"了一声，点点头，算是回答，心里却在为自己刚才的念头忐忑自责。

"还能这样用功真是难得。你在看什么书？"

他把历史课本的封面朝班主任伸过去。

班主任"哦"了一声,说:"不错!不错!"

班主任一直很喜欢这个用功的学生,特别是自从发生了学生流失的事情后,见他还一直坚持来学校,一个学期快完了还是那样认真,对他更是另眼相看、青睐有加了。

班主任看着他,有些意味深长地说:"你家里的情况怎么样?你——不会跟他们一样吧?"

他明白班主任话里的意思,他也清楚老师们对自己的关怀。他垂下脑袋看着脚下的水泥路,没有吭声。是因为心里有愧吗?他见自己的脚边落着一小片废纸,一眼就看出是从谁的作业本上撕下来的,残缺的纸页上用黑色的墨水写着字,也不知道是某门功课的作业还是某人写后被撕毁的情书,在霞光中看不清楚。

尽管家里从来没有对他提过辍学回家的事,可是他的心里却越来越觉得不安。一直以来,他都很清楚自己的能力和本事。他在村子里算得上是个另类,跟同龄人处处不一样。别人在周末和假期跟随父亲或者哥哥上山下地,把那些该男人们干的活儿完成得很漂亮,可是他自己就不行,他是扛不了木头开不了荒,背不起石头耕不了地,凡是体力活没有哪一样干着不吃力。

他头脑聪明,可是给别人留下的却是狡猾的印象,尽管他也没做过什么奸诈的事情。直到如今,只有一件事情让他感到很自豪,那就是读书。但是,这在别人的眼里却算不了什么,既成不了气候,也长不了出息,他们的理由是:他是他们家唯一的儿子,下面只有一个妹妹,他将来是要娶妻生子,成家立业,用自己的力气去养活一家老小的人。再说了,他们村寨直到现在也只出过一个拿工资吃皇粮的人,而那份工作是他去当兵、立功、转业才得到的,用他们的话说那是用自己的身体和气力换来的。

不管别人怎么看待,他对学习从来没有放松,也不敢放松。他很清楚自己的身体状况,既不能指望用它养家糊口,也不敢奢望拿它当兵立功，他将来能依靠的只有自己的脑袋里那份与生俱来的一点点聪慧了。

刚进中学时，班主任根据他们的入校成绩选他当了班长，但是试用两个星期后发现他缺少组织能力和协调能力，就改选他为学习委员。当班主任公布她的决定时，他跟伙伴们一起笑了，因为在小学时老师就做过相同的事情和说过同样的话。

学校里，伙伴们用功学习的不多。他们喜欢的是打篮球、追女生，或者是躲到校园后山坡上的某处小草坪里喝点小酒，或者为发泄多余的精力打打架。学习成了煎熬，他们常说等把中学混毕业就回去，沿着祖辈生活过的轨迹快乐轻松地生活，现在到校的目的只有一个，用他们父母的话说就是免得以后跟他们一样成了"睁眼瞎"。他虽然跟大家的想法不一样，可是他们的关系却很好，这不只是在很多时候他们在作业上需要仰仗他，还因为他谦卑随和的性格。

跟他们一样？班主任为什么要这样问？她是不是在这段时间看出了什么？他不得而知。

班主任见他看着地上不说话，长长地叹了一口气，说："无奈的现实哪——！你知道吗？你的路不在那里呀！"她的语气中充满了疲惫般的悲伤情绪，好像还有一点无能为力的自责。

他感到心里一痛，抬头看了班主任一眼，见她望着远山，眼角仿佛闪过一抹泪光，他心里的愧疚立刻弥漫到脸上。他又把眼光转移到地面，看见刚才注视的那片纸屑正被晚风刮走。

他们默默地在校门口站了一会儿，来往的同学从他们身边经过，好奇地看着他，还以为他犯了什么过错正受到班主任的责罚。

班主任好像忽然醒悟过来，她很优雅地甩了一下头，把被风吹到胸前的几缕长发甩到身后，轻轻地摆了摆手，说："进去吧。"

他马上掉转身，像逃跑一样回到学校。

现在，他躺在路边，班主任的那声叹息毫无征兆地在他耳边响起。那声隔着时空飞来的叹息变成沉重的铁锤，冷漠无情地敲击在他的心头，剧烈的疼痛狠狠地拧在一起，让他的眼泪止不住地流了下来。

5

自伙伴们离开学校以后，每个周末回家就只剩下他一个人了，没有人陪着说笑打闹，他就边背书边往家里赶，因为进入初中后功课压力变大了。为了躲避车辆和嘈杂，他每次都走山间那条弯曲的小道，到家时天也基本快黑了。

一次周末，母亲正忙着做晚饭，见他进门时眼睛还盯着书本，嘴里叨念着。母亲愤愤地说："还在看，眼睛想看瞎是不是？怎么才回来？每次都这样，我还以为你不回来了呢！"

一听这话他就猜到母亲这两天肯定在跟父亲闹别扭，因为每次他俩赌气她心里不痛快，埋怨的话就多起来。

果然，只听她接着说："你看你现在什么忙也帮不上，这还是不是你的家？你妹妹那么小还知道帮我做这做那的，你就跟你父亲一样。两个大男人，哎！哪里管我累死累活地忙活。"

他一声不吭，走进自己的房间把书包放好。他知道母亲发泄一下就没事了，要是自己搭腔说不好还会火上浇油。

母亲还在自言自语地继续唠叨："你要是早点回来，哪怕就帮上一丁点儿忙也好啊！哎！真是命苦，腰都快要累断了。"

他走到母亲面前，问："父亲咋还没有回来？他是不是又在跟他们喝酒？"

"那还用说吗？酒就是他的命！"母亲嚷嚷了一下，马上又把声音放低，说："乖孩子，你去把你父亲带回来好吗？他们这会儿肯定喝醉了，回来时糊里糊涂栽到路坎下就糟了。哎！老都老了还不让人省心。"

他知道父亲在什么地方喝酒。

每天收工后留下的总是那几个人。等匠人摇完篷,大家就到小木棚里把当天淘到的黄金过戥,由记录员记下克数,然后把黄金装在粗大的竹筒里塞紧塞子,交给由大家推选出来的最值得信任的保管员。忙完上面的事情,记工员掏出笔记本给大家念当天的出勤记录,本子已经变色了,沾满橙红色的泥土,看起来很旧,就像一个关于寻宝线索的古董。漕子的老板是监工,可他从来不插手上面的工作,只是旁观。

该回去了,老板会问:"今天喝点酒吧?"

要是家里没有什么要紧的事情,他们就点头应允,老板自掏腰包打上几斤白酒,装在他们常用的几个酒瓶里。酒瓶是用卫生院装液体的高温瓶做的,在软胶塞子上插一截输液管,不光喝酒方便,就是不小心把酒瓶打翻,酒也不会滴洒。

回家的小路上,大家转着酒瓶边走边喝,等来到离村寨不远的那片小草坪里,他们就围成圈坐下,说着事,打着趣,把剩下的酒全喝光了才东倒西歪地各自回家。小路在半山腰上,一边是山体,一边是坡坎,常人走起来当然没事,可是一个醉汉在那条路上一摇一晃地走动就让人担心了。

他来到父亲他们那里,见他们五个人都已经脸色泛红,醉眼蒙眬,有两个人说话时舌头开始有点打绊了。

匠人朝他招了招手,说话还是比较清楚:"儿子,来,坐你老爸这儿。"坐在匠人旁边的人挪了挪屁股,可是使不上劲,活动了好一阵才腾出一条小缝来。他揶揄着说:"你儿子这么瘦小,没问题,他应该能坐下。"

匠人捶了那人一拳,用嘲弄的语气笑着说:"我儿子再瘦小也是个大小伙子。还有,你不要光说我儿子,你这没用的家伙怎么连生了三个都是女儿?还是儿子好啊,虽然他看上去不大像个男子汉,但还是可以延续我们家的香火。"他说完朝另外一边移动了一下,给儿子让出足够的空间。那人听了匠人的话也不生气,反而乐呵呵地大笑起来。

他刚坐下,酒瓶就转到了他的手里。他接过酒瓶递给父亲。刚才那人好像发现了什么新鲜事似的又跟他开起玩笑来:"你怎么不喝酒?"

"我不会喝。"

"是男人都会喝酒。你看哪个小伙子不喝酒?"那人把"小伙子"三个字故意说得很重,当然是在针对刚才匠人的话。

"大叔,一棵树上没有完全相同的两片叶子,世界上的人虽然多,但都是不一样的。"

"啧啧,口才不错,还会讲点大道理。但是小伙子你错了,不是每个人都不一样,而是你跟每个人都不一样,知道吗?"

匠人说:"我儿子是跟别人不一样,他头脑好使。"

"头脑好使也得靠力气吃饭,靠力气养家糊口。你觉得你儿子能吃上皇粮不用回村寨了?"

"那也说不定!"匠人心里认定这是一句玩笑话,所以故意说得很夸张。当然,旁人一下就听出来了,因为他说得没有一点儿底气,就像一个吹胀了的气球,里面是虚的,只要拿针轻轻一戳就爆。

他感到心里莫名其妙地痛了一下,同时也为父亲的语气感到尴尬。他微微地笑了笑,没有加入他们的谈话中。

几个人又自顾自地有一搭没一搭地说开了,他坐在那里只是听着,不搭腔,也不劝他们回去。他知道不喝光瓶子里的酒他们是不会离开的。

等他们准备回家的时候,月亮已经升起来了,小路在他们的脚下一溜灰白。他见父亲喝醉了,起身有些吃力,赶紧去扶。匠人没等他出手猛一使劲,身体摇晃了一下站了起来,大着舌头有些结巴地说:"儿……儿子,你是扶……扶不了我的,小心我把你的……你的骨头压断。"

他心里明白这是父亲对自己说的一句玩笑话而已,但是当着别人

113

的面这样说他，让他心里感到难受。尽管，这些醉汉也许没有听见，或者听到了明天也会忘记，但他自己是清醒的。而且，刚才母亲的话不合时宜地在他的耳边响了起来。

从那天起，他变得有点小心翼翼，也有点敏感了。可有些事情他却猝不及防。对他来说，班主任那天通知的事情就是个非常糟糕的决定。

班主任是他们的语文老师，说他们的作文每次都写得不尽如人意，没有达到理想中的效果，更看不见有什么明显的提高，她宣布下周全班包车去景区游玩一天，亲自观察感受一番，回来后写一篇游记看看效果如何。班主任说大概计算了一下包车的费用和全班的吃喝，分摊下来每人得交一百元，要是有剩余的就当作班费，让大家周末回去拿钱。

他回家后把班主任的话告诉了父亲。父亲对他们的活动没有表示什么看法，只是在给钱的时候对母亲说："别人家的孩子都在挣钱给父母了，可是我们的儿子却还在伸手向我们要钱。"

他听了一愣，伸出一半的手僵在空气中。他小心而又仔细地看了父亲一眼，从他的脸上既没有看出开玩笑的神情，也没有看出认真的表情。一阵猛烈的刺痛感从他的内心深处袭来，他的脸色变得苍白，手轻微地哆嗦了一下，心里想着要把手缩回来。可是在刹那间的犹豫后，他还是把父亲手里的钱接了过来，这不光因为他是班委不能缺席，更重要的是他确实想跟大家一起去景区游玩。

屋内的光线有些暗淡，父亲也许没有看见他的表情变化，跟母亲变换话题谈论其他的事情。他们的谈话他一句也没有听进去，心里却隐隐感到这也许就是最后一次跟同学们在一起集体活动了。那一刻，他听到自己心里最珍贵的什么东西破裂了，而且有种会轰然坍塌的预感。

6

  伙伴们自从回去当"马尾子"背砂挣钱，他们就商量好给父母提出了一个条件：每个月结束无论天气好坏他们都要去县城玩耍两天，在这两天的时间里，不管他们是上街打台球、下馆子吃饭喝酒，还是看两元钱一场的通宵录像，家长们都不能干涉。当然，他们也保证不会去干什么坏事闯祸。

  谈判开始并不顺利，后来有一家父母答应了，其他家的谈判也就势如破竹在几天当中全部谈妥。让大家没想到的是，还有原本在村寨里劳动没有上学的小伙子和其他地方来的小伙子加入他们的队伍中，以致每到月底，上县城的年轻人的队伍成浩浩荡荡之势。最初两次他们是一起活动，但是因为个人的喜好不同，意见很难统一，玩得也不尽兴，过后自然而然地分成了几批，而那些辍学回家的同学们永远是步调一致的死党。

  他就是在那样的情况下遇到他们的。那天正好是月底，却不是星期天。他们在一家台球室里围着几张球桌玩得昏天黑地，直到肚子饿得不行了才离开。他们在街上无意中遇见他，大家高兴地在问候中相互捶打了几拳（这是他们哥儿们间表示亲热的方式），然后簇拥着把他拉到了他们常去的那家饭馆。

  他在他们间不是年龄最大的，但是那天他们坚持把他拖到上位坐下。大家挨挨挤挤地坐了一大桌。他们说自从离开学校后就再也没有一起聚过，今天既然碰到了就要好好"搓"一顿。

  点过菜，他们在等待中开始谈论刚才赌台球的事，说谁赢了谁多少把，谁又输了谁多少把，每把五元，最后算下来谁要给谁付多少钱等，中间还夹杂着多算或者少算的争辩，一时间嚷嚷成一团。他饶有兴致地看着，见他们一个个衣着光鲜，头发锃亮，留着时下正流行的嬉皮士发型，显得不拘而潇洒，他看得有些好笑又有一点儿羡慕。他们有的打开钱包，有的直接从兜里掏出一大把钱，吵吵嚷嚷中做赌球的结算，顺便凑这桌的酒菜钱。他发现他们的左手都戴着不同式样的金戒指，知道那是他们的父母给他们的额外奖赏。

他的兜里除了学校食堂的饭菜票，只有两元钱，这让他心里窘得发慌。他脸色发红，坐立不安，在责备自己冒失地跟着他们进饭馆的同时想找个借口离开。坐在他右边的同伴注意到他的神情，说今天是他们请客，他不用凑钱。他没有因这句话感到轻松，反而自卑地认为自己是个蹭吃蹭喝的骗子。

同伴跟他说过话，拿起他放在身后凳子上的语文课本，问："要上完了吧？"

他回答说："快了。"脸色却莫名其妙地红了起来。

"哦，都讲到这里了。"同伴把书翻到画有记号和做着笔记的地方，嘴唇嚅动，无声地读起那篇课文来。那一刻，他看见同伴的眼神变得很安静，里面漾着思想，而那副专注的神情像是在教室里认真上课。

"哈哈，你不会是想回学校了吧？"看到同伴读书的样子，有人打趣说。

"这下你回去，学校也不一定会要你了。"有人笑着附和说。

"说实话，我还真的有些怀念读书的日子。可惜就像你说的，现在是回不去啰。"同伴说着，有些恋恋不舍地像用手掌擦拭灰尘般抚摸了一下课本的封面才把它放回原处。

"其实回去也好，不然只剩下他一个人了，每次来回的路上肯定挺孤单的。"有人指着他说。

他笑了笑，没有搭话，心里闪现出每个周末回家路上那些大大小小的弯道，形状各异的大小石包，在灌木丛里乱窜的画眉鸟、麻雀和野鸡，还有小溪的潺潺流水声和那片小树林里树枝摇曳的声响。

这顿饭吃得很丰盛，也吃了很久，当他赶回学校的时候晚自习都快下了。还有，他把课本也忘在了那家饭馆。

学校的大门早锁上了，他是爬墙进去的。翻墙的时候他手脚发软，一头栽了下去，摔在围墙下，当他挣扎着爬起来时，发现面前杵着三个黑影，是他的班主任和这星期的两个值周老师。他们已经在这里等候多时了。这里是学校围墙最矮的一段，也是逃课学生常常翻越的地方。今晚，他们在这里守株待兔。

值周的男老师上前抓住他的领口，一把将他提起来，马上闻到一股浓烈的酒气，他气得大骂："晚自习逃课！还跑去喝酒！"喝骂中，他用膝盖在这调皮的学生的大腿上使劲顶了几下。

他的痛感神经早已跟其他的感官一起被酒精麻醉了。他没有感觉到一点儿疼痛，却咧嘴嘻嘻一笑，有些嬉皮笑脸地说："我……我喝酒……了吗？"

他确实是喝酒了，而且喝得还不少。

饭桌上，大家知道他从不喝酒，本来给他叫了一瓶可乐，可是他鬼使神差地使劲把桌子一拍，豪气干云地说："我要喝酒，跟你们一样！可乐？喊——，那是女人们喝的玩意儿。"

这是他第一次喝酒，却跟喝水一样轻松。从饭馆出来，大家都有一些醉意。他们劝他说干脆不要去学校了，跟他们一起看通宵录像，然后回家，明天就开始到漕子里做"马尾子"背砂挣钱，老板们都是自己村的，他们肯定拉不下脸拒绝。

听了他们的建议，他虽然话说得不那么顺畅，但还是大义凛然地把他们臭骂了一顿，说他们想把自己也拖下水，他自己无论如何是要坚持回学校的。他们又提议送他，他毅然决然地拒绝了，而且迈着稳稳的步子离开。从那家饭馆到学校虽然只有一小段路程，他被晚风一吹，却是越走越醉，脚步也跟着变得跟跟跄跄起来。

男老师见他一副贼忒兮兮的样子，厌恶而气愤地骂了声"混蛋"。班主任赶紧上前扶住他，她知道现在对一个喝醉酒的人说什么也是白搭，而且只会让自己更加冒火。

这时，下晚自习的铃声响了，班主任和女值周老师一起把已经醉得走不了路的他扶回寝室，交给室长，盼咐他把他照顾好。那一晚，他翻江倒海地吐了几次，寝室的门窗一晚大开，呕吐的臭味让大家都没有睡好。室长跋拉着拖鞋，在咬牙切齿的咒骂中闭着呼吸忍住恶心帮着他一次次清扫。

就那次逃课醉酒，学校给了他一次记大过处分。

在接下来的一段时间里，他那天反常的行为成为全校师生谈论的话题，面对别人审视和探寻的目光，他的内心也对自己充满了疑惑。不过，不管怎么说，终于还是放假了。

回家当天父亲对他说："你明天就到漕子里背砂吧，我已经都说好了。别人每天背三十趟，你就背十五趟，拿一半的钱，这样也好给你自己挣点书学费。"

假期里当然得帮着家里做事。现在所有人忙的都是这活儿，而且父亲的要求也不高，他没有理由不答应。第二天，他换好衣服跟随父母到那片河谷当"马尾子"背砂挣钱。

开始，一切都是新奇的，在显得神秘的地洞里进进出出他觉得好玩。那时，漕子挖得还不是很深，没有地下水渗出来，挖出的砂都是干燥的，一背的重量也就三十多斤，虽然从洞里弯腰驼背地背出来不那么轻松，但也不是他想象的那样难。所以，他没有按照父亲说的每天只背十五趟。他知道，自己要是那样做了，将会落下不小的话柄，被人奚落，引人耻笑。他要为自己的尊严负责。

这个假期他过得很充实。跟形形色色的人物在一起，休息时听他们天南地北地闲谈也是一种享受，而且这里也没有那么多的约束。

假期就快结束了。月底他跟伙伴们到县城去玩耍，回来的时候父亲见他手里提着一台"燕舞"牌收录机，心里什么都明白了，他想：也好，这毕竟是迟早的事情。

假期里，他跟父亲说背砂也不是自己想象的那么困难，父亲用试探的口吻说："那你就留下来继续吧。"

他没有答应。

过后父亲又提了几次，他却在心里开始考虑了。虽然他知道自己成绩好，但是对考上学校还是没有多大的把握，平常他们听到某某人考上了什么学校，都是因为人家的某某亲戚在某个重要的部门上班，是走的关系开的后门，而自己的所有亲戚加起来也不过得出两个字——农民。所以，他不太敢奢望。当然，除了上面的因素他还有其他的顾虑，要是真的考上了学校，那庞大的费用还得问家里要，想起父亲上次说的话，到时自己该如何开口？那时他肯给吗？这他也不敢确定。他想，如果注定以后一定要回来，那倒不如现在就回来挣点钱，毕竟是这东西在左右着人们的生活。

后来，父亲的试探换了个方式，他问儿子说："你想要什么东西？"

那次他不假思索地回答说："一台收录机。"

他的一个伙伴就买了台"燕舞"收录机，每天回家就躺在贴满了歌手和电影明星的海报与宣传画的房间里大声地放着歌曲，跟着学唱，这让他羡慕不已。

"唔——，这可不便宜，不过是个好东西。"父亲说。

所以，他就把好东西买回来了。跟收录机一起买的还有二十多盘他喜欢的磁带和一大卷海报、宣传画。

但是他不知道，一台"燕舞"不仅宣告了他校园生活的结束，也给他挖了一个不大不小的陷阱。

他正式成为了一个"马尾子"。

时间过得很快，一转眼就是几个月。

也不知道是哪个漕子里匠人的十字镐最先触到了水，也许是同时吧。自从地下水渗出来，他们每天蹚着泥水进出，稀里哗啦地像是在染缸里搅拌。然而，这只是噩梦的开始，接下来，竹篾编制的背篓背不了淅淅沥沥的砂石，笨重的木箱子应运而生；砂石吸水后重量差不多增加了一倍，让这本来就不轻松的体力活儿变得更加艰难起来；由于"马尾子"们过早地完成任务回家，老板增加了背砂的次数；还有，深邃的洞穴里缺氧。

日子在他的眼里忽然失去了全部色彩，他苦苦地挨着。

他没有如父亲的期望或者如他所说：沉重的体力劳动会调整他的胃口，让他的身体一天天强壮起来。

他在无尽的疲乏和劳顿中变得更加瘦弱了。

7

午饭时间到了，他还那样在阳光下躺着，过往的人有时间放慢脚步来关注了。他们有的停下来劝他几句，有的跟旁边的人议论着离开，有几个同伴跑来在拉扯中把他臭骂了一顿。撞他的那个姑娘也来了，她央求了一会儿见没有什么效果，这次她没有流泪，却气哼哼地走了。

思维恢复正常也不是什么好事。他开始感到羞愧，趁着没人看见悄悄侧身蜷缩起来，把脸藏在腋下，时不时地流着眼泪。

母亲来过了，小叔来过了，其他的亲戚也都来过了，唯有父亲没有来。其实不来更好，他怕看到他，因为他不只丢尽了自己的脸，也把他的脸丢尽了。他想。

吃过午饭，人们在各家的遮阳伞下乘凉，玩牌的人自然聚在了一起，那些爱玩水的年轻人又去大河边浮水，一切好像都跟往常一样。可是，怎么会一样呢？他很清楚，自己肯定已经成为今天所有谈话的中心了。

母亲再次走来，柔声对他说："孩子，这样躺着也不是个办法，你总要吃饭啊。快起来吧，你父亲刚才就回漕子去了。"

父亲回漕子去了？他是在躲避我这个不争气的儿子吗？是啊，总不能一直这样躺下去吧。躺到下午？躺到晚上？不管躺到什么时候，终归还是要起来的。他心里这样想着，劝着自己，一咬牙爬起来。木箱子上的背带还套在他的两只手上。母亲把木箱取下来背在自己背上，像是给儿子带路似的走在他的前面。

他刚迈开步子，有两个人迎面走来，他低下头有些胆怯似的让在一边。当他们错身的时候，其中一个人用戏谑的口吻说："'瘫软水虫'起来啦？"

他的脸色霎时间变得惨白，脑中一阵眩晕，眼前立刻罩上了一层迷雾。

"瘫软水虫"是他们这地方水里的一种虫子，像细微的虾米，软绵绵的，弓着腰，只能侧面游动，人们平常用它来形容那些没有骨头般的懒人，想不到这名字今天却落到了自己头上，而且意味更甚。他心里明白这绰号已经传遍了这片河谷，而且会插上翅膀从每个人的嘴里飞出，飞到任何它能到达的角落。

他停住脚步，全身僵硬，像一截树桩呆呆地立在那里。前所未有的耻辱感像飓风中的巨浪向他席卷而来，可他并不是岿然不动的坚硬礁石。

"我是回不去了。"他动了下干裂的嘴唇，喃喃自语般地吐出一句话。

"可是，我又能去哪里呢？"这个念头只是在他的心里挣扎般地闪现了一下，身心立刻被无比沉重的痛苦吞噬。

在这个十七岁的晴朗的夏季，世界以一个完全陌生的姿态呈现在他的面前，而他的内心只剩下无边无际的迷茫。

(原载于《草地》)

婚礼上的祝酒　　黑炬牛　摄

冰冷的月

1

天色开始暗下来。

隆冬的河谷里一片荒凉，只有山上成片的杉树还保持着黯然的墨绿。寒风呼呼地刮着，偶尔带着尖锐的呼啸，蜿蜒的河水冻成了白色的哈达。

我盘膝坐在路边的草坪里，把衣领拉起来罩在头上，双手绞在胸前抵御冷风的渗浸。我已经在这儿呆呆地坐了好一阵，寒冷让等待的时间变得漫长，巴巴张望已久的眼睛也有些干涩，身体成了木雕的塑像。尽管我在劝自己，可心里还是感到越来越焦急。

终于，看到那辆熟悉的面包车远远地转出山路的弯道径直驶来，我长长地松了一口气，赶紧站起身，用两只袖子拍打了几下沾在袍子上的草屑，迎上去站在路边。

"阿克（叔叔）旺加，这么冷的天，你等很久了吧？次仁怎么没来？"贡波仁青把车停好，边下车边对我说。

"次仁上山圈牛去了。我也没等那么久，谢谢你了。拿着，这是车费。"我从怀里掏出早就准备好的那二十元递给贡波仁青。

贡波仁青退了一步，赶紧推开我的手，说："阿克，你怎么跟我说钱呢？爷爷能坐我的车是我的荣幸。是吧？爷爷。"他边说边过去把另一边的车门打开，从阿爸手里接过褡裢放在路边，用询问的口气征求他的同意。我赶紧上前，跟贡波仁青从外面一左一右扶着阿爸，里面也有人伸手帮忙。阿爸低头弯腰慢慢下了车。他脸色微微泛红，身上散发着一股淡淡的酒香，一闻就知道是喝酒了，但喝得不多。

阿爸的年纪大了，尽管他腰板挺直，头脑清晰，腿脚还算利索，出门也从来没有拄过拐杖，但是他的一张老脸已经被阡陌纵横的皱纹占据，头发被岁月的风霜浸染，下颌的胡须也变得花白。不过，老人家心情平静，心态平和，虽然经历了无数个日升和月落，跟他一代的人一个接一个地逝去，他也成了村寨里两个年龄最大的老人之一，但依然乐呵呵地对待每一天。

刚才车外推让车费的事情阿爸都看在了眼里。虽然贡波仁青跟我儿子次仁是亲如兄弟的好朋友，他性子直，人品好，可是他跑车也是要挣钱养家的。阿爸对贡波仁青说："你怎么不收车费呢？我每次坐你的车你都不肯收钱，那我以后都不好意思坐了。旺加，把钱给他。"

我马上把车费递给贡波仁青，他不由分说地再次拒绝了。他笑着对阿爸说："什么每次呀，加上这次您总共才坐过三趟。我还巴不得您天天坐我的车呢。"他上车把车窗摇下来，"你们回去路上慢点。爷爷，我走了。"

看到贡波仁青灿烂的笑脸，阿爸伸手在他头顶上慈爱地轻轻拍了拍，后退几步对他挥挥手说："那谢谢你了。路上小心，开车慢点。"

"放心吧，爷爷。"贡波仁青说，"我先走了，次仁结婚那天我来给送亲的舅舅们劝酒，我俩都说好了的。"

"那好呀，我相信你的酒量和口才能让舅舅们喝高兴的。婚礼那天你们还要多费心。"

"没问题，到时候看我们的，一定要让舅舅们感受到我们的热情好客。"贡波仁青说完哈哈一笑，在一声清脆的喇叭声中，面包车继续沿着河谷向里面的村寨驶去。

我把褡裢拿起来掂了掂，很轻。阿爸明白我的意思。他看着我在晚风中冻得发红的脸颊，说："褡裢是空的。冻坏了吧？"

我把褡裢随手搭在肩上，跟他并肩走着，说："今年好像是比往年冷一些。眼看天就快黑了，我都在怀疑你们是不是迷路了。"

"迷路？你是在骂我老糊涂了吗？"

"没有，我怎么会这样想呢？我是怕您年纪大了会有什么闪失。"

"人活一生，世事无常啊！我已经是一把年纪的人了，不管在什么地方，只要死缘一到自然就走，也没什么可担心的。"

很少听到阿爸说这样的话。他说得虽然没错，但从他平静的语气中隐隐包含的无奈和颓然还是让我感到心里不安。每到年前，迟暮的老人们总会感叹："又到年底了，不知道还能不能喝到新年的新水。"要是过完年，他们就感慨："都这么大年纪了，想不到又多活了一岁。"

我停下脚步看着他，用有些责备的语气说："阿爸！"

看到我的脸色，他心里一软，伸手在我背上拍了拍，说："好了，不说了。你也是一把年纪的人了，女儿早嫁人，孩子都两个了，儿子也要结婚了，用不了多久你也会说这些我们的祖辈们都说过的话的。"

我岔开话题，说："一直说给您买个手机，您总是不肯。幸好次仁有乡上那个王老板的电话号码，才知道您上县城了，他又给贡波打电话让他找您。您看，您要是有个手机，一个电话什么都明白了，我们也不用这么担心了。"

阿爸不以为然地说："我们哪会用这些新时代的玩意儿，上面弯弯曲曲的汉字一个也不认识，我拿那玩意儿去别人面前显摆吗？再说了，俗话说'暮鸟归巢，人老归家'，除了回家我还能去哪儿呢？"

我再次转变话题，用有些讨好的语气问："您喝酒怎么喝到县城去了？"

"坐不住了，就是想到县城逛逛看看。"

阿爸的话言不由衷，我一听就明白了。我们对彼此的性格早就了解得一清二楚，父子间没有什么能保密的。后天就是除夕了，大年初六是儿子次仁娶亲的日子，女方家族大，说到时要来五十个送亲的舅舅，自己这边的亲戚也不少，婚礼上的花销自然是不少。

现在跟以前不一样了，办个喜事像在跟谁攀比一样，这也要那也要，我跟次仁已经开着拖拉机到县城跑了好几趟，照着单子把要买的东西都买了。阿爸知道他自己也帮不上什么，反而大家一忙他就显得有些手足无措，于是干脆隔三岔五就到乡上，找那几个谈得拢的朋友去王老板的小餐馆拌上牦牛肉喝点小酒。他今天到了乡上后，肯定觉得还是应该到县城走走，看看能不能帮着给家里买点什么。可是，该买的都买了，他也只能空着褡裢回家了。

"县城里人很多吧？"我说。

"真挤，上午一到县城我就后悔了。本来县城就不大，每条街上都拥堵，好像全县的人都集中到这里来了，街道两边的各色货摊，大车、小车、三轮车、摩托车、自行车，还有那些背着扛着大大小小袋子的男男女女，把每一个缝隙都给塞满了。最要命的还是喇叭声、吆喝声、叫喊声，一起往耳朵里灌，让人气都喘不过来。"阿爸说到各种车辆的时候还扳起了手指头。

"像您这样的老人到那里去真危险。您怎么不早点回来呢？"

"本来都在找车了，结果遇到几个熟人，大家就一起找了家人比较少的茶馆，拉拉家常聊到下午。后来看天色晚了，准备回来，出门就在街上碰到贡波在火急火燎地找我。"

"您想去县城给您宝贝孙子买什么？"我问。

"其实，我也不知道该买什么。你们有忘买什么东西了吗？"

听阿爸说得认真，我忍住笑摇了摇头。

"我想也应该没有。奇怪了，我怎么发现人们买东西就跟老鼠储藏过冬的食物一样？看他们哄抢的样子，难道那些年货都不要钱是白送的？"阿爸说完忍不住笑出声来，我也跟着笑起来。

走过被红柳包围的道路，就看见建成不久的钢筋水泥桥取代了原来的木桥冰冷地横卧在河面上，拉在涂成淡蓝色铁栏杆上的经幡"呼啦啦"地响着,在河风中飞速地抖动着,每一面经幡上的经文和佛像似乎随时都会剥离幡面随风飘飞。

河面就快封冻了,再过几天不用桥河面上也能过人了。

过了桥,河对岸的草坪显得空旷寂寥,只有沿着河谷吹来的冷风在干枯的草茎上奔跑滚动。阿爸停下脚步用眼睛在河岸上搜寻,我忽然明白了他在找什么。

"旺加,你眼神好,帮我看看这里有没有火供①的痕迹。"

我已经就在视野的范围内快速地搜寻了几遍,但是没看见我要找寻的。"阿爸,什么也没有。"

"他们没来了?"他顿了一下,接着说,"是啊,是该结束了。神圣的'三宝'啊!这都是因为您的慈悲,您的眷顾。都这么多年了,他们可怜的灵魂是该解脱了。"

我不知道该说什么。阿爸想起他们的同时是不是也想起了姑姑?

到了草坪尽头,阿爸没有踏上上山的道路,而是坐在路边那几棵巨大的避风温暖的杉树下。我跟了过去。阿爸指了指褡裢,神情有些疲倦地对我说:"给我吧。"

我在阿爸身边坐下,从褡裢里掏出他的烟杆和烟袋,细心地装满烟斗后点燃递给他。我本来也抽烟,但是前年的一场大病逼着我把烟给戒了。也好,落得个清爽。

阿爸深深地吸了一口,吐出的青烟立刻在我俩面前散开。透过眼前的朦胧,我的脑海里浮现出几张陈旧但是从来没有模糊过的笑脸,心中忍不住一阵怆然。

是啊,这么多年过去了,许许多多的往事已经被时间的烟雾熏成了一抹抹灰色的印记,几乎从记忆的泥墙上剥落。当梅朵拉姆哭着、喊着、叫着、笑着,一头扎进眼前这条叫作热曲(希望之河)的河水

---

① 火供:佛教中把供品燃烧供养给本尊,或者把五谷杂粮、肉油等燃烧施舍给亡灵和饿鬼。

里，我们又埋头在世间的琐事里活了多少个年头？

山脚下的热曲河一如既往地浩浩荡荡地流淌着，那样的冬天依然飘洒着铺天盖地的雪花，清冷的夜空依旧寒星闪烁，河边还是徜徉着悲凉呜咽的冷风，而唯一的变化是存留在脑海中的残缺回忆正在慢慢褪色变黄。

时间，流逝如水。世事，变换如云。

我不知道是时间酝酿了世事，还是世事刻录了时间，此刻，那段陈旧的往事竟在脑海里异常鲜活起来。

2

下了两天一夜的大雪，终于在大年初四的黎明时分停了。被积雪覆盖的大地一片苍茫，阳光下闪烁的世界显得空旷而寂寥。

安详静穆的村寨里，新年的气氛依然在寒冷的冰雪中保持着暖意，疏疏落落的鞭炮这一声那一响。飘荡在山谷间的隐约回声中，夹杂着小孩子们欢快的笑闹声。

村寨里大家相互请客聚会，热热闹闹地坐在屋子里，喝着酒，烤着温暖的炉火，感受和分享着彼此的喜悦。可是，华尔丹却一大早就骑着他的大黑马出门了。

森林里没有一丝风，高大粗壮的松柏冷杉披着厚重的银铠甲，挨挨挤挤地伫立着，重重叠叠地漫上山头。树下是一丛丛同样厚密的灌木。四周一片寂静，偶尔有积雪震落或者纤细的树枝被积雪压断的声音，转瞬即逝。

华尔丹满怀心事地坐在一棵苍老的柏树下。虽然柏树舒展厚实的树冠茂密如伞，可也没能挡住这几日凛冽的风雪，树下依然堆满了积雪。他像个蹲点的猎人，已经在这里一动不动地坐了很久，尽管身上穿得很厚实，可也感觉到越坐寒意越浓。他把两只手揣进怀里，拉高衣领，拢好两只空袖筒，用皮袍把自己裹得更紧更严。裹好自己后，他摸着酒瓶拧开盖子,仰头猛灌了一大口青稞白酒,等喉头一动烧酒下肚,略显疲惫的脸上闪过一丝惬意。

身上这几天来残留的酒味还没有消散,华尔丹却又一个人在这静谧的森林里喝了起来。他的眼里布满血丝,眼神有些呆滞,阴晴不定的脸上忽而显出令嘴角上翘的喜悦,忽而露出让嘴角下撇的悲伤。他机械地把酒瓶一次次往嘴上送,酒下得很快,虽然没有一丝醉意,身上却渐渐暖和起来。

"老狗!"

华尔丹盯着雪地里的一截树桩,嘟哝着咒骂了一句。他眼光冰冷地盯着树桩上卷曲的布满鳞甲般的杉树皮,好像惹他不痛快的东西就藏匿在那截树桩里。他已经有两三天没刮胡子了,满脸粗短生硬的络腮胡子刚猛地竖立着,从下颌到两腮形成了一弯乌亮尖利的荆棘丛,使他棱角分明的脸看起来多了些凶狠,神情间也陡然多了份与他年龄不相符合的沧桑。

一只饿了几天出来觅食的野兔不知从什么地方窜出来,把华尔丹拴在身边的大黑马惊了一跳。大黑马头猛然一仰,打了个重重的响鼻。野兔听到动静,两跳三跳消失在洁白的雪野里。

华尔丹没有被惊醒,依然闷头喝他的酒,想他的心事。

落日很快西沉,森林里暗了下来,开始有归巢的小鸟在枝头啾鸣。绵密的寒风吹得松涛如潮水般跌宕。大黑马焦躁不安地在原地来回走动,不时打打响鼻刨刨雪,提醒主人时间不早了。它已经被主人在这儿整整拴了大半天。

蓦然,从下方的山腰里升起一柱袅娜的青烟,接着,两柱,三柱,越来越多,就像横空飘来的淡雾,被风一吹,散作一片。那是掩在森林下的村寨里升起的炊烟。

看到青烟飘袅,华尔丹猛然惊觉,狠狠地骂了声"该死",脸上的肌肉已痛苦地纠结在一起。

"时间不多了,过了今晚……过了今晚她就……我这该死的魔鬼!

哎——，该怎么叫她出来呢？我总不可能大大咧咧地去她家门口大呼小叫，当然更不可能厚颜无耻地跑到她家里去。"华尔丹坐在树下抑制着内心的痛苦挣扎，思索对策，可是想出来的办法都不够完美，一个个被自己否定。就像人们常说的：面对别人的事情是智者，面对自己的事情是傻子。他握着酒瓶，连酒也忘了喝。

转眼间，淡淡的夜色已经罩上了天幕，可华尔丹还没有想到个万全之策。

这时，从下面的村寨里传来沉重的牛皮鼓和铿锵的铙钹敲击的声音，正是舞狮子的节奏。

"有了！"华尔丹眼前一亮，心里情不自禁地大喊一声，可心里一痛，却不知道是该哭还是该笑。他深深一口喝干剩下的白酒，吐了口长气，狠狠地把酒瓶砸进前面的灌木雪堆里，酒瓶上系着哈达、端着美酒的漂亮姑娘图像也随之"噗"的一声消失在积雪中。他站起身，拍拍沾在身上早已凝成硬块的雪屑，牵着大黑马，趟着厚厚的积雪，穿过林立的树木和杂乱的灌木丛向山腰的村寨走去。

华尔丹来到村寨口，隐在几棵大树后悄悄观察。

村口的田地里站满了人，夜幕中黑压压的一片。前面几个人提着竹篾做骨、白纸糊面的菱形灯笼，灯笼的每个面上都贴着用红、黄、绿三种颜色的纸剪成的"吉祥八宝"图案和精美的花边。在柔和的灯光下，隐约能看清敲打鼓钹的人和一只舞动的白狮子。

村寨前面的山路上，一溜灯影人影随着盘桓的路径蜿蜒而来，像是一条熠熠生辉的神龙在暮色苍茫的穹宇间腾飞。山谷里，铿锵的鼓钹声有节奏地和这边呼应着。

随着距离渐渐拉近，两边的人群开始相互一应一答地唱起古老的没有歌词的曲调，跌宕、浑厚、苍凉、辽远的声音在天地间回荡。华尔丹在心里随着他们的调子唱着。他抬头仰望深邃的苍穹里繁星璀璨，心里不禁涌起无尽的悲壮之意，再想到今晚之行，更是难以自已。这调子本来就是远古的先辈们出征或者凯旋时唱的，豪迈中带着激越，激越中含着柔情，情感中满是对故乡、对亲人的祝福和思念。

没过多久，那一溜灯影人影来到村口，立刻，两边的人相互诚挚地问候，献上新年美好的祝福。

"洛萨尔让（过年好）——""洛萨尔让（过年好）——"

"扎西德勒（吉祥如意）！""扎西德勒（吉祥如意）！"

"欢迎！欢迎！"

"你们辛苦了！"

华尔丹见从村口的人群中走出一位长须的长者，端着用酥油花饰边的龙碗迎上去，碗里斟满了香气四溢的白酒。对方的队伍里也出来一位长者，当然也是他们村寨里德高望重的。他满脸含笑接过龙碗，用无名指轻轻地蘸着酒，在指尖弹动中诵着押韵动听的祝酒词，词中恭诵神圣的佛、法、僧"三宝"，威武善战的守护山神，赞美人杰地灵的土地和它养育出来的慈爱的老人、健壮勤劳的小伙子、美丽善良的姑娘，还有活泼可爱的孩子，接着感谢主人的热情好客，最后祈祷神明永远护佑这片人间仙境般的土地。华尔丹虽然是一个诵祝酒词的好手，但也忍不住在心里暗暗喝彩。

诵完祝酒词，两边一起欢呼。双方村寨里各走出一个小伙子，恭恭敬敬地给对方的长者献上一条洁白的哈达。人群又是一阵欢呼，接着用欢快轰鸣的鼓钹声引出两只白色绿鬃的狮子对舞一番。

迎接仪式结束后，主方的人群退成两堵人墙，让出一条道路，几个老人和鼓钹狮子队在前面领着客人们朝村寨里走去，没有歌词的古老曲调再次响起。客人们依然排成一队，走在最前面的是几个中老年人，跟着是鼓钹手和舞动的狮子。狮队后面是绚烂多姿的花灯队，三十来个穿着盛装的英俊小伙和漂亮姑娘们各自握着一对做工精美的花灯，五颜六色的纸花在柔和的灯光上浮动，一簇簇，一溜溜，摇摇颤颤，煞是动人。跟着花灯队的是那些殿后的中年人。等客人们过完，主人们熙熙攘攘地跟着。

华尔丹知道这是这个村寨的兄弟村寨前来他们这儿跳花灯、舞狮子、唱山歌祝福新年,增加喜庆,增进友谊。当然,明年春节就该他们回访了。

华尔丹把大黑马拴在一个隐蔽的地方,不慌不忙地向村寨里走去。他随着鼓钹声穿过一条曲折的小巷,转过七八家房屋,来到寨子中间一处宽阔的院子里。院子四周砌着石头围墙,不是很高,平常只是用来防止牛马跳到里面糟蹋庄稼。

院子的木栅栏门被卸在了一边,穿梭的人群在门口挤成了一团,抱柴搬酒的年轻人、追逐嬉戏的小孩、走亲戚的客人和跑来看热闹的村寨里的男男女女在这一时间忙碌,院子里乱了好一阵子。等安顿下来,人们盘膝坐在沿墙脚铺成一圈的椽子和木板上,谈笑中,转着大肚的坛子,喝着醇香的咂酒。院子中间是一大堆篝火,烧得通红的粗大木柴垛在夜风中爆着"噼噼啪啪"的火星,夜色中弥漫着刚刚煨过桑烟后柏树枝燃烧过的馨香。

华尔丹到院子后向稍微黑暗的角落走去,他面前的两个人立刻左右挪动,给他腾出座位。华尔丹盘膝坐下,一个小伙子马上抱来一坛咂酒放在他面前,他用竹吸管蘸着酒,诵了段祝酒词,深深地吸了一大口,把酒坛转向身边的人。看看身边的人,没有一个认识的,可华尔丹还是坦然地坐着,津津有味地喝着不时转来的青稞咂酒,他知道自己尽管是在一个陌生的村寨里,可是人们都会满含笑意,真诚地款待每张陌生的面孔,谁也不会感到好奇和意外。

华尔丹喝着咂酒,眼光四下游走,在喧闹的人群里搜索他今晚要见的人。

终于安顿完客人,所有的东西也准备就绪。华尔丹见这个村的村长出来为两村的友谊讲话,对方作答谢,接着放鞭炮。主人这边的小伙姑娘们先跳了三曲锅庄,然后再由客方的男人们唱上欢庆祝福的山歌,接着按村长的喊话为每户人家舞狮子,小伙姑娘们唱着歌谣跳着花灯舞,送上新年的美好祝福。一瞬间,歌声不断,笑声四溢。

在主人们的三支舞中，华尔丹看见了他今天要找的人。她穿着一件黑色的便袍，胸前外翻的襟口露着雪白的羊羔皮的卷毛，脖子上是一串指头大小的红艳艳的珊瑚项链，腰间围着银腰带，坠着银奶钩。在火光的照映下，她乌黑靓丽的长发上闪动着一层朦胧的光泽，略含羞涩的脸庞上像抹了一层胭脂，摇曳的篝火在她玲珑的小鼻尖上跳跃着，清亮的眼睛里涌动着由衷的快乐。

华尔丹呆呆地看着她，转来的酒坛差点停在他的手里。分手才十来天，她却变得更动人了，尤其是今天的打扮，是华尔丹第一次见，看得他一颗心在胸腔里怦怦乱跳。华尔丹的眼中只有她妙曼的舞姿，耳中只有她甜美清脆的歌声，他被深深地陶醉了。但是，这一切又让他说不出地痛苦。

跳过三曲锅庄，他们退场了，让客人们表演。她和几个姑娘说笑着恰好退到了华尔丹的前面。

华尔丹起身走上去，轻轻地、艰难而又甜蜜地喊了声："梅朵拉姆。"

梅朵拉姆回头看见华尔丹，惊诧不已。她不明白他为什么会出现在这里，但不管怎么说，遇见他是自己梦寐以求的事。梅朵拉姆心跳加快，脸上发热，眼皮半掩羞涩地说："哦，华尔丹，是你？"

身边的几个姑娘看看华尔丹，又看看梅朵拉姆，忽然不约而同捂着嘴笑起来。一个姑娘凑近梅朵拉姆的耳边悄声说："不打扰你的情人给你说悄悄话，我们走了。啧啧，他看起来挺不错的。"

另一个姑娘也凑过来说："你要小心了，说不定他是来抢亲的。如果是，就告诉姐妹几个，让我们来送你。"

梅朵拉姆羞得满脸通红，一拳打过去，说："胡说八道。"那一拳没打着，姑娘们却已笑着跑开了。

华尔丹虽然没有听清楚，但是能猜出她们在说什么，内心猛然揪得生痛。他深吸了一口气，走过去对梅朵拉姆说："能跟我来一下吗？我有话对你说。"

梅朵拉姆想起刚才姐妹们的玩笑，心里甜丝丝的，可是马上又为自己的想法害臊。她低着头"嗯"了一声，轻轻地点了点头。

他们一前一后走出村寨，没有引起别人的注意。华尔丹先来到了村口泉水边石砌的佛塔下，他静静地站在那里等候。佛塔边的几页经幡在黑夜中有气无力地飘扬着。夜静静的，沉沉的，远处模糊的喧嚣和闪烁的火光看起来像在另一个世界，有些不真实。他一凝神，听到身边的泉水从杉木水槽里清晰地溅落，潺潺而流，又感觉到了自己的真实存在。

梅朵拉姆到了，她径直走过去轻轻地依偎在华尔丹胸前，把满怀的相思化成一声叹息。她闭上眼，觉得自己靠着一座坚实的大山，内心无比踏实。她伸出双手，环臂抱住华尔丹的腰。尽管他们的爱情滋生的时日不长，但已经是刻骨铭心了，依偎着他，世界也就消失了。

华尔丹的心在这声叹息中溶化了，他张开双臂把梅朵拉姆紧紧地拥在怀里。过了好一会儿，华尔丹从静止的时间里清醒过来，有些慌乱地收回双臂，轻轻推开她的身体，用双手扶住她的肩头。

梅朵拉姆感到奇怪，不明白华尔丹今天的举动。她刚才沉浸在他的拥抱中，心里甚至希望他会狂乱地亲吻她。她尽管为自己的念头有些害臊，但还是把身体贴上去再次紧紧地抱着他，无限爱恋地说："你怎么来了？"

华尔丹没有回答梅朵拉姆的话，心里默默地对自己说："是啊，我怎么就来了呢？这不是神灵的指示，这是魔鬼的引领。"他又一次推开她，在迷茫的夜色中看着她的脸，知道自己不能犹豫，也不能退缩。他非常清楚自己来这里的目的，想到这一切都是自己的主意，迫使心情平静下来。

"你愿意跟我走吗？"华尔丹喃喃地问。

梅朵拉姆忽然紧张起来，结结巴巴地问："去……去哪儿？"

"我是来抢亲的。"果然听华尔丹说。

"啊！"梅朵拉姆低低地呼叫了一声，不知道是惊还是喜。她抽出手站在一边，羞涩让她忍不住轻轻地颤抖。她不知所措地低声问："这么快？"

"都已经准备好了。"

"你……都已经推备好了？可是，我……我什么也没有准备。"

"对不起，这都怪我不好，事先也没跟你商量，没定日子，就这样来了。我也没想到会这样，我也不敢相信自己做的决定。可是，我还是来了。"华尔丹变得有些语无伦次起来。

梅朵拉姆显得有点慌乱。事情来得太突然了，她连一点思想准备都没有，虽然她知道华尔丹迟早会来抢亲，自己也愿意嫁给他。

华尔丹见梅朵拉姆不说话，心里紧张起来，问："你……你不愿意？"

"不，不。"梅朵拉姆连忙说。她回头看了一眼身后的村寨，"可是……我……"

"是啊，没有一个姐妹来送亲，这是不太好。我们不要理会这些规矩了好吗？"

梅朵拉姆没有说话，却忍不住抽泣起来。她有理由委屈，一个姑娘家在抢亲的夜晚没有姐妹相送，这像什么样，何况这只是按风俗假抢，又不是被突然出现的陌生人真抢。

忽然，从佛塔后面悄无声息地转出几个人来，把华尔丹和梅朵拉姆吓了一跳。他俩仔细一瞧，却是刚才跟梅朵拉姆打趣的几个姑娘。

"梅朵拉姆，你去吧，我们几个送你。"她们说。

一见到她们，梅朵拉姆知道抢亲已成定局，抱着她们抽泣起来。姑娘们一边陪着她流泪，一边劝解：

"别哭了，你就跟他去吧，姑娘总是要嫁人的。"

"是啊，正是花一样的年龄，现在不嫁，还等什么呢？"

"被人爱着宠着是天底下最幸福的事，你就别犹豫了。"

"你也爱他吧？对了，那还不跟他走？让我们姐妹几个送你吧。"

有个姑娘走过去，代表姐妹们对华尔丹说："你们去吧。以后她

135

就是你的女人了,你要好好待她,关心她,照顾她,一辈子疼她爱她。她这个人很脆弱也很敏感,你千万不要让她伤心。知道吗?"

华尔丹恭恭敬敬地说:"阿佳啦(姐姐,这里是对平辈姑娘的尊称),放心吧,我会的。"

他依着抢亲的规矩,从怀里掏出两瓶甜酒、两袋糖果、二十元钱,放在那姑娘手里——之前他还在想这些东西也许根本用不上,只是带着。

"东西少,请别见怪。我祝几位早日找到如意郎君,嫁个有情有义的人,一生幸福平安。"

华尔丹从树林里牵出大黑马,姑娘们哭哭啼啼地把梅朵拉姆送到他身边。华尔丹双手一抱,把梅朵拉姆放上马背,跟着纵身跃上马背。他把她搂在胸前,一抖缰绳,说:"谢谢你们,我们走了。"

华尔丹双腿一夹,打马离去,身后传来一曲忧伤的送嫁歌。他蓦然抬头,一弯极细极薄的冷月已不知什么时候滑到了夜空。

3

梅朵拉姆依偎在华尔丹的胸前,听身后姐妹们在唱古老的送嫁歌。歌声婉转哀伤,歌词回环反复。梅朵拉姆听着歌,看身后喧嚣依旧的村寨,想到就要远离亲人,远离家乡,去一个陌生的地方开始新的生活,今后回来也只是个客人了。还有,不出几年,姐妹们也会各嫁他方,大家山隔水阻,不知道什么时候才能相见,忍不住悲悲戚戚呜咽起来。

华尔丹没有劝慰,只是搂着她,任她哭泣。他也没有催马,让它随下山的崎岖小路慢慢迂回盘旋。

梅朵拉姆哭累了,渐渐停住哭泣。她靠在华尔丹的胸前,侧身把头钻进他的怀里休息,偶尔抽噎一下。

梅朵拉姆闻着华尔丹身上熟悉的味道,随着他粗短的络腮胡子不时扎在脸上，思绪如风轻扬，一颗躁动火热的心已穿过苍茫的夜色，越过崇山峻岭，飞到了几个月前，飞到了绿草如茵、天高云淡的牧区草场。

在挖贝母的牧区草山上，梅朵拉姆和华尔丹相遇了：她喜欢他豪爽、直率的性格，喜欢他壮实如牦牛般的身影，喜欢他钢针一样的络腮胡子，还有两人单独一起时他粗鲁而又温柔的举动；他喜欢她温柔的性格，喜欢她那双盛着湖水一样的眼睛含情脉脉地、略微羞涩地看着自己，喜欢她用甜美的歌喉小声地对自己唱情歌，喜欢她小鸟依人地钻进自己怀里。他们相爱了，爱得刻骨铭心，爱得畅快淋漓，爱得无拘无束。他们海誓山盟，相约一生。于是，在那一夜，在白河边的草甸上，在满天闪烁的星斗下，她把自己给了他，把一切都毫无保留地献给了身边这个自己深爱的小伙子。

想到这，梅朵拉姆的脸红了，心怦怦乱跳，她柔情似水地向华尔丹的怀里靠了靠。听着他的心跳，她仿佛又听到了舒缓的白河"哗哗"的流淌声，草丛四周婉转悦耳的虫鸣声，还有他酣畅粗重的喘息声。那夜的星星也像今夜一样，眨着欢快的眼睛，只是那夜没有这样冷。是的，她现在感到很快活，因为她就依偎在恋人温暖的怀里。

华尔丹的心也飞走了，也飞到了白河边的那个夏夜，在回忆中沉醉，在回忆中幸福。

大黑马驮着这对缄默不语的恋人，走完小路走大路，走完大路又走小路，蹚过河，跨过桥，遥远的路程让它一直在不停地走，不停地走。

大黑马又在过桥了，桥上的木板在马蹄下"咚咚"作响。

风不知什么时候刮得生猛起来，吹到脸上又冷又痛，脸皮几乎被揭掉一层。桥头横牵的几溜经幡在凛冽的河风中猎猎飞舞，柔和的月影下，只能看见飘动的黑影。漫山遍野的积雪泛着朦胧清冷的荧光，整个世界除了雪还是雪。

"梅朵拉姆，把你的项链取下来吧。"华尔丹走过木桥后忽然勒住缰绳，开口说。

梅朵拉姆从对往事的回忆和对未来的憧憬中回过神来，见到这座木桥，她知道快要到了。过了桥，从岔路的右边上去，就到华尔丹他们的村寨了，这在华尔丹给她讲家乡的情景时，不止一次说起过。梅朵拉姆开始紧张起来。

"你说什么？"梅朵拉姆没有听清他的话，问。

"把你的项链取下来，我来揣着。"华尔丹重复说。

梅朵拉姆没有问为什么，伸手取下珊瑚项链交到华尔丹手里。华尔丹把项链卷成小圈揣进自己胸怀的深处，拢了拢衣襟。

"走吧。"华尔丹一抖缰绳说。

梅朵拉姆见华尔丹把大黑马引上了岔路的左边，有些诧异地说："华尔丹，你走错了。"

"没有错。"

"你不是说你们的村子在右边吗？"

"是。"

"那你这是去哪儿？"

"你要去的地方。"华尔丹的每一句话都说得很平静。

"我要去的地方，不该是你要去的地方吗？"梅朵拉姆听了一愣，心想。她以为华尔丹在跟她开玩笑，可是听他语气不像。她隐隐感到华尔丹这句话的背后好像藏着什么可怕的秘密，忽然感到惊恐起来。

梅朵拉姆惊慌地问："去哪儿？"

华尔丹用缰绳打了一下大黑马，让它加快脚步，说："我阿弟家。"

尽管处在寒冷的冬夜里，梅朵拉姆的耳边却炸响了一个霹雳，她差点被震下马来，但被华尔丹一把抱住。梅朵拉姆禁不住浑身发抖，问："扎西江措？"

"对。"

梅朵拉姆什么话也没说,挣扎着往下跳,可是被华尔丹铁一样的双臂紧紧地箍在胸前,丝毫不能动弹。

"放手!你这疯子!"梅朵拉姆叫喊着。

"不!"华尔丹回答得斩钉截铁。

"我知道你这魔鬼想做什么,可是我告诉你,你是不会得逞的。"

"我会让你嫁给他的。"华尔丹说得那么肯定,好像怀里这个人和自己没有一点关系似的。

"你为什么要这么做?"

"你不会明白的。"

"我是不明白,你的做法也没有人会明白的!"

"在我的心里,他就是我的亲弟弟。"

"亲弟弟就能这样吗?"梅朵拉姆气急败坏地问。

"我们两家,后辈中只有我和他两个男人。我们要一条心,要互相帮助。他是我阿弟,我有责任照顾他。"

"那你就要把我送给他?我什么都给你了,我已经是你的女人了。你答应过要和我永远在一起,会爱我一辈子,你难道都忘了?"梅朵拉姆说着流下泪来。

"都怪那群狗杂种,怪那群该下地狱的恶鬼,要不是他们……要不是他们……我……我会这样做吗?不!就是去死我也不会!"华尔丹咆哮起来,积压在心里的愤怒和痛苦像狂风骤雨般袭来,"总有一天,我要拧断他们的脖子!"

"你为什么要诅咒别人,这关他们什么事?"

"我要争口气,我决不能让这些小人看扁我的阿弟。"

梅朵拉姆听得莫名其妙,又为华尔丹不可理喻的行为怒不可遏,她用胳膊肘狠狠地撞击华尔丹的胸口和腹部,大声说:"你这下地狱的,你争你的气,为什么要把我嫁给他?!你放手,我要回家。"

"你今天回不去了。"华尔丹对梅朵拉姆的撞击毫不理会。

梅朵拉姆撞了十几下,见华尔丹没有任何反应,好像她撞的不是一个人,而是一截树桩。她情急之下,抓起他的一只手一口咬下去,华尔丹不避不让,任她咬下去。梅朵拉姆嘴里一咸,华尔丹的手破了,血流进她的嘴里,流过嘴角,顺着他的手指滴落。

大黑马走累了,停下来喘着粗气,听凭两人在背上撕打。

梅朵拉姆越咬越深,华尔丹始终没哼一声。他悲伤地叹了一口气,语气平静地说:"只要你心里痛快,你就咬吧。可是,哪怕你今天把我这只手给吃了,结果还是一样。"

梅朵拉姆一阵绝望,松开嘴,狠狠地问:"你这无情无义的罗刹,说实话吧,你到底有没有爱过我?"

华尔丹像被人重重地打了一拳,身子摇晃了一下。他痛苦地说:"告诉你吧傻姑娘,我们都是被命运捉弄的对象。可是,我对你的爱还用说吗?你是我唯一爱过的姑娘,也是我今生唯一的爱。"说到这儿,他一阵哽咽,用手捶打着胸口不住地喘息。

梅朵拉姆见华尔丹松了手,一挣扎滚下马背,在雪地里连滚带爬,迎着冷风向河边跑去。华尔丹大吃一惊,跳下马,三步两步追过去,伸手一拉,两人一起摔倒在雪地里。梅朵拉姆挣扎着用力哭喊:"你骗人!你既然爱我,为什么又要把我送给别人。你是我的第一个男人,也是我唯一的男人,我只爱你,我也只要你一个。你这样做,有没有考虑过我的感受,我也是人,我也是有感觉的。你太没有良心了!你太没有良心了!"

听着梅朵拉姆的哭喊,华尔丹终于忍不住流下两行泪来。黑暗中,他思索了良久,缓缓地说:"他不是别人,他是我阿弟。人们常说'兄弟是手足……'。"

华尔丹虽然打住了话头,可是梅朵拉姆知道他的意思。情人间没有比这更绝情更冷酷的话语了。梅朵拉姆的心凉透了,仿佛胸腔里跳动的不是一颗充满热血的鲜活的心,而是这酷寒的冬日里热曲河边的冰块。梅朵拉姆狠狠地朝华尔丹的脸上啐了一口唾沫,他不避不让也不擦。梅朵拉姆没办法了,挣扎着、扭打着、哭喊着、号叫着,想挣脱他的双手，一头扎进这条叫作希望之河的河里一死了之。

看到梅朵拉姆像疯了一般，华尔丹恨不得两人就这样死了算了。可是，俗话说"如果生命是一百匹马，尊严比一千匹马还要贵重"，他不想毁了自己的诺言做个不守信用让人笑话的人，只得紧紧地抱着她，使劲忍着。

梅朵拉姆挣不开华尔丹的双臂，喊不破夜的凝重，也跳不进波涛翻滚的热曲河，她拼命扭动的手脚只能扬起满天的雪花。等到两人都滚成了雪人，梅朵拉姆也累得筋疲力尽了。

"华尔丹，你会不得好死的。"梅朵拉姆衣襟零乱，头发披散，泪哭干了，嗓子喊哑了，也没有力气再挣扎了，只能用沙哑的声音诅咒。

华尔丹说："只要你俩能幸福，我死了又如何？不过，我们的生死掌握在神灵的手里，不是你我两个人说了算的。"

"我向守护女神吉祥天母起誓，要你们兄弟死后下地狱！"

"扎西是好人，他是不会下地狱的。还有，这世界上的坏人还少吗？地狱里的恶鬼早就住不下了。再说守护女神吉祥天母很忙，是没空理你的誓言的。"

梅朵拉姆被华尔丹的这番话噎得说不出话来，又气又累，又痛又悔，眼前一黑，晕了过去。

华尔丹摸摸她的鼻息，知道她只是暂时昏迷。他慢慢地、仔细地理好她的头发，拉顺她的衣襟，把她抱上马背，打马继续向表弟扎西江措家走去。

4

这是黎明前最黑暗的时刻，山谷间一片寂静。整个村寨都在酣睡中，家家户户门前的灯笼也有些睡眼惺忪了。

华尔丹来到一座破旧的房子前，把大黑马拴在经幡杆上。房子周围是结实的木栅栏和高高的柴垛，院子里长着几株枝丫横生的果树，因为海拔高了，那果树只是每年如期花开花落，却从来没有结过一个果子。一阵瓮声瓮气的狗吠声从院子后面传来，在黑夜中震得山谷回响，寨子里的其他狗也随之叫起来。

华尔丹抱起梅朵拉姆，踩着"吱呀"作响的楼梯走上楼。他对着屋里喊了声："扎西。"喊声把梅朵拉姆惊醒，她虚弱地挣扎着下地。

狗吠早就惊动了屋里的人。从屋子里率先冲出一个小伙子，年轻明朗的脸孔，颀长而略瘦的身材，咧嘴一笑，露出满口洁白整齐的牙齿。他穿着一件深红色的藏袍，两只袖子脱下来在腰间打了个结，整个人显得很精干。

梅朵拉姆知道他就是扎西江措，过年前办年货的时候，华尔丹他们三个人在县城相遇，一起聚了一天。那时候，梅朵拉姆觉得扎西江措长得有模有样很顺眼。可是现在，她看着他，心里说不出的厌恶，觉得世界上再也没有比他更可憎可厌的人了。

"阿哥，你来了。"扎西江措一开口，脸因为羞涩和兴奋变得通红。他偷偷朝未来的妻子瞟了一眼。等他看清楚，整个人却呆住了，恍惚间以为自己是在做梦。"不可能！不可能！"他叨念着，双腿发软，眼前像蒙了一层雾，不由自主地后退了几步，靠在壁板上，脑子里乱成了一团。

在扎西江措的身后，来帮忙的左邻右舍紧跟着出来了。他们等了一夜，见华尔丹果然把新娘子带回来，都称赞他是个说话算话的汉子。他们扶着梅朵拉姆，七手八脚把她送进新房。梅朵拉姆浑身麻木，虚弱得连挣扎的力气也没有了。

扎西江措的阿妈一手拄着拐杖，一手摇着经筒，念着六字真言，颤颤巍巍地走出来，瘦削的身体有些伛偻，还不停地咳嗽着。华尔丹走过去，拉着她的手，说："阿妈你进去吧，外面冷，你身体不好，小心凉着了。"扎西江措的阿妈本来是他的姑母，可是他就叫她阿妈。

阿妈关切地说："多冷的天啊！一定累坏了吧？快进去喝碗热茶。"

我想你肯定饿坏了。"

"我不饿。"华尔丹勉强一笑,"阿妈,你自己先进去吧,我还有话要对扎西说。"

"你们快一点啊,外面冷。"阿妈说完,摇着经筒,又念着六字真言进屋了。

看见阿妈进去了,扎西江措走到华尔丹的面前,劈头就问:"她是梅朵拉姆?"

"是。"华尔丹的声音干巴得像在敲击枯木。

"你在做什么?"

"给你抢亲。"

"可她应该是我的嫂子!"扎西江措几乎吼出来,他觉得华尔丹的做法太不可思议了。

"现在她是你的妻子了。"

"你带她走,她不属于这个家。她是你的!"

"臭小子,你说什么?"华尔丹差点失控暴跳起来,他一把抓住扎西江措的领口,将他拖到黑暗的角落里,压低声音愤怒地吼道,"你以为我想把她嫁给你?你知道我的痛苦吗?"

"我知道!你把她带走,我不成家了。"

华尔丹气得在扎西江措的胸口重重地打了一拳。扎西江措没有想到阿哥会打他,一个趔趄,后背重重地抵上墙壁,撞得壁板直响。华尔丹冲上前,又一把扯住扎西江措的领口,用手臂压住他的胸口,冒火的眼睛凑近他的脸,说:"臭小子,你今天是不是不想活了?不结婚了,你还小吗?你这厕所一样的破房子要不要修?你整天生病的阿妈要不要人照顾?你出去挣钱要不要个人来帮着照看乞丐窝一样的家?活该你都要老了还找不到老婆!你还想拖到什么时候,都二十四岁的人了,还在说小孩子的话,你还小吗?啊!?"

"我是该成家了,可她是你爱的人。你说过要娶她的!"

"她现在是你的人了!我们是兄弟,谁照顾她一辈子还不一样。

你不也夸她漂亮，说她是个好姑娘吗？"

"可是我没有想过要娶她。"扎西江措的心里一团乱麻，他知道自己确实需要个好妻子帮着打理家里的一切，可是华尔丹的做法又让他难以接受。虽然他知道有很多年轻人的结合一开始并不一定是建立在爱情上，可他们最终也能培养出感情，彼此深爱，长相厮守。但是，梅朵拉姆毕竟是阿哥深爱的人啊！

华尔丹见扎西江措犹豫不决的样了，火冒三丈，咬牙切齿地说："你小子还是不是男人，你想磨磨唧唧到什么时候？你不肯娶她，是怕我找不到女人吗？说，你到底在想什么？再敢说个不字，小心我在你的头上打几个洞。我可不想让那群混蛋看咱兄弟的笑话。"说着在扎西江措的头上重重地敲了一下。

扎西江措在华尔丹的逼问下，一时难下决定。他思忖了良久，最后咬咬牙，说："为了阿妈，为了这个家，我娶。"话音一落，他心里的内疚之情油然而生，知道对不起阿哥，对不起梅朵拉姆。但是，为了这个摇摇欲坠的家，为了自己苦命多病的阿妈，他宁愿自己做个罪人。

华尔丹松了口气，内心却怅然若失，刚刚忘却的痛苦又在心里苏醒了。他慢慢松开手，从怀里掏出梅朵拉姆的珊瑚项链，轻轻地放在扎西江措的手里，无限落寞地对他说："这是她的东西。答应我，要一辈子对她好。"

扎西江措看着阿哥，也说不清自己现在是什么心情，只是觉得鼻子发酸。他点了点头，泪水抑不住地涌上眼眶。

华尔丹转身朝楼下走去。他忽然觉得好累好累，全身乏力，浑身的筋肉又酸又痛，骨头都快散架，几乎连抬腿的力气都没有了。他抚摸了一下手上的伤口，血已经凝住了。伤口还在隐隐作痛，那尖锐沉重的痛感沿着每一根神经向全身不断扩散，也不断加剧，一直痛到他不可触摸的内心深处。

扎西江措拉着华尔丹的衣袖说："阿哥，睡一觉，明天再走吧。"

"不，我该走了。不要忘了叫那群混蛋遵守自己的诺言，不然我是不会放过他们的。"华尔丹摇了摇头说。他拖着沉重的身体走下楼，穿过院子，疲惫地爬上马背，又回头说："你答应过我的，要一辈子对她好。"他不等扎西江措回答，一拉缰绳，只几步就消失在黎明前无边的夜色中。

扎西江措对着茫茫的黑夜，看着对面沉寂的大山，望着阿哥身影消失的地方，呆呆地在楼上站了很久很久，最后叹了口气，在本该高兴的日子揣着颗沉重的心走回屋里。

华尔丹骑着大黑马翻山回家。

他一颠一簸地走在山道上，两边是茂密的松柏林，寒风吹得雪花飞扬，松涛阵阵。

晨曦微现，群星开始陆陆续续地隐退，天空变得空旷而寥落。

早起的小鸟在枝头鸣叫，林间厚厚的积雪依旧静默地铺展着。积雪上有几溜野兽跑过的足迹，除此之外天地间看不到任何生命的迹象。

走出树林就到了山顶，眼前豁然开朗。这里是华尔丹和扎西江措他们两村共用的草场，此刻正披着厚厚的积雪枕着呜咽的山风毫无生息地沉睡着。

看着四周寂寥的旷野，华尔丹再也无法抑制内心的悲痛，他滚落马鞍，趴在地上，把头埋进雪堆里，失声恸哭起来。

可是，不管他哭得多么伤心，多么断肠，心中无法言语的痛苦就像长河冰冻，一直凝聚在那里，始终不肯消融散退。

5

大家七手八脚把新娘送进新房后，我从怀里掏出一挂鞭炮兴冲冲往外走，准备到楼下的院子里燃放。扎西江措是我们朋友几个里面最后一个成亲的，大家都为他高兴，一个个做事的兴头好像也高了。

我走得急，在门口差点跟扎西江措撞在一起。他好像吃了一惊，愣了一下才回过神来似的冲我咧嘴一笑。当时我不知道他和华尔丹之间发生的事情，也不知道这抢亲后面的诸多曲折，只是觉得奇怪。看他笑得那么勉强难看，肯定不是情窦初开的毛头小伙子成亲时的羞涩。他已经是二十好几的人了，娶个老婆有啥可害羞的？他应该兴奋才是！可是我没有看到。

扎西江措侧身让在一边，错身的时候，我见他肩膀有些耷拉，沉重的脸色几乎显出痛苦，身上背着重物似的劲力直朝下坠，心里奇怪的同时暗暗骂了句："这小子在搞什么鬼，是不是撞邪了？"

我故意用肩膀撞了他一下，却毫无着力之处。他退了一步，后背撞在壁板上。我没有取下嘴里斜含着的燃了半截的香烟，用含混不清的声音对他说："还没上床，骨头就化成一摊酥油了？"

扎西江措没有搭话，苦笑一声跨过有点歪斜的门槛进去了。看到他的表情，我想，他可能是因为欠我们的人情而感到难受吧。其实也没有那个必要，大家是朋友，都愿意帮他，只是我们的日子过得也不宽裕，只有各尽所能。

我到院子里把鞭炮挂在柴枝上，深吸了一口，让火"哗哗哗"地一直烧到烟末被洇湿的地方，然后才取下只剩一点火星的香烟，一边慢慢吐着烟气，一边把火凑向鞭炮的引线。嘴里的烟才吐了一半，活蹦乱跳的火光在尘土中乱溅开来，在"噼噼啪啪"的回响震动中，天亮了。

听到鞭炮声，村寨里的人都知道扎西江措抢来了新娘。

不一会儿，人们三三两两地赶来，有帮忙的，有看热闹的。扎西江措的朋友们抱着、扛着东西来了，他们有送米面的，有送肉油的，有送糖果的，也有送水酒的，虽然在物资匮乏的年代这些东西都很少，但是聚集后足以应付一场当时的婚礼。孤寂的村寨热闹起来了，扎西江措家破旧的房屋里人头攒动，陈旧的楼梯在杂乱的脚步下发出

"吱吱呀呀"痛苦的呻吟，差点因承受不住而拦腰折断。

寨子里有声望的人都到齐了，经过商议，"代本"① 安排两位能说会道的中年人拿上提亲的礼物去女方家，告诉他们姑娘已经被爱她的小伙子抢了回去，他们帮着小伙子来提亲，恳请女方的父母答应。

做父母的见女儿一夜未归，焦急的心里隐隐猜出了事情的缘由，女大当嫁，这是谁也没有办法改变的事。父亲在家里哀叹着回忆关于女儿的点点滴滴，母亲则去找女儿最要好的同伴了解情况。当提亲的人走进家门的时候，他们已经知道是怎么回事了。刚一搭上话，做母亲的就在一旁流泪了。交谈中，父亲冷静地向提亲的人询问，了解男方家的情况。当然，各家会有各家认为的重点：有的父母看重未来的女婿是否勤快、善良、诚实可靠；有的父母看重未来的女婿是否有情有义，自己的女儿会不会得到幸福；有的父母看中男方家是否牛羊满圈，资产雄厚；也有的父母会看男方能给自己带来多少好处等。但是，他们即使心里愿意也要找借口婉言送走提亲的人，让他们跑上两次乃至三次，最后才收下男方送来的东西，并订下看亲的日子，定好看亲的人数。要是提亲的人第一趟上门就答应了婚事，会被人耻笑，说他们急着想把女儿给嫁出去。

梅朵拉姆坐在新房里，男方送来的按规矩必换的那套崭新的衣物放在床上动也没动。她看着在一旁窃窃私语忽而抿嘴偷笑的两个陌生的伴娘，面容苍白，心如死灰。这一夜令人难以置信的变故让她觉得还处在梦里，但内心撕裂般的痛苦却真实地存在着。

她好像是在提醒自己，又好像是在证明事情的真伪，心里不停地默念着："这是抢亲！这是抢亲！这是抢亲！"在念叨了无数遍后，她终于明白了似的对自己说："我是被硬抢来的，哪怕现在喊破喉咙，哭瞎眼睛，磕头求情也无济于事了，更何况我现在既喊不出声音，也

---

① 藏语，为村长，跟政府机构任命的村主任不同，是村民自己选出的德高望重、有能力的人。

哭不出泪水。"

在家里的消息没有到来之前,新娘子几乎就是个犯人,两个伴娘就是狱卒。当然,伴娘的产生本来就是为了防止新娘的逃跑。

时间真是漫长啊,这不只是因为路途的遥远。梅朵拉姆一直在向神灵祈祷阿爸阿妈不要同意这门亲事,知道她的委屈后把她接回去。但是这可能吗?提亲的人一次不成功还会去两次,两次不成功就会去三次,直到阿爸阿妈答应为止。更让她感到恐怖绝望的是,阿爸阿妈到她同伴那里一问,知道自己是心甘情愿跟人走的,一切期盼就在情理之中被埋葬了。

梅朵拉姆想着这些,感到快要窒息了。这一整天来,她想的最多的还是华尔丹,想到自己心爱的人已经不要自己了,还以这样决绝的方式伤害自己,心里不只是痛苦,还有迷茫,那无依无靠的感觉让她像是在大雾弥漫的森林里迷了路一样,不知道该何去何从。

提亲的人第二天晚上才回来。第一次当然是不会成功的,他们说,他们带着提亲的礼物在半路的亲戚家住了一晚,第二天一早又去上门说亲。这次梅朵拉姆的阿爸阿妈答应了这门亲事,他们从说亲人的嘴里了解到扎西江措是个勤快、孝顺、有情有义的小伙子,尽管他成亲的年龄稍大,那也是家庭的原因引起的,他们相信自己的女儿跟着他会得到幸福的。况且,他们从梅朵拉姆同伴那里了解到她是心甘情愿跟她爱的人走的,也就更加放心了。他们还说,考虑到男方的家庭情况,本来家族大,会有五十几个人去看亲的,但现在只去二十个左右,就不为难未来的女婿了。日子就订在大年初八。

人们听了这些话,感叹梅朵拉姆父母的豁达和开明。

扎西江措的心情是矛盾的,他既希望提亲不成功,把梅朵拉姆送回去,又希望她的父母答应这门亲事,整个一副患得患失的样子。当他听说梅朵拉姆的父母答应了这门亲事,心中的喜悦并不比一个旁观者多,这几日不断增长的内疚感反而加深了。阿妈就不一样了,她想到儿子的婚事终于有了着落,心里说不出的高兴,念佛的声音也似乎大了一些。

　　人群散了，我们对扎西江措说第二天再来帮忙借东西。村寨里都是这样，谁家要是有个什么喜事丧事，来的客人多，大家就相互借这借那，共同应付。

　　两个伴娘本来今夜也是要留下来陪新娘子的，可是几个小伙子在新房里跟伴娘拉近乎嬉闹时，他们在玩笑中拿话挤对她俩，说她们不懂人情世故，这已经是第二天了还不知道给新人机会什么的。当伴娘的总会遇到这样的事，只是有的伴娘能说会道，性格开朗、胆子大，不把别人的话当回事，做自己该做的事情。梅朵拉姆的两个伴娘开始也没把他们的话当回事，想着要完成自己的使命，可是，几个小伙子说着说着渐渐露骨起来，她们也就不好意思再待下去，红着脸悄悄走了。等几个小伙子得意地把他们的战果向扎西江措汇报时，他才知道是怎么回事。其实，他知道伙伴们这样做还有另外一层意思，只是大家都没说出来。

　　伴娘已经走了一会儿了，不好再去喊回来，还好她们留下话说明天一早过来。

　　梅朵拉姆知道自己的希望落空，婚事再也没有更改的余地了。

　　看着天渐渐暗下来，梅朵拉姆的心里越来越不安，越来越害怕。今晚该怎样度过？会不会发生什么事情？她不知道，也不敢去想。其实，梅朵拉姆能猜出答案，只是不愿意承认罢了。几个小伙子的话，两个伴娘的离去，不正是给新郎机会，给她的暗示吗？扎西江措的阿妈端来晚饭，苦口婆心地劝了她很久，梅朵拉姆一口也没吃，搁在一边早已凉透了。从双脚踏进扎西江措家门开始，她再也没有开过口，哪怕是为了吃饭还是为了说话。

　　村寨里的人都走了，整个房子忽然间安静下来，本来逼仄的房间和过道都显得宽敞起来。阿妈也睡了，从她房里传来的咳嗽声渐渐变少，最后消失，想必她睡着了。

听着风在屋檐下"呜呜"地诉说,经幡在房前"哗啦啦"地乱响,梅朵拉姆紧张得连呼吸也感到困难。

"赶紧逃走吧,再晚就来不及了。冬天的夜晚是那么漫长,谁能说清会发生什么事情?万一他用强,那该怎么办?"她在心里劝说自己,警告自己。

这样的事情她也听人说起过,说某某姑娘被抢去后一开始拼命反抗,死活不愿意嫁,可是扭打不过抢亲的男子,最后还是生米煮成熟饭,不得不留下来,嫁了。

梅朵拉姆想到这儿,刚站起身来,门"吱呀"一声开了,见扎西江措擎着一盏油灯走进来。她"啊"的一声惊叫,退回床边,一下瘫坐在床头。

"刚才为什么不闩门呢?闩上门不就什么事也没有了吗?我真傻!我真傻!"梅朵拉姆后悔极了,心里不住地骂自己愚笨。

扎西江措把油灯放在桌子上,见梅朵拉姆一脸的恐慌,两只惊恐的眼睛盯着自己,好像自己是个浑身充满血腥味的屠夫,正手里拿着滴血的屠刀走向待宰的牛羊。他明白她的心思,心里有些窘迫,说:"对不起,我们家没有多余的房间,我只能睡在这里。不过你不用害怕,我是不会……"说到这儿他忽然停住,心里微微一痛,可是脸却红了,不过在摇动的烛火下看不清。他喉头一动,把剩下的话咽了下去。

梅朵拉姆依然盯着扎西江措,惊恐的眼光中又多了怀疑,她透过他的双眼朝他的内心探索,想看看眼前的这个男人是不是在撒谎。她不相信世界上会有这样的男人,对同处一室的姑娘不动手动脚,何况现在在所有人的眼中,自己已经是他的女人了。她从身边的同伴或者妇女们说的故事中了解到,天下没有哪个男人是不好色的,尤其是这里的男人,充满野性,他们决不忌讳或者放弃对性的追求和享受。

扎西江措见她不相信,真诚地说:"我是说真的,我趴在桌子上睡就行了。碰上这样的事,我跟你一样不好受,我们都需要好好地想一想，静一静。咳——，说起来你也许会觉得好笑，也不知道是上辈子的姻缘，还是这辈子的天意，那天在街上看到你跟阿哥在一起，心里没来由地嫉妒了阿哥一下。我们在一起的时候，我在心里暗暗祈祷，如果这辈子我还能找到肯跟自己同甘共苦的妻子，那就一定要像你一样。现在，不管这是上天的祝福还是命运的捉弄，我都真心希望我们能有缘生活在一起。唉！我可怜的阿哥啊！"

听了扎西江措的话，梅朵拉姆的眼里又掺杂了一种诧异，眼光变得更加复杂起来，心里的千头万绪乱得跟乞丐从没洗过的头发一样。

扎西江措见她表情呆滞，对自己的话好像没有什么反应，苦笑了一下，走过去说："睡吧，我给你铺床。"

梅朵拉姆大吃一惊，惊叫道："你不要过来。"她说完飞快地脱下鞋子，连衣躺进被窝，拉上被子，身体缩成一团，眼睛里再一次充满惊恐，一眨不眨地盯着扎西江措的一举一动。

扎西江措被她盯得难受起来，默默地在心里叹了口长气。他把油灯往里挪了挪，解开袖子把藏袍穿好，趴在桌子上闭上眼睛想事。尽管他心潮起伏，但是毕竟抢亲的那晚熬了一夜，昨晚又一个人在厨房的火塘边和衣只迷糊了一会儿，身体早累得有些扛不住了。他不一会儿就睡着了，发出平静而轻微的鼾声。

扎西江措睡着了，梅朵拉姆的心里踏实了些，但她的眼皮却开始沉重起来。这连日的折腾，心情从大喜到大悲，加上两天一夜水米未进，早已把她折磨得疲惫不堪了。现在，终于夜阑人静，她却再也支持不住，平常可以飞快眨动的两片眼皮这时比两座大山还要沉重，再怎么用力也撑不开。她终于沉沉睡去。

毕竟身处险境，梅朵拉姆睡得一点也不踏实。半夜，她听到一阵奇怪的声音，半睡半醒中惊坐起来，揉揉眼睛，使劲甩甩头才看清楚，原来是扎西江措趴在桌子上，被冻得瑟瑟发抖，那声音是他牙齿打架发出的。

梅朵拉姆的心还在扑通乱跳。她深深地吸了口气，空气冰凉冰凉的，冷风从破旧的壁板缝吹进来，拂得油灯闪烁不定。

梅朵拉姆看着扎西江措宽厚的身影在油灯下抖个不停，就像他面前摇曳的灯盏，心里忽然有些可怜起他来。她想他果然是个守信用的人，如果他用强，自己有力气反抗吗？他宁愿自己冻着也不向自己挪一步。她对他的厌恶在不知不觉中少了几分。

"扎西江措。"梅朵拉姆忍不住轻轻喊了一声。

扎西江措抬起头，脸冻得发青。他居然醒着。梅朵拉姆心里的厌恶又少了几分，脱口说："干吗不到床上来睡？天多冷啊！"

"我不是……答应过你吗？"扎西江措一开口，觉得更冷了，说话结结巴巴的。

"来吧。你睡那一头。"梅朵拉姆指着床尾说。她眯了一觉后戒备心好像减轻了，竟然说出这样连自己也不理解的话来。她想要收回刚才说的话，但是已经来不及了。

扎西江措犹豫了一下，但时间很短，梅朵拉姆连反悔的机会都没有。他颤抖着说："好……好吧。你真是个……好人。"他脱了靴子，到床尾和衣躺下，拉起被子的一角盖在身上。梅朵拉姆怀着复杂的心情见他抖了好一阵子才慢慢平静下来，不一会儿开始发出细微的鼾声。

梅朵拉姆没了睡意，呆呆地看着床尾那个蜷成一团熟睡的男人，也不知道自己在做什么。她忽然责备起自己来："我为什么要可怜他，我应该恨他才对，要不是他。华尔丹会这样做吗？是他拆散了我们，是他夺走了我的幸福。"她又听到一个声音在不停地问自己："你干吗还躺在这里？难道你真的要嫁给他？为什么还不逃走？"

"对，逃走！"这个念头在心中刚一闪现，她就已经打定了主意。她悄悄掀开被子，小心翼翼地穿上鞋子，蹑手蹑脚地向房门走去。

梅朵拉姆轻轻拉开房门，门"吱呀"响了一声。她吃了一惊，呼吸也在一刹那停顿了。她侧耳倾听，身后好像没有什么动静。她慢慢回头朝扎西江措瞅去，仿佛见他在梦里抽搐了一下，没有醒。她松了口气，轻手轻脚地走了出去。

天黑沉沉的，凛冽的寒风正呼呼地刮着，天空看不见半丝月影，也找不到一颗星星。看来就快下雪了。

梅朵拉姆根本找不到路在什么地方，她以前从没来过这里，昨夜来的时候又在昏迷中。村寨下面层层叠叠的田地里覆盖着厚厚的积雪，田野四周和地埂上全是黑黢黢的树林树影，她什么也看不清，只能朝着山下的方向乱走乱窜。

黑暗中，梅朵拉姆仿佛觉得自己走了很久，又好像才刚刚走了几步。她不断地滑倒，站起来，走几步又滑倒，跌跌撞撞中充满了绝望。她又累又饿又冷，神智开始变得恍惚起来，而脚下的大地好像有着什么魔力，正把她的体力从脚底一点一点吸走。她感到自己越来越虚弱了，眼前金星乱闪，脑子里一片空白，就好像掉进梦魇里醒不过来。她再一次滑倒，重重地摔倒在冰冷的雪地里，嘴里嘟哝般地吐出两个字——"阿妈"，语音未落，就昏迷了过去。

雪，飘飘扬扬地落了下来。

风，越刮越猛；雪，慢慢变大。

风从敞开的门外猛灌进来，撞在陈旧的壁板上，发出沉重而迷蒙的声响，惊醒了熟睡中的扎西江措。他一个激灵坐起身，见油灯上苗条的火焰倒下后死而复活般地站了起来，火光闪动中，床头的梅朵拉姆却没了踪影。

扎西江措翻身下床，惊慌失措地里里外外找了个遍，也没见梅朵拉姆的影子。她到底去哪里了？不用问，这个问题的答案在他心里已经像被中午的阳光照耀着一样清晰而亮堂——她逃婚了。扎西江措在自己的头上重重地敲了一下，暗骂自己糊涂，居然没有预料到这一点，梅朵拉姆是被硬抢来的，她能不逃走吗？到底是这该死的瞌睡让自己变蠢了，还是自己被她先前温柔的话语给蒙蔽了？其实都一样，结果只有一个——她逃婚了！

扎西江措没有惊动阿妈，独自一人冲进风雪四下寻找。

找到桥头，晨曦已现，稍微能看清周围的环境。扎西江措找过桥，没有发现一个脚印。他见雪下得不是很猛，如果有脚印，不可能这么快就被完全盖住。"她去了哪儿呢？"他不住地问自己，"该不会跳河自尽了吧。"

想到这，他不禁吓出一身冷汗。看到漫山遍野的积雪和空中飘飘洒洒的雪花，他又想她肯定是迷路了，因为这一路都没有脚印。

扎西江措又往回找，钻树林，过田野，蹚积雪，不停地呼喊梅朵拉姆的名字。天地一色，一片苍茫，除了他的喊声，就只剩下风吹雪落的声音。雪不断地往他的靴子里和怀里灌，融化的雪水打湿了头发，流过脸庞，流进眼睛，流进脖子，湿漉漉、冰冷冷地直往身体里钻，他却什么也感觉不到，只是疯狂地在寻找。

终于，就在扎西江措快要绝望的时候，他在一个雪窝里找到了梅朵拉姆，她身上已经盖了一层积雪。面色苍白的扎西江措赶紧向莲花生大士、向他知道名号的菩萨和佛祖热烈地祈祷着，嘴里念着祈求平安的经文，希望菩萨和佛祖保佑梅朵拉姆没事。他感到恐惧极了，狂跳的心几乎从口腔里蹦出来，他害怕她就这样冻死在雪地里了。

扎西江措把颤抖的手凑近梅朵拉姆的脸庞摸了一下，感觉她鼻息微弱，还一息尚存。扎西江措心中大喜，长长地舒了口气，他急忙拍去她身上的积雪，把她背在背上，在漫天的风雪中艰难地一步一滑地朝村寨走去。

天已经大亮了，因为这场毫无征兆的大雪，扎西江措在巷子里没有碰到一个人。

扎西江措回到家，看见阿妈正在焦急地等待。原来老人一早起来，见儿子的房门大开，可是房里没有一个人，她隐约猜出了什么，正担心得不得了。

阿妈见扎西江措背着梅朵拉姆回来，焦急地问："她怎么了？"

"她晕倒在路边的林子里了。"

阿妈好像明白了，但是又感到更加糊涂了。

阿妈帮着儿子把梅朵拉姆放在床上，取下她腰间的银饰放在她枕边，让她睡得舒服一些。她给梅朵拉姆盖上被子，又拿来一床被子给她盖上，裹得严严实实的。她吩咐扎西江措说："快去熬碗生姜水。"

不一会儿，扎西江措熬好姜汤端来。阿妈用勺子一勺一勺地小心喂着。还好梅朵拉姆身子渐热，在半昏半醒中也能张口，边洒边喂中一碗姜汤喝下去，她的脸色开始红润了些，呼吸也粗重起来。母子俩都松了口气。

风停了，雪还在下。母子俩默默地守在梅朵拉姆的床边。屋里静静的，只有阿妈偶尔的一两声咳嗽和她从不间断的诵经声。

"等她好了，我还是把她送回去吧。"扎西江措好像自言自语似的说。

阿妈停止了诵经，她沉思了好一会儿，艰难而痛苦地说："让我劝劝她吧，要是不肯，就送她走。唉，也挺难为她的，咱们家这么穷，她怎么肯留下来呢？"她说完向屋子四周透风的壁板看了一眼，伤心地叹了口气，怔怔地流下眼泪。

扎西江措也跟着叹了口气。他什么话也没有说。

6

梅朵拉姆慢慢苏醒过来。她睁开眼看到屋里的一切，知道自己逃婚失败了，心里伤痛，忍不住压低声音痛哭起来。

看到梅朵拉姆哭得伤心，阿妈也忍不住跟着流泪。一个常年被病痛折磨的老人，内心装满了难以言说的伤感。"孩子，你怎么这么傻，在这样冷的天跑出去，要是冻坏了怎么办？"

梅朵拉姆哽咽着说："为什么要救我回来，让我冻死在雪地里不是更好吗？"

阿妈放下转经筒，伸出枯瘦的满是皱纹的手擦掉梅朵拉姆眼角的泪水，劝慰中带着无奈的感伤，说："这都是女人的命啊！我们谁不是这样过来的呢？"

"他为什么要这样对我呢？"

阿妈擦了下自己的眼角，咳嗽了几声，却没听明白梅朵拉姆的话。她说："我们女人都是苦命的，当年，我也是被硬抢来的。那时，我在林子里砍柴，被几个小伙子拖上马，我一路喊一路哭，路上也遇到了人。可是又有谁会多管闲事，去破坏别人的好事呢？我恨我们女人为什么这么命苦，也恨扎西江措的阿爸。但是，恨有什么用呢？后来还不是喜欢上了他，生下了扎西江措。孩子，我们得认命，我们女人都是这么过来的。"

梅朵拉姆身体虚弱得不能动一动。她听到阿妈的话心里想：原来她也是这样的。可是我们为什么要认命呢？华尔丹，我的华尔丹，我是那么爱你，你却对我做了什么？我已经逃过一次婚了，失败了，一定会成大家的笑柄，要想再嫁也难以找到好人家了。可是，难道我真的要留下来吗？

她转念又想：是啊，我为什么不能留下来呢？既然华尔丹那么绝情绝义地抛弃我，我为什么还要对他念念不忘？再说了，不能嫁给他，那嫁给谁还不都一样。

听到我们上楼的声音，扎西江措从屋里走出来。雪已经停了，我跟伙伴们把借来的几张长桌子摆在安顿客人的临时腾出来的房间里。

我见扎西江措一脸的疲惫，凑过去用肩膀撞了他一下，悄声对他说："看你像被霜打过的样子，昨晚没睡好吧。也难怪，这样的夜晚有谁睡得好呢？"我说完朝身边的几个同伴一指，"不信问他们。想当年兄弟几个有谁不是这样？"他们哈哈大笑起来。

我见扎西江措一脸的苦笑和尴尬，心想真是邪门了，他阿哥去帮他抢亲的时候，虽然坐立不安但是一副偷着乐的样子，媳妇到家里了却又满怀痛苦的表情，他真要一辈子打光棍才开心？

冰冷的月

阿妈给梅朵拉姆熬了点粥，劝她喝下。梅朵拉姆端过碗，眼泪和着稀粥勉强喝了一碗，感觉劲头在身上渐渐恢复了。

阿妈见她肯吃东西，心里很高兴，拉着她的手说："孩子，你还走吗？"

阿妈先前听华尔丹说姑娘是愿意嫁过来的，又想不通她为什么这么伤心还要逃婚，但这是小辈们的感情纠纷，她也不好过问。

"走？去哪儿呢？我还能去哪儿呢？家里都答应了婚事，他们就要来看亲了。阿妈，你说我该怎么办？"梅朵拉姆又哭了。

"孩子，你就留下来吧，虽然我们家穷，房子也破旧——这些都是我这老婆子给拖累的，但是以后我会把你当成自己的亲闺女一样疼你的。我一直都希望自己有个女儿，可是只生了扎西江措一个孩子。扎西江措他不是个坏人，他勤快、孝顺，从来不跟那些头脑简单的年轻人鬼混、惹事。他也不抽烟、不酗酒、不赌博，要不是因为我，他早就把日子过得有声有色了。唉，都是我给害的。"

梅朵拉姆看着阿妈，见她伛偻瘦小，虽然因不停地咳嗽显得神情萎靡，但是蜡黄的脸上充满了慈爱。她听阿妈在说话时不停地自责，心里忽然生出一种类似于怜悯的亲切感。她情不自禁拉起阿妈的手放在自己的脸上，让五味杂陈的泪水在她粗糙嶙峋的手背上流淌。

"孩子，你就留下来吧，扎西一定会对你好的。"阿妈被梅朵拉姆的举动深深打动了，她流着泪说。

"阿妈，就让我留下来照顾你吧。"梅朵拉姆擦着泪水说。

"华尔丹，难道不嫁给你，我就要生活在痛苦中吗？你是他的阿哥，你不可能不来他家，我就活出个样子给你看。"不过这句话梅朵拉姆只是在心里对自己说，没有讲出来。

阿妈又是高兴又是感动，把梅朵拉姆搂在怀里，反复地说："好孩子，我的好孩子。"

这一整天，我们在进进出出中看见阿妈一直在陪着梅朵拉姆说话，两个伴娘反而成了听众。

忙碌到下午，我们男人们该干的事情都办妥当了，妇女、姑娘们帮着煮肉蒸包子、选菜洗菜的事情也完成了，这一整天大家都在嘻嘻哈哈的玩笑和打闹中度过。不知道是不是我们的情绪感染了扎西江措，我见他在众人的玩笑中慢慢变得开朗起来了。

我们在扎西江措家吃过晚饭后离开，两个伴娘也找借口偷偷走了，留下话说明天再来，因为第二天舅舅们就要来看亲了。

一整天，扎西江措都不知道阿妈劝说得怎么样了，心里一直惴惴不安。他见时间慢慢流逝，阿妈也没有让他把她送回去，她们不只聊上了，看情形好像还聊得不错。他的心慢慢放下了，但是也不敢太肯定。

等客人们走后，当他知道梅朵拉姆决定留下来，心里很高兴，几天来郁结在心里的内疚之情也减少了许多。他想，只要她愿意留下来，相信家里的一切都会有所好转。扎西江措知道自己可以安心地计划未来了，感到陡然生出的力气在浑身游走，恨不得马上去做点什么重大而又有意义的事情。

夜，静静的。无风，无雪，天地一片宁静安详。

阿妈说了一天的话，感觉有些累，先睡了。

扎西江措走进房里，看见梅朵拉姆无精打采地半躺着，为她感到心痛，同时内心被一种温柔的情感包裹着。他不敢走过去，坐在桌子边看着她说："谢谢你留下来。"

梅朵拉姆看了扎西江措一眼，冷漠地说："不用谢我，我不是为你留下来的。我见你阿妈人很好，又有病，很可怜，这才愿意留下来照顾她的。"

"那我更要感谢你，只要你对我阿妈好，对我好不好又有什么关系呢？你真是个好姑娘。"扎西江措的话让梅朵拉姆的心里好受了些，但是，她也不愿意对他表示一点好感，冷冷地说："你说好听的也没有用，以后你是你，我是我，别想在我身上打什么坏注意。"

"你放心吧，不管是什么事情，除非你愿意，不然我是不会强迫你的。我知道我能娶到你是我的福气。"

"你再说好听也没有用，我又不是心甘情愿嫁给你的，要不是华尔丹……"一提到华尔丹，梅朵拉姆的心里又痛又恨，狠狠地说，"要不是那该死的华尔丹，我会嫁给你吗？我恨死你们两个了。"

扎西江措被她说得哑口无言。他沉默了一会儿，说："睡吧。"过去给梅朵拉姆掖好被子，然后回来趴在桌子上睡觉。

看着扎西江措的一举一动，梅朵拉姆又觉得于心不忍，说："你做什么？"

"该睡觉了。"扎西江措看着她，一脸茫然地说。

"不怕冻着了？"

"我可以忍的。"

"我不能忍。我怕半夜又给你吵醒了。"

扎西江措怔怔地看着梅朵拉姆，不知所措。

"过来睡吧。"梅朵拉姆指了指另一头说。

扎西江措吹熄油灯，摸索着脱下靴子，解了腰带，脱下宽大的袍子盖在被子上，和衣钻进被窝。两人尽管都和衣而睡，但是尽量保持着距离。黑暗中，时间仿佛凝固了，他们听到彼此在满怀心事地轻轻叹气，而睡意似有似无地在眼皮上溜达。

一大清早，扎西江措就上神山放龙达、煨桑烟、插经幡，敬守护山神。回来后，他又在家里佛龛前点了酥油灯，在门前煨桑塔里煨上柏香，烧起浓浓的桑烟。

早饭一过，大家陆陆续续赶来帮忙做准备。他们摆好长桌，两边铺上毡垫，放好各类糖果和水酒。火盆里烧起了旺旺的炭火，锃亮的茶壶里煮着浓浓的马茶，等看亲的舅舅们一到就让他们喝上热气腾腾的酥油茶，驱走一身寒气，送上一份温暖。

人们闲了一小会儿，忽然听到有人说："来了，来了。"大家朝山下张望，只见村寨下的山道上，一队人马正在蜿蜒上山。

小伙子们立刻拿起早已准备好的酒瓶和用酥油花镶边的龙碗冲下楼，从楼梯口开始，每隔一段站一个人。由于人的多少、队伍的长短表示这个村寨的热情好客程度和对来人的尊敬程度，小伙子们几乎全部出动，站了长长的一溜。他们斟满各自的酒碗，恭恭敬敬地端着、等着。

看亲的队伍走近了，他们每到一个端酒碗的人面前就停下来，由领头的一个小伙子上前诵祝酒词。这一仪式是很考人的，不光祝酒词的内容要丰富、动听、寓意深远，还不能在下个祝酒中重复，否则会惹人笑话，说他肚子里的"货物"有限。所以，看亲送亲时一般都会有几个小伙子预先准备好，轮流祝酒。每当他们诵完一首，后面的人群就欢呼一声，依次在龙碗里嘬一口酒，又向下一个端酒的人进发，又诵祝酒词，又喝酒。当把端在楼梯口的酒祝完，已是好长一段时间了，酒量差的人这时候差不多已经半醉，脸色泛红。

这次来看亲的人都很随和，没怎么为难人，也许是梅朵拉姆的父母事先打过招呼了，不然从来款待看亲和送亲的人是最让人头疼的事，因为这一天舅舅最大嘛。让扎西江措去给他们劝酒是免不了的。他本来酒量不好，但是进去后架不住他们的说辞，舍命般地喝了几大杯，立刻变得满脸通红，一张脸马上要燃烧起来似的。舅舅们见他确实不能喝酒，可是也尽力而为了，于是，不光是对他的长相，连同他的为人也认可了。他们说，家境不好没关系，只要人勤快就行，以后夫妻俩同心协力，家庭会幸福美满的。

看亲的队伍里，有一个那夜送亲的姑娘，当她看到新郎不是那天的络腮胡子，大吃一惊，抓破头皮也想不出这是为什么。

这天的看亲也像所有的看亲一样热闹。新房里，梅朵拉姆只能在伴娘的陪伴下听着外面亲人们熟悉的、喜气洋洋的喧哗声。客人们喝着酒，唱着山歌，歌颂良辰美景，祝福婚姻美满，祝愿爱情天长地久，愿一对新人家庭幸福、永远快乐。

村里的小伙子们不断轮流去劝酒、陪酒，让每个客人都尽兴，因为按照传统，如果不能把看亲和送亲的舅舅们灌醉，对这个村寨来说是件丢脸的事。这时，能说会道的少陪几杯，口才不好的说不过别人，就只能一人陪一杯或两杯，甚至三杯，出来的时候满脸通红，醉眼醺醺。这种场面不只是显示一个小伙子的酒量，更重要的是显示他的胸怀、气量和口才，如果表现得好，不只受到别人的敬佩，而且会得到姑娘们的青睐。要是他是单身，给看亲的姑娘们留下好印象，得到某个姑娘的芳心，说不定就会酝酿出一段缠绵浪漫的恋情。

客人们喝得半醉，到外面围成圈子跳锅庄，主人这边的小伙子姑娘们也陪着跳，然后又把他们拉进去喝酒。客人们强烈要求扎西江措又来给他们敬酒，给他们唱山歌，折腾了很久，把扎西江措灌得舌头都大了才放他走。

客人们看看天色不早了，从各自的褡裢里取出送给新娘子的礼物，挨挨挤挤地拿到新房送给梅朵拉姆。东西很多，有送袍子的，有送衬衣的，有送鞋子的，也有送腰带、围巾或氆氇围垫的。这些东西有的是他们自己的，有的是没来的亲戚们捎来的，在屋角堆成了一座小山。

他们见梅朵拉姆病恹恹的样子，说话声音也嘶哑了，来的时候就听主人家说她病了，还以为她得了感冒，嘱咐她要好好养病。那晚送亲的姑娘很想问问关于新郎的情况，可是房里人多，又挤又吵，只好作罢。

送完东西他们就要走了，梅朵拉姆流着泪想送他们，被他们谢绝了。他们说她身体有病，不能再被风吹着了。梅朵拉姆只能待在房间里，抽泣着，听他们祝着酒，在人们的道别声中骑上马，踏雪而去。

看亲的仪式就这样结束了。一个亲戚留下梅朵拉姆父母的话，说姑娘迟早是男方的人，就留在男方帮着劳动，两人有空了就回来看看，具体送亲安排在什么日子到时候再商量。

按照这里的风俗，婚礼一般都要经过两个阶段：第一次是抢亲、看亲，过几天男方把新娘送回，新娘在娘家待一年；第二次是送亲，这才算是真正的婚礼。但是梅朵拉姆的父母很开明，他们考虑到男方的难处，让女儿留下来帮着打理家里的事务。

客人们走后，大家收拾了一番，接着请村里的男女老少狂欢到半夜才散。

<h2 style="text-align:center">7</h2>

经过几天修养，梅朵拉姆的身体恢复得很快，新鲜、陌生而隐隐有点尴尬的生活就这样过了起来。

大年十二这天，天还没亮阿妈就要跟村里的两个亲戚出门了。扎西江措起床帮着阿妈收拾东西，并把她和同伴送到上山的岔路口，叮嘱了又叮嘱才回来。

梅朵拉姆没有起床，但是他们的一举一动她都听到了。她昨晚的眼泪还没有干，现在的眼泪已经止不住地流出来。

扎西江措了解梅朵拉姆的心情，昨晚她已经偷偷地哭了半夜，虽然她没有说一个字，但压抑的抽泣几乎把扎西江措的心给击碎了。扎西江措没有出门，梅朵拉姆也躺着没有起床，他一天几次做好饭端给她，她都要么啜泣要么发呆不肯理会。屋子里笼罩着前所未有的阴霾。

这真是难熬的一天。

太阳落山了，山风吹得巷子里尘土阵阵飞扬，门前的经幡也在哗啦啦乱响。

扎西江措到院子里拿柴火。他上楼进屋的时候，看见梅朵拉姆起来了，蓬乱的头发梳理好了，但是整张脸因为哭泣变得有些浮肿，眼皮更是厚得几乎把眼睛全覆盖了。

扎西江措心里一痛，说："你起来了。肚子饿坏了吧？我马上做饭。茶还是热的，你先喝一点吧。"

梅朵拉姆没有搭腔，她似乎犹豫了一下，跟着伸手抱过扎西江措手里的柴火扭头向里面走去。扎西江措不知所措，跟在她后面乱转。

梅朵拉姆瞟了他一眼，说："你找不到男人该坐的位置了？"

扎西江措愣住了。男人该坐的位置，他当然知道，但是他却很少有机会去安坐。那个位置是家里有女主人操持家务，而男主人回家后不需要动手才能享受的，坐在那里，男主人要做的就是惬意地喝上一杯烧酒，给忙碌的女人或者家人说说他在外劳作时的所见所闻。可是，他，扎西江措，因为家里没有女主人，母亲多病不能让她操劳，他就忙里忙外做着所有男主人和女主人该做的事情，那每个家庭都有的尊贵的位置在他心里当然也就淡漠了。

扎西江措一步三回头地走过去坐下，忐忑不安地看着梅朵拉姆的一举一动。他想对她说点什么，可是看她板着面孔，脸上依然弥漫着悲伤，眼泪随时会冲出眼眶的样子，就因为找不到合适的话题而不敢开口了。

扎西江措显得坐立不安。这男主人的位置还真不好坐。

晚饭终于做好了，两人相对而坐，第一次单独在一起，心里都有些别扭。

端起碗，梅朵拉姆的眼泪扑簌簌掉进碗里。

扎西江措放下碗筷，深情地看着梅朵拉姆，真挚地说："梅朵拉姆，我向你保证，也向神圣的三宝起誓，这辈子我会加倍对你好，让你忘掉所有的委屈和悲伤，让你真正得到幸福。我的人，我的心，这辈子只为你的需要存在。我唯一的期望就是你开心快乐。"

梅朵拉姆眼泪流得更凶猛。扎西江措过去从她手里取下碗筷，一手搂着她的肩头给她安慰。他叹了口气，只说了一句："阿哥也早该到结婚的年龄了。"

一听这话，梅朵拉姆肩头一动，甩开扎西江措的手。她双手捂着脸，哭声从紧闭的指缝间渗漏出来。

扎西江措脸色苍白。屋里一片惨淡。

原来梅朵拉姆逃婚那天早上，有人无意中看见扎西江措从风雪里把梅朵拉姆背了回来，那情景任谁都能猜出个大概。消息就像被风吹过，四下传开，只有他们自己还蒙在鼓里。俗话说："好事是没有脚的石头，谁会知道？坏事是长了翅膀的小鸟，谁不知道？"华尔丹家和这里只是山前山后，任何消息只要一个翻身就到了他们那里，更何况看亲那天华尔丹的阿爸也来帮忙，他跟扎西江措的阿妈私下交谈过，哪会有不知道的。

华尔丹听到消息后想了一夜，决定还是自己先结婚，好断了梅朵拉姆的念头。于是，他从村里和他一直相好着的姑娘里选了一个他觉得最顺眼的，没进行什么抢婚，找了个借口，说自己年龄大了，不能再等了，直接举办了婚礼。

昨晚阿妈兴高采烈地给他们说华尔丹要结婚了，她跟这边的亲戚商量去帮忙。梅朵拉姆乍一听到这消息，尽管这几天来一直恨着，但心里感觉还是像紧抓的那根救命稻草忽然被扯断了一样。华尔丹的所作所为虽然不可原谅，可是她却发现自己没有办法不想他。梅朵拉姆借口头痛离开，刚到房间就扑在床上紧着嗓子痛哭起来。而这一切的一切，他们竟都瞒住了阿妈，因为老人的大部分精力都耗在了跟病痛的斗争中，有些自顾不暇。

"我知道这又是为了我，我明白他的想法。"扎西江措伤感地说，"他从小就是这样，处处为我着想，从来不考虑自己。"

梅朵拉姆流着泪狠狠地说："我这辈子都不会原谅他的。"

扎西江措犹豫着伸手攀着梅朵拉姆的肩头说："你放心吧，我会好好待你的。要是我心口不一就下地狱。"

梅朵拉姆觉得浑身麻木，心里的孤独无助把她挤压成了一团，而四周是无尽的空旷。她想有个坚实的肩膀让自己靠一靠，哭一哭，无意识中侧身把头靠在了扎西江措的胸膛上。

扎西江措心里一阵温暖，忍不住哆嗦了一下。他轻轻揽着她的肩头，说："我知道他伤你很深，但他不是坏人。他也许跟你说过，他从小没了阿妈，由我舅舅拉扯他们姐弟三个，阿哥是最小的，两个姐姐现在已经嫁人了。那时，阿妈见舅舅一个人忙里忙外顾不上孩子们，他们的衣服破了没人缝，脏了没人洗，就经常去给他们缝缝洗洗什么的。那时候我阿爸还在，阿妈也没什么病，她一去就会住上三五天。"

扎西江措见梅朵拉姆偎在自己的怀里，偶尔抽搐一下，眼泪也没流了，好像在静静地听，就继续说："他们在阿妈的关怀下找到了母爱，所以对她的感情越来越深。那时阿哥还小，居然改口叫她阿妈。说来也好笑，后来我舅舅给他们找了个后妈，阿哥却死活不肯叫她阿妈，说他心里只有一个阿妈，这个位置谁也别想抢。为这事，我的舅母到现在还耿耿于怀，虽然她自己没有孩子，将来要靠我阿哥养老，但她一直不太喜欢他。"

"对我阿妈来说，他们三个就是她自己的孩子，她的心肝宝贝，宠得不得了。这次阿哥结婚，你说她能不去吗？我劝她说身体不好，山上雪大，我去就行了，可是她不听，说两个儿子都在今年结婚，她很高兴，总不能只顾这边的孩子不管那边的孩子了吧。我没劝住她，早上还是和亲戚们一起走了。看她走路时脚步也轻了不少，心里真的是高兴坏了。她肯定会在那边多住几天的。"

火塘里的柴火快烧完了，冷气不断地往屋子中间收缩，越逼越紧。扎西江措看着怀里的女人，他们身体接触的地方虽然隔着衣服，但是彼此的体温在那里交融温暖着。他感到内心一阵悸动，差点就忍不住附身朝她额头亲下去。但是，他忍住了，他知道只要自己这一吻，说不定他和她的距离又会变得跟从天堂到地狱一样遥远。

扎西江措扶直梅朵拉姆的身子，起身朝火塘里加了几根粗柴，烧旺火，把开水壶搁在三脚架上。晚饭已经凉透了，他说："我热一下吧。"

梅朵拉姆摇摇头，说："你要吃就热吧。"

"我也吃不下。"扎西江措无声地叹了口气说，"你先去睡吧，我收拾一下。"

"后来呢？"梅朵拉姆轻声问。

扎西江措见她想听，过来坐在她的身边，理了一下思路，说："后来？后来我们都长大了些，能帮着家里放牛了。我们两个村子的草山是共用的，就在山顶。那时候，我们一早把牛赶上山，两个村寨的孩子就一起做饭，一起玩耍。夏天我们摘野草莓，用野草莓和着糌粑吃；秋天捡菌子，撒点盐在火里烧着吃。我们人多，总要嘻嘻哈哈乱抢一通，也挺有趣的。阿哥大我两岁，我是他们当中最小的，他什么事情都照顾我。"

梅朵拉姆听着这些熟悉的童年轶事，好像也回到了自己的童年时代。农村长大的孩子，大家的经历大同小异。

"孩子们多了总有吵闹的时候。有一天，我和我们村的一个孩子吵了起来。吵架的原因记不清了，反正吵得很凶。当时阿哥不在身边，他趁这机会把我打了一顿。阿哥听到我的哭声赶来，想帮我，却没有打过那孩子，我俩就一起上，结果他也来了一个帮手，我们兄弟俩还是打输了。你看，这就是那时候留下的伤疤，用石头打的。"扎西江措撩起额头的一缕头发，给梅朵拉姆看发丛中那条细长苍白的疤痕。"当时也没流多少血，不知道伤疤为什么会这么明显，还好头发能盖着。从那以后，那两个孩子得意得不得了，经常找碴欺负我和阿哥。在回家的路上，我落单了，更没少挨他的打。但是，这些我从来不敢跟家里人说，因为阿爸经常对我说，要想成为一个真正的男人，自己的事情就应该自己解决。"

"有一天，那孩子无缘无故地揪我的头发，又欺负我，我们两个撕打在一起。阿哥什么话也没说，跑过去从他装干粮的背包里掏出一把藏刀，冲过来从后面在那孩子的屁股上扎了一刀。原来他那几天听说我在回家的路上天天受欺负，逼急了，就把我舅舅的藏刀给悄悄偷了来。大家一见血，都吓呆了。说实话，当时我也吓傻了，觉得阿哥的样子很恐怖。那孩子一摸手上是血，吓得瘫倒在地上，接着满地打滚，惊天动地地哭叫起来。阿哥提着刀，一个一个指着说：'你们谁还想欺负我们？啊——！有本事的站出来。'大家都吓得缩成了一团，那个先前帮忙的孩子吓得直往后退，生怕阿哥拿刀朝他扎过去。阿哥见没人敢应声，得意地哈哈大笑着说：'你们都是胆小鬼，看见老虎就逃，看见兔子就咬。哼，以后回去的路上谁再敢动我阿弟一根手指，我就杀了他。'他把不知道从哪里学的一句格言都用上了。他说完后，还很威风地把藏刀挥了挥。以后，所有的孩子都对我客客气气的，对他是又敬又怕。这不，现在大家都已经是大小伙子了，都已经成家立业了，可他们对我阿哥还是又敬又怕。"

"不过，那些都是过去的事了，现在我们都长大成人了，谁还会记在心上。如今，跟我打架的那孩子还成了我最要好的朋友，这次他还天天来帮忙呢。你可能想不到吧，他就是那个卷头发的旺加。"

我没想到那晚扎西江措和梅朵拉姆会提到我，会提到我们小时候的事情。

梅朵拉姆听神了，这些事她从来没听华尔丹提起过，她想不到他为了这个表弟敢动刀。"后来旺加怎么了？"梅朵拉姆问。

扎西江措笑了笑，说："也没怎么。当时，谁也不敢去看他的伤口，去了，那不就成了跟我阿哥作对吗？我们只是呆呆地站在那儿看着他。他哭闹了一阵，血也不流了，想是刺得不深，就抹着泪哭着，牛也不管，自己一瘸一拐地回去了。"

"下午回到家，阿哥可就惨了。旺加的阿爸带着他去舅舅家讨说法，舅舅快气疯了，想不到自己的儿子小小年纪就敢拿刀杀人，他用马鞭把阿哥抽得浑身都是一条一条的血印，可是阿哥就是咬着牙挺着一声不吭。舅舅打怕了，只得丢下马鞭对旺加的阿爸说了几口袋的好话，他们才勉强原谅了他。为了避免以后大家在心里留下疙瘩，舅舅第二天又带了酒和哈达上旺加家道歉。当时，阿爸知道事情是因我而起，毫不留情地把我狠狠地揍了一顿，也带着酒和哈达陪舅舅去道歉。旺加的阿爸也不是小气的人，他接受了道歉。于是，三个家长一起把两瓶酒给喝了，听说他们在醉醺醺中还唱起了山歌。事情当然也就这样解决了。"

梅朵拉姆理解男人们之间的这种兄弟情谊，她幽幽地叹了口气，说："他对你真是有情有义。可是，他对我为什么就这么没心没肺的呢？"

扎西江措也叹了口气，好像叹气声会传染似的。他说："他这个人就是这样，只看重兄弟朋友之间的感情，从来不把女人放在心上。为了朋友，他也不知道打了多少次架，受过多少回伤，我们都时常为他担心。"

"怪不得我看见他身上有很多大大小小的疤痕，问他，他也不肯说……"梅朵拉姆正说着，忽然感到不对劲，垂下头，满脸通红。

扎西江措也感觉到了，没有搭腔。他们一起掉进了沉默的深渊。

8

火塘里一片热闹。火焰袅娜跳动，壶里的水煮得正欢，不断上冒的水汽把壶盖撞得直响。

"夜深了，你去睡吧。"扎西江措终于开口说。

"对不起。"梅朵拉姆低着头，忽然小声地说出这样一句话来。她和扎西江措相处了几天，今晚又说了这么多的话，除了他的真情表白，还有充满情感的讲述。她忽然觉得他也没那么讨厌，忍不住说出一句致歉的话。

"没什么，本来就是我不好。"扎西江措凝在心里的复杂的情感化开了，他带着黯然的语气说。

"我不想睡，你就再说说你们的事吧。"

扎西江措点点头，想了想说："说什么呢？还是说说小时候的事情吧。阿哥有情有义是千真万确的事。自从那件事情过后，我们也快乐地过了几年。可是，人永远都不知道上天会在什么时候把灾祸降到自己的头上。有一年，阿爸说房子旧了，要重新修，就和舅舅去森林里砍木头，谁知道才第二天，阿爸就被木头砸伤了。那天我放牛回来，看到家门口围了很多人，不知道发生了什么事，心里很害怕，就使劲往里面挤。人群给我让开一条缝，我挤进去，看见阿爸躺在地上，衣服上沾满了灰尘和苔藓，还有血。他的脸色一片灰白，好像要闪出光来。阿妈跪在一边，拉着阿爸的手正在哭。阿爸看见我，想说话，嘴动了几下，却吐出一口血，我吓得大哭起来。"扎西江措说得很慢。他说到这儿，停下来，深深地吸了口气，使劲忍了一下眼泪。

梅朵拉姆把一切都看在眼里。她不知不觉伸手拉住扎西江措的手，为他叙述的往事伤感。他心里一颤，很自然地阖上两只大手，把她那只温软的小手紧紧地包裹在掌心。

"阿爸艰难地向我招手，让我过去。"扎西江措沉重地说，"我好像明白了什么，大叫了一声'阿爸'，扑在他身上痛哭。也不知道是我压着了他，还是他想说话，他又吐了一口血，喷得我满脸都是。我听到阿妈哭得更凶了，就认为阿爸喷的这口血是被我压出来的，吓得不知道怎么办才好。我赶紧站起来，哭喊着：'阿爸，都怪我不好，我不该压疼你。阿爸，对不起，是我不好。'吐完那口血，阿爸就昏迷了。我更害怕了，不住地叫着：'阿爸，我错了，你打我吧，都是我不好。'可是，他再也听不到了，再也听不到了。"

这些年来，扎西江措从来不跟别人说这事，只是把它深深地埋在记忆的深处。他一直以为这段往事已经变得陈旧黯然而且裹满了尘土，想不到现在却异常清晰地在他面前浮现。他忍不住心中的悲痛，低声抽噎了一下，掉下泪来。

梅朵拉姆不知道该怎么劝扎西江措，只能陪着他流泪。过了一会儿，扎西江措压住心中的悲伤，忍住了眼泪。

"这时，"扎西江措接着说，"有人说担架做好了，赶快把阿爸送去医院。好像是刮了一阵大风，把身边的人都给吹走了，突然间，家里就只剩下我孤零零一个人。天慢慢黑下来，我也早就哭不出来了，只是站在楼上向山下的路上张望。当时，我多么希望阿爸能和阿妈他们说着笑着向家里走来，我多么希望能有人跑来对我说阿爸没事了，我多么希望刚才发生的一切全都只是一场梦。"

"天终于黑了，我希望看到的人一个也没有来，我希望发生的事情也没有发生。那时候，我什么家务都不会做，一个亲戚帮我喂过猪和狗，要我上她家去，我心想阿爸阿妈要是晚上回来我怎么能不在家呢？我死活不肯走，她没有办法，就去家里给我带点吃的，陪我守在家里。晚上有好几次，我好像听到有人来了，赶紧跑出去，尽管我急切地喊着'阿爸'，可是外面谁也没有。陪我的亲戚被我吓坏了，当我再次说听到声音要出去，她央求我，说外面什么也没有。我仔细听了一会儿，可还是觉得在风吹动的声音里有人回家的响动。"

"后半夜，我熬不住睡着了。第二天醒来的时候天已经大亮了，我赶紧爬起来，屋里屋外叫着喊着找了一遍，没有人，我就又站在楼上向山下张望，痴痴地傻等。这时，阿哥和他大姐来了，他们帮我烧火做饭，喂猪喂狗，亲戚松了口气，赶紧回家忙她的事情去了。阿哥帮着把牛赶到山上，又跑回来和阿姐一起安慰我，给我做伴。我们就那样过了四天，等了四天。"

梅朵拉姆越听越紧张，她明白扎西江措的阿爸最后还是没有被抢救回来，但是心里还是害怕听到这样的结果。

扎西江措见梅朵拉姆这样关心，这样紧张，虽然为往事伤感，但心里还是感到欣慰。他继续说："到了第三天中午，阿妈在两个人的搀扶下哭着回来了。我问她阿爸怎么没回来，她哭得说不出话来。旁边的人说我阿爸死了，就停放在下面次忠家的庄稼地里。我不相信，想他是在骗我。我一路跑下去，转过那个地角，看见次忠家的地里站着很多人。那时候青稞刚刚收割不久,地里全是秸秆,我跑得急,被秸秆绊了一跤,手上戳伤了好几个地方,流着血,可是我没有发现。我爬起来边跑边想,那堆站着的人里面肯定有一个是我阿爸。我满怀希望地一个一个看过去,虽然全都是一张张熟悉的面孔,可他们谁也不是,只有那躺在担架上浑身冰冷僵硬的人才是我那可怜的阿爸。"

"我好像明白了阿爸再也不会站起来,不会跟我说话,也不会用他的胡渣来扎我,我再也听不到他的笑声,再也不能躺在他的怀里,听他唱着讲述那些远古的故事传说。我跪在他的身边号啕大哭,不停地叫着'阿爸',阿哥和阿姐也跟着来了,跪在一边陪我哭。有人叹着气含着泪过来劝,可是我们哭喊着不肯离开。不知是谁拿来了帐篷,大家七手八脚在这荒芜的空地里搭起了帐篷,阿爸的丧事也正式开始了。"

"你也知道,凶死的人是不能进村寨的。阿爸在野外的帐篷里停了三天,请几个僧人给他念了三天经。我一直陪在那里,还是不愿相信阿爸已经死了,还在希望他会活过来。可是,当我看见他被抬到火葬台,放进高高的柴垛里,熊熊的大火已经烧了起来,那一刻,我真的死心了。看着火越烧越旺,听到火星'噼里啪啦'地乱爆,我心里很痛,怕这火烧疼了阿爸,可是我没有任何办法,只能看着火葬台边五颜六色数不清的经幡在那里动呀动的,听经幡上的几只老鸹'呱呱'乱叫,我在想,他们肯定是在议论我的阿爸。"

说到这儿,扎西江措擦了下眼角,无限伤感地叹了口气。"其实,到现在我还很难接受这事实,也无时无刻不在想念阿爸。每次梦到他,都是那么真实,阿爸他还是那么年轻,还是那么爱笑,说话的口气还是那么亲切。有时我在想,他也许真的没走,只是出了趟远门,总有一天会出现在家门口,给我们一个惊喜。"

扎西江措停下来,苦笑了一下,说:"我真希望那些都是梦。"

梅朵拉姆也伤感地说:"是啊,如果是一场梦就好了。"

他们对视了一眼,从彼此的眼里看到了被悲伤包裹着的温暖。扎西江措继续说:"自从阿爸走了以后,阿妈的心伤透了,她白天黑夜地哭,眼睛都快要哭瞎了。我知道要不是她放不下我,肯定也会跟着阿爸走的。我们家就我一个孩子,她怕我一个人孤苦伶仃活不下去。我想,我阿妈她一定还深爱着我阿爸,她为他伤心了一辈子,守了一辈子的寡,也为他得了一身的病。看上去,阿妈比她的同龄人苍老许多,特别是最近几年,身体更是越来越差。我真担心哪。"

"家里没有了男人,孤儿寡母总会受到欺负。阿爸死后没多久,放在林子里的那几根木头就被人偷走了。也不知道是谁这样狠心,但是世上总会有这样的人的。往后的日子里多亏了舅舅他们,每次春耕秋收他们都会来帮忙,因为那次事故,家里的牦牛也卖了,只剩下两头耕牛,一直由舅舅家放着,每年春秋两次耕地才赶过来,到现在还是这样。那些日子,来的最勤的还是阿哥,他几乎成了我们家的孩子,一来就住十来天,一直到现在都是这样。我真高兴有这样一个好阿哥。"

扎西江措打住话头,心里紧了一下。他看了看梅朵拉姆,见她没做出什么反应,又松了一口气。他转换话题说:"阿哥对兄弟朋友都很好,但是对待女孩子谁也拿他没办法。他一直是个自由散漫的人,自从两个姐姐嫁人以后,舅舅想对他管束得严一些,可还是没用。舅舅就希望他早点结婚,让他的妻子来管他。我们只看见他的相好一大堆,却没看见他真心诚意地把哪个姑娘抢回家,也从来不跟她们说男婚女嫁的事。姑娘们恨他多情,可是吵吵闹闹中又离不开他,也不知道她们喜欢他什么。有一次,他被舅舅逼急了,就躲到我家来,阿妈知道他躲来的原因,也劝他早点成家,他只是笑,不答话。晚上我俩闲聊,他悄悄对我说,他害怕结婚,到底害怕什么又不肯说。这世上居然还有让他害怕的事情,真是让人想不到。"

梅朵拉姆听到这儿,对华尔丹的爱恨又在心里翻腾。她心想,他从来没跟别的姑娘说过要娶她,可他对我却说了,那他喜欢自己肯定是真的了,他是打算要和自己在一起的。可是,他怎么会狠心把我嫁给别人呢？是觉得我是他最爱的人，所以应该了解他的苦衷，支持他的决定？他到底要争什么气？是什么原因让他对我这么绝情？

扎西江措好像明白她的心思，说："他确实喜欢你，只是他把亲情看的比爱情更重。上次他到我家，知道我又受到村里小伙子们的戏谑，就气得不得了，说他们太不像话了，事不过三，他们怎么就一而再，再而三说个没完？可这事又不能动拳头，动刀子。他说要争口气，决不能让那群小子小瞧。"

"他们到底说了什么？"梅朵拉姆知道心里的疑问就要水落石出了，好奇地问。

"其实也没什么，他们说的都是实话，就是没有姑娘肯嫁给我，我就是找不到媳妇。看看身边的人，不只是同龄人全部成家有孩子了，就连那些比自己小的也一个个成家了，只剩下自己还是光棍一个。平时大家只要聚在一起，有事没事就拿我的婚事打赌，说我要是能抢到一个姑娘，这个说他赌什么赌什么，那个又说他赌什么赌什么。今年他们说得更过分，说只要我能抢到亲，有人说他准备米面，有人说他准备肉油，有人说他准备糖果水酒等。总之一句话，就是不需要我出一分钱，全部由他们承担，我只是去给自己找个肯嫁的姑娘就行了。"

"我知道这是朋友们用的激将法，可又没办法。有时候想想，他们的话好像是有点过分，阿哥那脾气，听到还有不生气的？他认为这是欺负人。但是，我有什么办法呢？像我家这条件有谁肯嫁给我，总不能拦路打劫一样随便去抢一个陌生的姑娘来吧？说实话，我也有过几个情人，她们也说爱我什么的，可是只要我一提到结婚的事，她们就一个个离开了。她们说爱我，我也不明白她们爱我什么，不能同甘共苦的爱还能叫爱吗？"扎西江措苦笑了一下。

"其实，我明白她们的心思，嫁给我跟自讨苦吃有什么区别呢？更不要说什么幸福之类的话了。有时候我在想，世界上的好姑娘是有的，但是她们只会嫁给和她们相配的好男人，像我这样的人又怎么能求得到呢？还有，我不想随便找个姑娘，如果她对阿妈不好怎么办？男人是要经常出门的，而女人守着家，要是她想对老人不好，只是一张脸色就够老人们受得了，何况有的手段还不止这些。这两年来，我都要放弃希望，打算一辈子单身了。那天背你回来后，真怕你死活要走，那样我只能送你回家了。可是，你留了下来，又给了我希望。你不后悔？"

梅朵拉姆沉默了一会儿，带着无奈、悲伤而愤怒的语气说："也没什么后悔不后悔的，后悔我就能不嫁给你吗？后悔我就能开心地回家吗？不能嫁给他，我又能去什么地方呢？不能嫁给他，嫁给谁还不都一样？"

扎西江措说："我家穷，并不是因为我懒，没本事。阿妈她生病，不能干重活，平时我不在的时候只能勉强做点家务。我一个人要照料庄稼，又要出门挣钱，运气好找到好活儿能多挣一些，运气不好日子就难过了，那一点钱不知道该用来做什么。庄稼没人细心照顾，产量一年一年下降，有时候还需要买吃的。我一年当中几乎有一半的时间在外走动，阿妈没有办法养猪，因为她不能上山打猪草，我们就得买肉买油。除了这些，大部分的钱都给阿妈看病了。"

"虽然日子过成了这样，可是我一点儿也不后悔。自从阿爸走了以后，阿妈不知道承受了多大的痛苦，忍受了多少的眼泪才把我拉扯成人，我很感激她没有让我成为一个四处流浪、无家可归的孤儿。每次出门挣钱，我最不放心的就是阿妈，我怕她一个人在家生病没人照顾，更怕她没等我回家就离开了人世，留下我一个人。那样的日子真是一种煎熬。我每次出门回家，只要看见阿妈没事，想到自己还有一个能牵挂、可以相依为命的亲人，想到她就是我最慈祥的阿妈，就觉得这是天下最幸福的事情了。"

梅朵拉姆的心软了下来。她被眼前这个男人打动了，但不知道该说些什么。

扎西江措不知道梅朵拉姆的心思，只是沉浸在自己的叙述中。

"阿哥当然知道这些,所以他说一定要帮我娶一个好姑娘来。我一直在想,抢亲并不是随便想抢谁就抢谁,那也要先向姑娘求婚,等她同意了才能抢,要是一厢情愿硬抢,那多伤人啊。大年初四那天,阿哥一大早就骑着大黑马翻山过来,说他给我说了个好姑娘,她已经同意了,让他在大年初四这天来抢亲,可是没想到……"

扎西江措停了下来,满怀歉疚地说:"其实我从头到尾都被蒙在鼓里。"

明白了事情的前因后果,梅朵拉姆虽然气愤,但是责怪之心也淡了,何况该责怪的人又不在身边。"那他们答应的东西都准备了吗?"她问。

"是啊,他们一向都说话算话的。"

"你今后有什么打算?"

"有你在家我就放心了。以后你在家里帮我照顾阿妈,照看庄稼,咱们再喂一头猪,就不需要买肉买油了。我去外面努力挣钱,要不了几年,日子肯定会好起来的。到那时候,我们再把房子新修了,和孩子们一起——"

"照顾你的阿妈是我自己愿意的,我也可以帮你种庄稼、喂猪什么的,可是孩子的事——你最好想都别想!"扎西江措正沉浸在美好的计划中,梅朵拉姆突然打断他的话说。

扎西江措心里一痛,浑身一片冰凉。他呆呆地望着梅朵拉姆,心想:一个人结了婚没有孩子怎么行!伙伴们都已经是几个孩子的父亲了,自己才结婚,她还说不要孩子。他转念又想:只要她能帮着照顾好家里的一切,还奢求什么呢?她是还爱着阿哥才这样说的,相信时间能改变她对自己的看法,一切都会慢慢好起来的。

想通了,扎西江措也就释怀了,他对梅朵拉姆说:"我们不讨论这些了好吗?还是休息吧,今晚说得太久了,你一定累了。"

晚上,他们还是像往常一样各睡一头。但是,梅朵拉姆睡得很坦然,她已经知道扎西江措是个什么样的人了。

9

华尔丹带来口信,要扎西江措在家陪好梅朵拉姆,说那边有阿妈去就行了,并郑重叮嘱不许扎西江措来他的婚礼中帮忙而把梅朵拉姆一个人丢在家里。扎西江措明白阿哥的意思:因为他接二连三绝情的决定,一来怕家里没人梅朵拉姆会逃走或者出意外;二来自己答应过阿哥要对她好,现在是她最伤心绝望的时候,自己应该多陪着她。

最要好的两个兄弟,阿哥结婚的时候他却没去,这肯定会让人想不通,留下话柄。但是,扎西江措还是听从华尔丹的话留在了家里。

三天后,阿妈回来了,她高兴地跟扎西江措他们说婚礼上的事:有多少舅舅来送亲啦,有多少衣服陪嫁啦,婚礼虽然办得仓促但也很热闹体面啦,等等。扎西江措听着,对阿哥和梅朵拉姆的内疚之情又在心里翻腾,脸上也布满了自责。梅朵拉姆的悲伤也在心里尖锐地戳动着,她强忍着没有让眼泪流下来,但是脸上一片惨然。他们都没法开口阻止阿妈的话,只能默默地听她说着。

"华尔丹结婚了你们是不是不高兴?"阿妈看出两人的神情有些不对劲,奇怪地问。

扎西江措看了梅朵拉姆一眼,赶紧说:"阿妈您别多心了,我们高兴还来不及呢。让他早点结婚安顿下来,这不正是大家的心愿吗?舅舅这下可以放心了。你也可以放心了,是吧?"

"是啊,是啊。他总算成家了,我们都可以松口气了。这不,你也成家了。会好起来的,感谢神灵,都会好起来的。"阿妈摇着经筒,心满意足地说,脸上的每一条皱纹里都洋溢着幸福。

梅朵拉姆的到来,给这个家带来了无限的生气,虽然房屋破败,家具陈旧,但是一切都给收拾得干净整洁。该扫的扫了,该擦的擦了,该缝的缝了,该补的补了,扎西江措感到家里的每个角落都充满了久违的让人梦寐以求的温馨。

扎西江措也没闲着，他修整耕地的犁，缝补破损的鞍垫，换理松动的锄把等，但更多的时候还是上山去砍柴。一个冬天下来，门前的柴垛堆得更高、拉得更长了。

天气渐渐暖和起来，山上的雪线不断上升，变得越来越细。热曲河两边的冰就快化完了，河水上涨，泛着浑浊的波浪，把从远方带来的枯枝败叶冲到岸边，或者浩浩荡荡地带向远方。

地埂和山坡上的野桃花成片盛开着，曲曲弯弯、宽宽窄窄地连成一片，就像随意散落在地的彩色哈达。河岸的红柳开始变色，润泽的枝条好像刚从油锅里捞出来，褪尽细小绒球的枝节处绽放出嫩黄的幼芽，在风的抚摸下轻漾不已。嫩绿娇小的小草成片成片努力地钻出地面，透一透屏息了一个漫长冬季的闷气。

看到燕子回飞，在屋檐下、田野上、河水边、树林里欢快的颉颃翩飞，布谷鸟用动人的声音带来温暖的信息，大家知道春耕的时节已经到了。

扎西江措和梅朵拉姆经常一起上山下地劳动，又同处一室，渐渐地话也能说到一处，横亘在他们之间的隔阂也在不知不觉中慢慢消减。

日复一日，扎西江措看到梅朵拉姆对阿妈无微不至的关怀，忙里忙外辛勤地劳作，对她的情意更像是在石头上雕刻经文一样深深地錾进了心里。现在，除了阿妈，她就是他这生最牵挂的亲人了。

梅朵拉姆明白自己的感情也在悄悄地发生变化。她有时也暗自庆幸有扎西江措这样的男人相陪。但是，尽管她对扎西江措的好感与日俱增，可华尔丹的影子在她心中却像刻在石头上的经文，怎么抹还是那样清晰。所以，她始终跟扎西江措保持着最后的距离，坚守着最后的防线，不肯把自己的身体交给他。她预感到自己最终可能还会从内心深处接受扎西江措，但现在做不到，她还需要时间。

有很多次，梅朵拉姆听着扎西江措就在床的另一头辗转反侧，知道他忍受着煎熬睡不着。她心里有点害怕又有些同情，偶尔犹豫着想要迈出那道坎，这时，华尔丹那张粗犷略带坏笑的让她神魂颠倒的面孔就在她的脑海里越发清晰起来，她的心瞬间又从酥油变回了石头，断然拒绝自己做出那样的决定。她有时候忍不住问自己，难道不再恨华尔丹了吗？恨！当然恨！但是，难道说恨就可以不想他爱他了吗？当然不可以！因为她发现，他们之间的爱和恨就像一个人灵魂的善恶两面，是永远不可能分开的，她唯一能做的就是把其中一个关进笼子里。但是她也明白，自己没有那么坚固的笼子。

已经有多少个夜晚了？扎西江措看着熟睡中的梅朵拉姆，可以想象她裹在被子下的曲线柔美的躯体，那团冰水浇不灭寒风吹不走的火焰就在他的心里极尽能事地撩动着，而且随着一次次的煎熬越聚越厚，简直快从他的血管里窜出来把自己烧成灰烬了。有好几次，他真想不顾一切地把梅朵拉姆紧紧地抱进怀里，做自己想做的。但是每一次他都咬着牙忍住了，他想到自己的承诺，想到梅朵拉姆受到的伤害，就不愿再做出违背她意愿的事情。

他有时候也想去找自己的情人。原来跟他相好过的几个姑娘都拒绝他嫁给了别人，有嫁的远的，也有嫁的近的，她们嫁人后大家就断了来往。但是没关系，虽然他想娶个媳妇是件困难的事情，但是找个情人却一点儿也不难。他时常去幽会，那些山前或者山后的村寨，骑马不过一两个小时就到了，最近的那个情人更是就在村寨里，除了他们自己谁也不知道，半夜悄悄爬墙去就可以了。但是，现在梅朵拉姆算是这家里的女主人了，他也算是有妻子的人了，要收敛自己的行为。所以，他最终还是没有那样去做，始终牢牢坚守着自己心中的那份信念。

扎西江措和梅朵拉姆这种奇怪的夫妻关系阿妈一点儿也没有发觉，她只是沉浸在自己幸福的憧憬中，希望在自己过世之前能抱上孙子。

春耕的时候，舅舅赶着扎西江措家的耕牛过来帮忙，往年都是华尔丹来。扎西江措知道他是在躲梅朵拉姆。阿妈却不知道，问："华尔丹怎么没有来？"

　　舅舅搓了一下满脸扎手的胡子，有点高兴又有点担忧地说："他可忙了，自从结婚后就像变了一个人似的，每天都闷在家里做这做那，瞧那样子，就像是在赶时间一样。啊啧啧——，古人总结的经验和传下来的话就是没错，长不大的男人还真要个媳妇来管管。这不，我劝他不要累坏了身子，他就是不听，还说这样他心里舒服。这孩子，心不只落了下来，而且都快沉到底了，真是拿他没办法。"

　　"叫他有时间来一趟吧，他已经很久没来看我了，怪想他的。"

　　"你就放心吧，他会来的，他怎么会忘记你这个'阿妈'呢？"舅舅笑着说，满脸刚硬的胡子跟着抖动着。

　　舅舅走后过了很久，也没见华尔丹来，阿妈禁不住叨念起来。

　　天气越来越暖和，庄稼也冒出了地面，大地披上了生命的绿色，一派蓬勃欣荣的景象。

　　已经到了找虫草的季节，我们收拾好东西准备出门。扎西江措把家里的一切托付给梅朵拉姆，驮上行李骑着马跟我们一道。每年两季上山找药材我们都是在一起。

　　这次出门，再也看不到扎西江措时不时地蹙着眉头叹气了。我们知道，往年他是放心不下守在家里阿妈。这也难怪，他阿妈病又多，一副孱孱弱弱的样子，随时都会倒下就再也起不来。我们每次出门都会给家里人打好招呼，让他们随时有空去关照一下她。现在，他家里也有女人了，有人帮着照顾阿妈了，他的心情也变得舒畅了，见他话说不到两句就开口大笑的模样，好像随时把他满口的白牙显摆给别人看似的。

　　找虫草的时间一过，紧接着就是挖贝母的季节，跟往年一样，我们都没有回家。以前，我们说好要去的地方，扎西江措匆匆回去一趟，三五天后又独自赶来。今年他也没有回去，我们去邻县的县城卖了一点虫草，补给了挖贝母期间需要的口粮就直接转到山上去了。

179

找虫草主要看运气。运气不好,你就是踩着虫草的草茎走过也看不见,反而在抬脚的下一刻眼睁睁地看着旁边的人从你踩过的地方挖走一根大虫草,并且摆着一张笑脸把你揶揄一番,气得你七窍生烟,哑口无言。

挖贝母主要看一个人的勤奋程度,而我是属于运气好但比较懒散的人。每次一想到要从草皮里把比米粒大不了多少的贝母用锄尖快速熟练地钩出来,近乎绝望的情绪就在我的心里蔓延,手心也开始感到发软。所以,更多的时候我就掂一掂贝母口袋,以自己的标准觉得差不多了,就倒在就近的灌木丛下抽烟休息,看着远处忙碌的人影和头顶的蓝天白云惬意地叹息。因为我这德行,小时候常挨阿爸的打骂,长大了更是被他数落。现在,阿爸年龄大了,跟阿妈在家照看两个孩子,照看庄稼牛羊,而老婆虽然在身边却管不了我,也就我行我素了。

跟我有着鲜明对比的是扎西江措,他做起事情来简直就像山下的流水一样,没个停断的时候。贝母山上,我俩从来不走一路,要是在一起,我被他的闷头苦干搅得心烦意乱,而他忍不住为我一次次小憩的建议冒火。所以,出了帐篷上了山,我俩就各走各的路,各干各的事。

可是,今年扎西江措更是过分,他每天都起早贪黑地挖,有时候下雨天我们在帐篷里喝酒唱歌或者打扑克他也独自出门,简直在拼命的同时还刺激着我们的情绪。开始我们还劝他,后来也就随他了,喝自己的酒,唱自己的歌,打自己的牌,因为每个人的家境不同,所要付出的辛劳也就不一样。而我们都知道他的心思。

那天傍晚,扎西江措回来得有些晚,褪尽霞光的暮色中已经看不清手上的掌纹了。这几年出门他都跟我们一家搭伙。妻子做好晚饭后我们就候着,可是我们的心里都惴惴不安。刚才我们一到住地,留守的人就说有个熟人路过,给扎西江措留了个口信,说他阿妈病得很重,梅朵拉姆叫他赶紧回去。

扎西江措回来后，我们先瞒着，等吃了晚饭才把消息告诉了他。帐篷里光线很暗，几乎看不清脸上的五官，但是在扎西江措听到这消息时，我还是清楚地看到他的脸色变得苍白，眼睛里闪动着不祥的痛苦。

扎西江措要马上收拾东西启程，我赶紧把他拦下。一到晚上，为了保护牦牛，沿途牧人家的藏獒都放出来，一个人出行，万一发生个意外，那可不是闹着玩的。还有，即使绕着那些人家走，荒野里也有狼或者熊出没，处处伏着危机。

几个朋友听到声音也过来劝扎西江措。他听从了劝解，但是没有再开口说话，我们的安慰他只是用沉重的叹息来应答。于是，我们都没有再说什么。后来，听他在念诵六字真言，大家也跟着念。诵着经文坐了一会儿，大家回了各自的帐篷，我和妻子陪着扎西江措念诵到深夜。那晚，我们的住处少了往日的热闹，大家都安静地待在自己的帐篷里，虽然我没听见，但是我知道他们都在念诵经文为扎西江措的阿妈祈祷。

半夜，下起了小雨，雨点打在紧绷的帐篷上唰唰有声。我迷迷糊糊地醒来翻了个身，刚要继续睡去，仿佛听到睡在火塘另一边的扎西江措轻轻地叹了口气，还有一声压抑的啜泣。我霍然惊醒，睡意在一瞬间烟消云散。我睁开眼屏息凝气地听了一会儿，只见帐篷里白光朦胧如雾，却再也没有听到先前啜泣般的声音。难道是我听错了？可能那只是绵绵雨声中的幻听。

第二天天还没亮扎西江措就骑着马走了。我送了他一段，却说不出什么安慰的话，因为我的心里也被不祥的阴影包裹着。老天也照顾他，雨停了，他不用冒雨赶路了。他怀里揣着昨晚我妻子给他烙的饼子，那是路上的干粮。他把东西和另一匹驮马托付给我，只带走了他这几个月找的虫草和挖的贝母。四周弥漫着浓重的雾气，看着眼前一人一马的黑影很快从视线中消失，我黯然叹气转身，为他和他阿妈念诵着经文，这是我现在唯一能为他做的。

等扎西江措赶到家的时候，阿妈早卧床不起，病得已经不行了。

原来，阿妈病倒都快一个月了。一开始，梅朵拉姆见这病来势汹汹，赶紧捎信，可是这口信传来传去，带口信的人又在路上有事耽搁，那消息就变得像只翅膀受伤的鸽子，一路磕磕绊绊怎么也飞不快。

梅朵拉姆见扎西江措迟迟不回来，家里的几个钱很快用完了，仓促中贱价卖了自己的银腰带和两颗珊瑚给阿妈治病。可是，当她把阿妈从乡卫生所转到县医院进一步检查的时候，医生悄悄对她说阿妈已经病入膏肓，无力回天了，他们只能开点药，让她拿回去给阿妈吃，看能不能拖些时日。

扎西江措日夜兼程，三天的路途两天就赶了回来。阿妈还正担心见不着儿子的最后一面了。

一看见扎西江措，阿妈的脸上露出了欣慰。她咳嗽着，喘息着，把梅朵拉姆为她做的事情都原原本本地跟儿子说了。扎西江措听着阿妈有气无力的叙述，见梅朵拉姆比他走的时候憔悴了许多，心中又是感激又是难受。

讲完后，阿妈无限怜爱地拉着扎西江措的手，在喘息中平静地说："孩子，我知道自己今生的路已经走到尽头，就要走向来世的道路了。还好，你已经成家了，我也可以安心地走了。我的好孩子，拖累了你这么久，苦了你了。"

扎西江措的眼泪唰地一下流了出来，他哽咽着说："阿妈，您快别这样说，您会好起来的。"

"傻孩子，自己的身体自己还不知道？我走了以后，你要好好对待梅朵拉姆，她有着金子一样的心啊。她能进这个家门，是我们的福气。这次阿妈生病，可把她累苦了。"

"华尔丹好久没来了，我们是见不着了。"阿妈叹了口气，"可惜……可惜还是没来得及抱上孙子。"

扎西江措不知道该说什么，只能拉着阿妈的手在一边痛哭。

"嗜——，我也真是的，人一辈子总不能想要什么，老天就给什么吧？只要以后你们给我生几个聪明乖巧的孙子，我在上面看着也一样会高兴的。"阿妈说。

梅朵拉姆过来坐在阿妈的身边，流着泪说："阿妈，我对不起你，都怪我不好。"

阿妈艰难地抚摸了一下梅朵拉姆的脸，安慰她说："傻孩子，你来才多久，没怀上孩子怎么能怪你呢？有没有孩子是命运的安排，命里有就有，该有几个才会有几个。"梅朵拉姆无言以对，她不能把心中的秘密说给阿妈。她只能暗暗地责怪自己，默默地哭泣。

阿妈的意识渐渐变得模糊，气息也越来越弱，终究还是没有熬过当夜，在扎西江措和梅朵拉姆的悲痛中撒手离去。那一刻，扎西江措的世界坍塌了，他忘记了哭泣，也感觉不到痛苦，脑子里空空的，什么也不会想，只是呆呆地、一动不动地坐在床边，拉着阿妈的手不放。

天亮了，梅朵拉姆把他从死亡一般的静默中唤醒，他才在迷糊中明白了发生的事情，知道自己该干些什么了。

扎西江措虚弱地站起来，摇摇欲倒。

忙碌了几天，办完丧事后，扎西江措觉得家里从来没有这样安静过，静得让他莫名地害怕。扎西江措的神情有些恍惚，他觉得不只是心里空荡荡的，就连整个房子都是空荡荡的。他不知道接下来该做什么，也不知道自己到底做了些什么。

晚上，扎西江措静静地躺在床上，压抑了几天的悲痛才一点一点释放出来，他用被子蒙着头在被窝里低声恸哭起来。眼泪一冲出眼眶，一件件尘封已久的伤心或者快乐的往事像是打开了闸门似的，纷沓而至，止不住的伤痛让他的身体不停地抽搐。

梅朵拉姆的内心本来就悲伤，再经扎西江措闷雷般的哭声一渲染，也跟着他哭泣。俗话说"男儿有泪不轻弹，只是未到伤心处"，有时候男人的眼泪是决堤的洪水，是雷电交加的暴风雨，是呼啸横扫的龙卷风，不必号啕大哭，也会摧毁旁人最坚固的心理防线。

梅朵拉姆从来不知道一个牛高马大、坚强无比的男人会哭得这样伤心断肠，绝望无助。她过去揭开被子，见扎西江措蜷成一团，头深深地埋着，枕头早已被泪水打湿，哭得浑身都痉挛起来。梅朵拉姆忍不住把身体贴过去，抱着他，用默默的行动安慰他。就像疲惫漂泊的浪子找到了宁静的港湾，就像孤独已久的孩子回到了母亲的怀抱，扎西江措转过身，揽着梅朵拉姆的腰，把头埋在她的怀里轻轻啜泣。

扎西江措的举动唤醒了梅朵拉姆母爱的天性，她恍然间觉得他就是一个孤独受伤的大孩子。她轻轻地抚摸着他的头发、他的脸庞，用指尖散发出的温暖给他慰藉，让他平静。扎西江措终于渐渐静了下来。

"谢谢你。"扎西江措深情地对梅朵拉姆说。他心里所有的感激只能用这三个字代替了。

"谢什么呢？阿妈还是走了，我总觉得是我没有照顾好她。"

"不！你做得已经够好了，没有人会比你更好的。你卖了自己的东西给她治病，还在病榻前伺候了她那么久，这以上还能做什么呢？"

"可是她走的时候说的话你也听见了，我总是对不起她。"梅朵拉姆说着抽泣起来。

扎西江措把她揽进怀里，吻着她的额头，说："你已经承受了太多的苦，没有人会怪你。"

梅朵拉姆呜咽着，说不出话来。

扎西江措抚摸着她的头发，动情地说："现在，我什么都没有了，只剩下你。如果没有了你，我该怎么办？你知道我有多爱你吗？如果失去你，我就没有活着的意义了。"说着，在她的额头上深深地吻了一下。

梅朵拉姆的心被他的表白打动了，她情不自禁紧紧地抱住扎西江措，向他的双唇吻去。

　　扎西江措的头脑中一阵电闪雷鸣。他觉得自己是一只干渴已久的野牦牛，终于找到了渴盼的甘泉；又是一只飞越千山万水的蜜蜂，轻盈地落在了绚丽摇曳的花丛中。

　　这一夜，他们在没有尽头的旷野中肆意驰骋。狂野上，阳光灿烂，鲜花遍地。

10

　　天亮了，屋外的麻雀在果树和柴垛上"叽叽喳喳"地吵闹不休，新的一天来临了。扎西江措睁开眼，看着从窗外投进来的晨光，仿佛这清澈的光亮被清洗过，干净，新鲜，怡人。

　　扎西江措感觉手臂有点酸麻，低头，看见梅朵拉姆紧紧地依偎在自己的怀里，睡得正香甜。他看着她婴儿般的睡脸上透出一层淡淡的红晕，仿佛在表达她的娇羞，忍不住在她的脸上亲了一下。扎西江措想到经过这么久的相处，自己终于得到了她的心，内心多日的悲伤被一种幸福感、成就感和喜悦感冲淡了不少，他觉得自己好像获得了第二次生命。

　　梅朵拉姆慢慢醒来，迷迷糊糊地伸手抚摸了一下身边男人的脸庞，心里忽然觉得不对劲，因为他的脸上没有粗糙扎手的让她手心发痒的一圈胡茬。"难道他不是华尔丹？"她猛地睁开眼，看到的是一张清秀俊朗的面孔，和自己熟悉的那个粗豪的样子相去甚远。

　　梅朵拉姆大吃一惊，起身细看，她过了好半天才回过神来。眼前的这个男人是扎西江措，而不是她恨她念她无比熟悉现在又变得无比陌生的那个华尔丹。刹那间，这几个月发生的事情又一股脑回到她的脑海里。昨夜意乱情迷中她知道自己是在扎西江措的怀里，而今早醒来她迷迷糊糊地以为是跟华尔丹在一起。

　　梅朵拉姆一骨碌地坐起来，把扎西江措吓了一跳。"你怎么了？"

梅朵拉姆一脸的痛苦，她拉过被子遮挡在身前，有些茫然地说："我们……"

扎西江措脸上一红，看了眼两人赤裸的身体，点了点头。

"我以为……我以为……"梅朵拉姆眼神闪烁不定，失魂落魄喃喃地说。

扎西江措看到梅朵拉姆的样子，听到她说的话，一颗心霎时变色僵冷，像冬天被扔进水里的石头，直往水底最冰冷的地方沉了下去。他知道自己还没有得到她的心。一种从未有过的失落和悲哀涌上他的心头，他窝囊地想放声大哭，愤怒地想拿刀杀人，想把眼前所有的东西挫骨扬灰，也想把梅朵拉姆一把掐死或者拿刀捅自己的心脏。但是他忍住了，只是咬牙切齿地在床档上狠狠地擂了两拳，打得木床晃动，手皮蹭破。

梅朵拉姆叹了口气，歉然地说："对不起，我还不能完全把他忘记。再给我一段时间好吗？我知道这对你不公平，可是我不想骗自己，更不想骗你。躺在你的怀里想他，那样对你是不公平的。"

扎西江措知道梅朵拉姆说的是实话，心理平衡了很多，他用发誓一般悲伤决绝的语气说："只要你的心肯回到我的身上，只要你能最终只爱我一个人，只要你心甘情愿地来到我的怀里，我等！我会一直等！"

扎西江措走后再也没有回到贝母山上来。

两个多月后已经是天高气爽的金秋时节了，金灿灿的麦浪应该在村寨四周的田野里滚动，空气中肯定飘散着干燥的青稞成熟的香味。

我们下山了，路经邻县，跟往年一样把贝母和虫草拿到县上临时搭建的药材集市卖了，奔波几天后回到已经离别了好几个月的村寨。我把扎西江措的东西和牲口交到他手里时，发现他瘦了很多，颧骨也变得明显了。

我感到心里一阵难受，却找不到合适的话来安慰他。我上前抱着他，用手拍拍他的后背。我知道他会明白我的意思。是啊，他的阿妈永远地舍他而去，扎西江措这人内心细腻，但同时也就显得脆弱，这段伤痛不知道要多久才会从他心里慢慢减退。还好，他现在有了女人，有人关心理解，陪着说说体己话，他的心里会好受些，家里也不会显得那么空洞。

村里的老人看了日子，在阳光洒满大地的那天早晨用美酒和颂词谢过神灵，挥舞着镰刀割下第一把青稞，然后捆成小捆后拴上一条哈达，插在晾架的最高处，这一年忙碌的秋收就开始了。

这天早上，扎西江措和梅朵拉姆正要去地里，华尔丹来了。他刚从贝母山上回来，听到阿妈去世的消息赶来。蓦然相见，三个人的心里都如打翻了五味瓶，说不清是什么滋味。他们忘了问候，没有寒暄。于是，梅朵拉姆带着干粮先去地里，扎西江措带着华尔丹去了阿妈的坟头。

他俩心头沉重，都闭着嘴不说话，细心而缓慢地把华尔丹带来的印满六字真言的经幡一条一条地拉好，一直忙到快中午的时候才完成。看着阳光下五彩的经幡迎风飘摇，扎西江措望着远处山巅上似乎凝冻的白云，深深地叹了口气，用自言自语般的口吻说："阿妈走的时候还在叨念着你，这下她可以安心了。"

华尔丹的眼泪一直在眼眶打转，听扎西江措这么一说，再也控制不住，颓然坐在地上低声痛哭起来。扎西江措也陷入了悲痛，陪着华尔丹一起流泪。也不知道哭了多久，两人好不容易才止住泪水。

回到家里，扎西江措端出昨晚刚煮的肋骨肉，拿出酒，和华尔丹边吃边对酌起来。兄弟俩感觉已经有很久很久没在一起喝酒了，两人喝一会儿，说一会儿，又哭一会儿，话题总离不开阿妈的慈爱和关怀。

天快黑了，梅朵拉姆从地里回来，看见兄弟俩正喝得欢畅。扎西江措已经满脸通红，眼神变得呆滞，说起话来含含糊糊，吐字不清，可还在一个劲地劝酒。华尔丹也醉得差不多了，不过头脑还算清醒，只是眼神显得有些朦胧。

梅朵拉姆赶紧引火熬茶做晚饭。她捞了一盘新腌好的酸菜,切几串火红的干辣椒炒在一起,她知道喝醉酒的人吃这个醒酒快,顺便还烙了两张饼子。可是,等她匆匆忙忙做好端上来的时候,扎西江措已经醉倒在毡垫上,不省人事了。

梅朵拉姆什么也没说,用尽力气把扎西江措半扶半拖到他的卧室睡下。自从那夜的激情过后,扎西江措见梅朵拉姆依然对华尔丹不能释怀,心痛之余跟她分房,睡在了原来阿妈的那间屋里。华尔丹想帮忙,却被梅朵拉姆的眼神给钉在了座位上。扎西江措失去了所有的意识,像个死人,躺下后一动也不动。

这下,又要回去伺候华尔丹了。梅朵拉姆感到心慌意乱。

梅朵拉姆回去给华尔丹斟上茶,把饼子和酸菜放到他面前,然后侧身坐着,眼睛好像看着壁板上的某个树轮图案,可是她冷漠的眼神空洞涣散,聚不了焦。她紧闭着嘴,不吐一个字,好像只要一放松警惕,话儿就会像鸟儿从打开的笼子里飞走似的。

华尔丹吃了几口,醉意上涌,嘴里嚼动的食物差点哽在喉咙没咽下去。他拿起前面的酒杯,见里面空了,抓过身边半满的酒瓶稳稳地斟了一杯,一口饮尽。这已经是第三瓶酒了。

梅朵拉姆刚回到家的时候,华尔丹的眼神像早上才见到她一样在尽力逃避,可是现在借着酒意已经走过闪闪烁烁的迷雾山谷,到了云霁日朗的山顶。他肆无忌惮的目光落在她身上,像阳光照耀着雪山一样明朗,像湖水包裹着岩石一样自然。醉眼蒙眬中,华尔丹见她身上散发出的光芒几乎刺疼了自己的眼睛。于是,好像听见"噗"的一声轻响,有团火焰忽然在他的心里迸裂,还没散落就已经慢慢聚拢,聚拢后又无声无息地膨胀扩散。华尔丹又抓起了身边的酒瓶。

梅朵拉姆见华尔丹只顾喝酒不吃东西,定下心不管不问过去收拾碗筷,谁知突然被华尔丹一把拽进怀里,粗重而狂野的亲吻也瞬间跟着落下来,压得她几乎喘不过气来。梅朵拉姆惊叫一声,可是叫声被堵住没有冲出喉咙。她拼命地挣扎，踢翻了酒瓶，但是挣不开他的怀抱。他还是那么强壮，那么孔武有力。梅朵拉姆的心在呐喊，在质问，可是她发不出声音，也不敢发出声音。

华尔丹梦呓似的在梅朵拉姆的耳边低语着："哦——！我的女神！我的生命！你知道我有多爱你，有多想你吗？我每天晚上都会梦到你，想你想得我心都碎了。"他疯狂地吻着，动情地说着，用力地抱着，差点把梅朵拉姆揉碎在怀里。

听到华尔丹的呓语，梅朵拉姆的心在瞬间像烈日下的酥油一样化了，所有的质问和恨意像被山风吹散的云雾一样消散得干干净净了。她感到力气消失了，身体消失了，最后连眼前的房屋和屋外的一切也跟着一起消失了，她的世界只剩下一个疯狂的华尔丹。

黑夜里，星星在眨眼，可是它看不透石板铺成的屋顶。

黑夜里，星星在思索，可是它参不透心与心之间的距离到底能分多远，心与心之间的距离到底能贴多紧。

华尔丹和梅朵拉姆仿佛又回到了繁星闪烁的白河边的草甸上，他们含着眼泪重温旧梦，彼此用心灵慰藉着这许多个日夜的思念与渴盼。

大山里的村寨多么安详宁静，就像此时酣睡的扎西江措，静得就连一个梦都没有。

华尔丹走得很早。

这几天天气暴晒，青稞干得很快，为了赶抢时间，我跟妻子天还没亮就到地里收割。雾气中，青稞变得柔韧，镰刀咬上去声音清脆。可是，黑暗中也要小心自己的手指，因为这冰冷而嗜血的家伙从来不讲情面。

天刚蒙蒙亮，隐约能看清四周田地里忙活的人影了。妻子无意中抬头，看见绕过村寨的山路上有个人正骑着马赶路。她指向那里，说："那是谁这么早出门？好像是华尔丹吧？"

一看那人魁梧的身体，胯下神骏的大黑马，除了华尔丹还有谁？"唔——，是他。好久没看到那小子了。"我不知道他昨天来过，但是能猜出他来的原因。我想他这么早往家里赶，肯定是忙着回去收割庄稼，这几天日头太猛，谁家都不敢怠慢。

没过多久，梅朵拉姆背着背包拿着镰刀穿过地埂朝她家的地里走去。她低着头好像在思考什么问题，只顾着低头赶路，我们离得这么近她居然没有看见。

"早啊！"妻子停下手里的活儿跟她打了声招呼。

梅朵拉姆好像没有料到附近有人，猛地吃了一惊，吓得身子哆嗦了一下。

"哎呀，吓着你了吧？"妻子见她吓得不轻，带着歉意说。

"哦——，没……没事。你们早啊。"她说完逃一般地赶紧离开。我本来想问扎西江措怎么没来，可是见她匆匆离开，不想多谈，话到嘴边又忍住了。

扎西江措来的时候都要中午了。他脸色苍白，脚步无力，一副萎靡不振的样子，头发也没有梳理，乱成了一团。

"嘀嘀——，太阳还没落山你怎么就起床了？你起得太早了吧？还顶着一个乞丐头。昨晚偷牛去了？"我没等他走近就大声对他开玩笑说。

"闭上你的狗嘴——"扎西江措大声回了一句。他忽然停下脚步，弯腰在地埂的草丛里呕吐起来，可是只见他不停地干呕，却吐不出什么东西，想是他还空着肚子。

一见到扎西江措的身影，次仁和他姐姐就喊着"阿克扎西"向他跑去。次仁还小，跟着姐姐在新割的麦地里蹒跚跑动，差点摔倒。

"小心点！"

"看摔着！"

"做姐姐的不知道照顾弟弟吗？"

阿爸、阿妈和妻子同时大喊大叫起来，孩子要是摔倒在麦秆上，虽然有点危险，但是也不需要他们这样夸张吧？我笑着无可奈何地摇了摇头。

"走慢点，阿克扎西又不跑。"我对两个孩子说。可是没用，他们只要一见到扎西江措就黏着他，跟他撒娇。

扎西江措听到喊声，见两个孩子跑得着急，怕摔着了，他忍住呕吐，几步跑过来，蹲下身张开双臂，一把把他们抱进怀里，在每人脸上使劲亲了一下。孩子们满意地"咯咯咯"大笑起来。看着他们，我们这边也发出了笑声。扎西江措微笑着耐心地跟他们说笑着，牵着他们的手走过来。

"昨晚跟华尔丹喝多了吧？"我说。

"你怎么知道的？"扎西江措跟我家人打过招呼，问。

"看他一大早就骑马走了。"

"哦——，我们从昨天中午就开始喝了，确实喝多了。"

"跟他比酒量，你不是找死吗？"

"哪里是比酒量啊，他一杯一杯地喝，我一口一口地喝，还是醉成死人了。哎呀，真难受。"

"那当然，跟酒较真，只有你输它赢。"

"啊啧啧——，你也长心了？该不会要戒酒吧？"阿爸插嘴半开玩笑地对我说。我们听了一起大笑起来。

我们说了一会儿话，扎西江措又皱着眉一脸难受地去了他家的地里。

梅朵拉姆见扎西江措来到身边，飞快地瞟了他一眼，眼神躲到一边小声说："早饭给你煨着，应该还是热的吧。你吃了吗？"

"吃不下，就喝了几口茶。胃里不舒服，恶心想吐。"

"那你回家休息吧，我忙得过来。"

"你说什么傻话呀。阿哥走得那么早，他也应该没吃早饭吧？"

"是……是啊。你怎么知道他……他走得早？"梅朵拉姆不自然地说。

"听旺加说的。刚才跟他们聊了几句。"

"是吗？哦——，哦——。"梅朵拉姆心神不宁地说。

扎西江措见她说话好像心不在焉，眼神一个劲地躲躲闪闪，心想这可能是昨天见到了阿哥的原因吧。也难怪，要想忘记自己的初恋情人哪有那么容易。

他没再说什么，挥起镰刀割下他今天的第一把青稞。

11

早出晚归地忙了十几天，庄稼收割完了，村寨里各家院子的晾架上看起来像是打了大大小小的补丁，泛黑的胡豆是旧布，金灿灿的麦子是新布，而麦穗细长的青稞就是华丽光滑的绸缎，还有那些不多的蓖麻、油菜和豌豆被随意捆成梱，搭在突出的椽缘上，杂乱地成了撕扯过的布边。

只剩下麦秆的田地显得空旷了，早放的驮马、耕牛和羊群散在地里啃食麦秆或贴地的杂草。鸽群散落在地里，只要听到什么动静就"砉"的一声飞起来，银灰色的翅膀在阳光下闪闪发光，它们在空中划出一道优美的弧形，然后像一块绸缎在风中优雅地轻轻飘落下来。成群的麻雀在地里起起落落，忙着啄食撒落的粮食颗粒，吃得高兴了，"叽叽喳喳"地欢叫着。

不出几天，人们把地犁了，麦秆被埋在下面充当来年的肥料，地里只剩下黑黝黝的波纹似的土地，牛马羊群只得去山上吃草了。撒落的没有被鸟雀啄尽的粮食颗粒被埋在地里，过不了几天又发出绿绿的嫩芽，再一次点缀着宽广荒凉的田地。

收割完的粮食要在晾架上风吹日晒一个多月，农活得闲一段时间。

这天，扎西江措跟梅朵拉姆商量，说闲在家里也不是办法，现在正是牧民们收割储蓄冬草的时候，不如去牧区帮着牧民割草挣点钱。

梅朵拉姆说这样也好，给扎西江措收拾东西。扎西江措第二天就去了牧区。

一个多月的时间虽然不算长，但是对相思中的人来说，那却是一段漫长的度日如年的好像永远没有尽头的日子。

自从扎西江措走了以后，梅朵拉姆觉得特别孤独寂寞，家里就剩下她一个人，形单影只，冷冷清清的，也没人陪着说说话。白天，她就出门干活或到邻居家串门来排遣孤寂的生活，可不管是上山还是在家里，扎西江措的身影就在她的眼前晃动。晚上躺在床上，她忽然不可遏制地想他酣睡的模样，想他轻微细匀的鼾声，想他身上温暖的体温，还有他说话时坦诚的笑容和好听的充满磁性的嗓音。更让她意料不到的是，那一夜的激情常常莫名其妙地在她脑海里浮现出来，让她的思念变得更加绵长。

梅朵拉姆在家里计算着丈夫——她的心里终于承认扎西江措是自己的丈夫了——的归期。在漫长而难熬的相思中，扎西江措风尘仆仆地回来了。当他的身影出现在梅朵拉姆的面前，他甚至还没有来得及放下身上的东西，两人就紧紧地抱在了一起。他们自然而然地贴得那么紧，内心没有出现丝毫的犹豫和迟疑。他们在耳鬓厮磨中感受着彼此悸动的心跳，倾诉着无法言语的深深思念。

扎西江措和梅朵拉姆都在对方的怀里哭了。是谁先流下了泪水？不知道！可是这重要吗？只要这泪水中包含着满满的幸福就够了。

降了几场霜，天气转凉了，人们开始在各家的院子里忙着打粮食，灰尘似的细糠在阳光下飞舞，整个村寨像笼罩在一层淡淡的薄雾中。

扎西江措和梅朵拉姆沉浸在幸福中，如胶似漆，恩爱地一刻也难以割舍。他们觉得现在的生活就是牛奶里加蜂蜜，甜得让人骨头发酥，以致连沉重的劳作也变得温馨浪漫起来。

粮食一打完进仓，秋雨频频地下起来，山野的绿色变换成绚丽多姿的色彩，丰富着人们的视野。草木开始为落叶做准备了。

这天吃早饭的时候，扎西江措见梅朵拉姆又在干呕。她已经这样呕了几天，好像还越来越频繁，越来越严重。

扎西江措关切地说："你是不是病了？该不会是胃出毛病了吧？得去看医生才行。"

梅朵拉姆脸上一红，复又变得苍白，说："我……我没事，过几天就好了。"

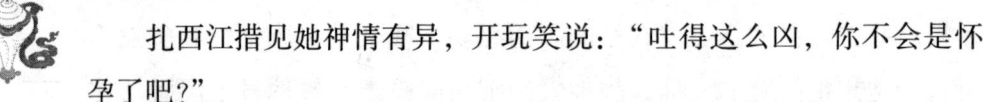

扎西江措见她神情有异，开玩笑说："吐得这么凶，你不会是怀孕了吧？"

梅朵拉姆垂下头，脸上的表情变得怪异，像是内疚，像是自责，像惧怕，但更多的还是说不清的痛苦。

扎西江措看到梅朵拉姆的表情变化，忽然笑不出来了，他好像怕什么事情发生似的小心地试探着，但是语气却禁不住发起抖来："你……你真的……"

梅朵拉姆知道有些事情是永远藏不住的，就像现在的她，肚子里装着个正朝人形生长着的小生命，他随时会把别人的眼光吸引住，以证明自己的存在。她胆怯地"嗯"了一声，声音小得像蚊子在叫，可是在扎西江措的脑中却成了一声巨响。他愣住了，快速而机械地眨巴了几下眼睛，做梦也不敢相信这是真的，一颗心悬在空中飘飘荡荡不知道该落向哪里。

"你……你真的怀孕了？这怎么可能，我回来还不到一个月，要是我的孩子，哪有这么快。这不是我的孩子，肯定不是！我出门的时候你还好好的。我知道那天晚上你没有怀上孩子，要是怀了都快半年了，哪里是这个样子？你说，这……这是谁的？"扎西江措艰难地说着，内心纷杂的感觉慢慢地凝成一把刀，一把钝刀，在他的心头不停地来回割着。

梅朵拉姆低着头不敢说话。她在忏悔，她在谴责自己，也在谴责那个让自己怀上孩子的男人。

扎西江措见她不吭声，心都碎了，对她所有的爱恋全部化成了深深的无边无际难以抑制的屈辱。他忍不住对她吼道："说！这孩子到底是谁的?！"

梅朵拉姆从来没见扎西江措发过脾气，被他这突如其来地一吼，吓了一大跳，在脑海里不停回旋的名字脱口蹦出来："华尔丹。"

一听到这名字，扎西江措懵了。他想不到这人会是阿哥，想不到自己最敬重的人和自己最爱的人会这样羞辱自己。但是，他心里又隐隐觉得除了阿哥也不会有别人。他几乎听不清自己在说什么："他？是啊，当然会是他。想不到我上次出门，你们……你们就……"

梅朵拉姆明白扎西江措的心情，心里也很害怕，让一个男人在这样的耻辱中爆发毕竟是一件可怕的事。她吞吞吐吐地说："不……不是，不是这次。"

"那——"扎西江措诧异了，膨胀的愤怒使胸腔胀得难受，他几乎压制不住心里聚集涌动就快爆发的怒火了。

"上次他来，你们喝了一天的酒。你醉了，他也醉了。他……"

扎西江措没办法再听下去，也说不出一句话来。他气得几乎笑出来，但分明听到自己的心在哭泣。他觉得自己快要被猛烈袭来的愤怒和屈辱窒息。他瞪着她看了好半天，突然大吼一声，砸碎面前的碗碟，霍地一下站起来，跳到她面前挥起了拳头，可手还是在空中硬生生停住了。他歇斯底里地大吼一声，向屋外冲去，门板被他撞得差点掉落下来。

外面正淅淅沥沥地下着小雨。冷雨已经时大时小、不慌不忙地下了好几天了。大雾紧紧地压在山上，溢出来，流过山脊，流过沟壑，在山林里游弋。一丛丛金黄的白杨树或者高原红柳静默在潮湿的地埂、路边或湿漉漉的森林里，生命耗尽的叶子在雨中打着旋儿，一片片飘落，咏叹着对生命最后的眷恋。

村寨似乎在绵密的浓雾中睡着了，没有一点儿生息。经幡不动了，鸟儿不叫了，即使偶尔有一两声狗吠，也显得极其慵懒疲惫，在山谷间漾不起一点回声，所有鲜活的声音都被潮湿的雨幕给吸收了。

从扎西江措冲出家门的那一刻，梅朵拉姆的心就没安宁过。她看到他冲出去，追出来时他已经没了踪影。过后，她假装去串门，分时间挨家挨户转了一圈也没找到他。

屋顶的某块石板移位了，正在漏雨，有节奏的水滴声一直没有停歇。这可能是今天才出现的，要是昨天就听到漏雨声扎西江措肯定早修补好了。

冷雨下了整整一天还没有停，梅朵拉姆的眼泪也没有断，心里更是没有一刻安静。他会去哪里呢？雨这么大，他一定淋湿透了。天色渐渐暗下来，她又怕他出什么事了。心想要是他有个好歹，自己也没法活下去了。

天黑了，雨下得越来越大，还不时滚过一两声闷雷。梅朵拉姆听着外面"唰唰"的雨声，心乱如麻，也不知道该干些什么，只是烧着火，坐在火塘边痴痴地等着扎西江措，流着泪呆呆地想着心事。

深夜，扎西江措回来了，顶着黑，冒着雨，带着一身寒气一身泥泞一身酒气跌跌撞撞地回来了。他手上握着半瓶江津白酒，那是从乡里回来的路上喝剩的。他浑身淋透了，在不停地滴水，一张脸冻得发青，喝得发白，在火焰吞吐的火光下闪着瘆人的颜色。

扎西江措一摇一晃地走过去，腿一软，轰然倒在火塘边。他挣扎着坐起身，对着瓶嘴狂喝起来。这一天半夜，他也记不清自己到底喝了多少酒。他伤心，他痛苦，他想用酒精来麻醉自己，他希望喝醉后能忘记一切。但是"醉自醉倒愁自愁，醉和愁如风马牛"，如果酒能解愁，那世人就不会有那么多的忧愁和烦恼了。

梅朵拉姆赶紧拿来干毛巾去给扎西江措擦头上脸上的雨水。扎西江措像被蛇咬了一口，一躲，一把劈开梅朵拉姆的手，吼道："走开！不要碰我！"

梅朵拉姆愣在那里不敢再去碰扎西江措，她只能眼睁睁地看着他全身滴水，地上湿漉漉地浸了一大片。

突然，扎西江措被酒呛得咳嗽起来，苍白的脸色变得通红，酒气把眼泪也冲了出来。这一流泪，泪水就像决堤的洪水，怎么也止不住，肆无忌惮地流着。他埋着头，啜泣着，不住地问："为什么？为什么？"

梅朵拉姆想要劝他，却是无法启齿。她见他呛得厉害，想过去把酒瓶拿开，让他少喝一点，被他一把推倒在地。

"滚！我说过不要碰我！"扎西江措吼道。吼声中，一阵闪电照得窗户一片雪亮。电光刚一闪过，一连串铺天盖地的雷声滚来，震得窗格直响。

雷声响过，蓦然有一阵歌声断断续续传来，那是村里其他几个小伙子在隔壁家聚会，梅朵拉姆去"串门"的时候看见他们在喝酒，他们还向她邀请了扎西江措，可那时扎西江措正发疯似的跑在下山的道路上。他们玩闹了一天，喝了一天的酒，这时都醉得差不多了，在电闪雷鸣中竟兴致勃勃地唱起了山歌。

梅朵拉姆见扎西江措又在喝，央求道："不要喝了，你看你……"

扎西江措粗暴地打断她的话，说："我喝我的，关你什么事。"

梅朵拉姆垂着头，怯怯地，半晌才说："你是我的丈夫。"

"丈夫？"扎西江措"嗤"的一声冷笑，"我是你丈夫？你跟那只公狗睡觉的时候心里有我这个丈夫吗？你说！"他在心里把华尔丹也恨上了。

梅朵拉姆被噎得说不出话来，她的心也被痛苦的大手撕扯着。她捂着脸悲伤绝望地痛哭起来。

听着外面的雨点越来越粗大，雷电越来越频繁，扎西江措心中的怒火也越烧越旺。"你想着他，我没有怪你；以前你不让我碰你的身子，我也没有怪你。我一直对自己说总有一天你会忘记他，会真心地爱上我，所以我一直等着，一直等着。可是……可是你们都对我做了什么？我又等来了什么？我在遵守我的诺言，你却利用我对你的感情、对你的信任来欺骗我，你对得起我吗？你对得起你自己的良心吗？你以前说过孩子的事我想都不要想。是啊，你一心想要他的孩子，你只是不想要我的孩子罢了。"

梅朵拉姆爬过去，靠近扎西江措几步，说："我对不起你。可我是真心爱你的。"

"爱我？你和他做出那种不要脸的事就是为了爱我？以前你跟他的事我都理解，哪个人在结婚前没有自己的情人。可是现在你已经嫁给我了，是我的妻子，是我的女人，你是我的！但是你们……你们却在我的家里……你……你这样做叫什么，叫不守妇道，是不要脸！"

梅朵拉姆被扎西江措数落得无地自容，恨不得找个地洞钻进去，或者躲到屋外漫无边际的雨夜里。可不管怎么说，她还是放不下他。她见他身下越来越湿，身上蒸发着氤氲的水汽，怕他捂出病来。

"对不起，别生气了。只要你能消气，叫我做什么都行。求求你还是先把衣换了吧。"她过去拉着他的衣袖央求着说。

扎西江措正在气头上，用力一甩，没甩开，他更是火冒三丈，大吼一声："你们欺人太甚了！"朝梅朵拉姆狠狠一肘撞了过去。梅朵拉姆摔出去，滚了几圈，趴在地上不动了。

扎西江措猛灌了一大口酒，在轰然而至的雷声中把酒瓶用力砸出去。酒瓶在屋角摔得粉碎。

雨渐渐小了，电闪雷鸣声却更加繁密起来。

扎西江措忽然听到一阵微弱痛苦的呻吟，觉得奇怪，扭过头看见梅朵拉姆捂着肚子缩成一团。正是她在呻吟。

"她这是怎么了？"扎西江措有些诧异地问自己。他见梅朵拉姆在自己的眼里缩成了一点黑影，并且还在不断缩小远去，再一眨眼说不定就从眼前消失了。他的头脑被酒麻醉得有点迟钝了，思维就像水力不够勉强转动的磨盘。

梅朵拉姆的呻吟一声接着一声。等"磨盘"多转了几圈，扎西江措的酒突然醒了大半，意识到刚才那一肘可能是撞在她的肚子上了。他心里一阵恐慌，手忙脚乱、连滚带爬地过去把她抱起来，焦急地问:"你怎么了?"

　　扎西江措那凶狠的一肘确实撞在梅朵拉姆的肚子上了。她摔倒在地上昏迷了一阵,醒来后腹痛如刀绞,脸色瞬时变得苍白,五官都紧紧地拧在了一起。梅朵拉姆捂着肚子痛苦而虚弱地说:"痛,肚子好痛。阿妈啊——,你在哪里呀?"她悲切求助地喊了自己阿妈一声,无助的眼泪就下来了。

　　扎西江措被吓傻了,突然间全醒了,浑身直冒冷汗。他赶紧把梅朵拉姆抱到床上,点亮油灯。在昏黄的灯光下,她的脸色变得蜡黄,像蒙着一层金纸,剧烈的疼痛使她处在昏迷的边缘。扎西江措既悔又怕,不知道该去请谁来帮忙,外面又凄风苦雨,天黑路远的,根本没办法送她去乡卫生所。

　　扎西江措拉着梅朵拉姆的手,悲悲凄凄地流着痛悔的眼泪。

　　雨声好像听不到了,雷电却猖獗起来,一次次撕裂漆黑的天幕,敲着繁乱的鼓点向大地扑来。一道道火辣辣的闪电划破凝重的夜色,似乎要点燃这满山遍野的树木,在这静谧的山川大地上放一把来自天界的大火。雷声一阵接着一阵,远近强弱,变幻多端,时而像竹子爆裂,时而如山洪暴发,时而似巨人咆哮,时而成龙吟虎啸,千变万化,惊天动地。接着,这各种各样的雷声串在一起,组成一片硝烟迷漫的炮火声,天地间,好像正进行着一场激烈的战斗。

　　这罕见的雷鸣电闪震慑了扎西江措的心,他从来不知道上天会这样发威,几乎相信这是自己的过错激怒了神灵,那些霹雳本来是要来炸裂自己的。好几次,就有那么几个雷电几乎震破窗户落进屋里,在他身边炸开。那一刻,扎西江措忽然希望自己真的被雷电劈死。可是,雷电并没有劈他,只是在山前山后胡走乱窜,不断地狂轰滥炸,持续了良久,才一路响着遥遥隐去。

　　雷声远去,又响起了淅淅沥沥的雨声。

　　扎西江措听到隔壁的山歌还在继续,隐隐约约中听有人在唱:

　　……

199

……的雪花……落,

……我……恋人,

……山隔水阻……

什么时候……相见。

歌声后是一阵叫好的笑闹声。笑闹声一过,又有人亮起了悠扬略带苍凉的歌喉。

这夜,梅朵拉姆流产了。

12

扎西江措拉着梅朵拉姆的手,在床边半坐半跪地守了一整夜。衣服没换,还湿漉漉的,可他却感觉不到冷。

扎西江措看着昏睡中的梅朵拉姆,又看了看黑沉沉的夜,觉得她也许再也不会醒来,天也可能永远不会重亮。他在悔恨和担惊受怕中忏悔了一夜,想了一夜,心境走过妒忌和屈辱的黑暗,又回到豁然坦荡的光明中来。

天亮了。第一个响起的永远是麻雀"叽叽喳喳"的吵闹声。家家门前伫立的一排排经幡,经过一年的风吹雨打早已破旧失色,现在被雨水蛀巢了,被风刮乱了,紧紧地裹在高耸的经幡杆上,漾不起一丝布条。

云,在天空中流连俯视;雾,在山谷间顾盼游弋。不知是雾飘飞形成了云,还是云下泻变成了雾,云雾在山巅紧紧地缠绕在一起,经山风的鼓动在山谷间袅娜飘动。阳光透不出云层,雾也不肯散去,整个村寨都懒懒地躺在云雾的怀抱里。

扎西江措从窗户看着外面的晨光,山间的黎明依然是那么清澈透亮,那么轻盈鲜活,就跟梅朵拉姆抚慰他心灵创伤那天早晨一样,充满着无限的生机和希望。可是,今天是不一样的,他已经深深地感觉到,从这个早晨开始,也许自己的生活里再也不会有温暖的阳光照耀了。

梅朵拉姆醒了，知道肚子里空了，那个成长中的小生命没有了，而难忍的疼痛却依然存在，并提醒她该回忆起什么事情了。梅朵拉姆做梦也没有想到那个狂乱的夜晚会使自己怀孕，她原本想偷偷去把孩子给拿掉，可是又舍不得腹中的小生命，她想通过其他的办法解决，可是还没来得及就发生了这样的事情。让她更加意想不到的是，平时温文尔雅的扎西江措竟会动手打自己，让自己遭受流产的痛苦。

所有的往事蓦然在她的脑海里串成了线，而记忆的梳子毫不费力地一梳到底：华尔丹骑着大黑马来抢亲，自己在他怀里的美好憧憬，两人在热曲河边雪地里的撕打，逃婚的夜晚差点被冻死在山野，为照顾扎西江措的阿妈承受磨难，还有怀孕和流产……想到以上种种，一股冷气从梅朵拉姆的心底冒出来，她忍不住打着寒噤，就像刚刚从掉落的冰窟窿里捞出来，全身的血液降到冰点，几乎凝固。恨意在她的心里萌发，所有的爱、所有的愧疚和所有的歉意都被不断膨胀的仇恨挤出了心扉，一颗原本温软的心被仇恨的尘垢蒙蔽了。

"如果不是因为他，我需要受这么多的苦吗？他居然打我，还打掉了我的孩子，我是不会放过他的！"最后，梅朵拉姆心里的一切就凝成了这句话。

扎西江措见梅朵拉姆醒来，就像是自己的生命复苏了一样惊喜。他激动地吻着她的手，喜极而泣。梅朵拉姆看也不看他，忍着疼痛咬着牙，使出全身的力气把手抽出来。扎西江措急忙扑过去连被子抱着她，说："对不起，我不是故意的。我喝醉了，气昏了，没想到会打在你的肚子上。"

梅朵拉姆开口说话了，语气犹如生铁："把手拿开，不要碰我。"

扎西江措不肯，连声哀求梅朵拉姆的原谅。

梅朵拉姆冷冷地说："我原谅你？神灵会原谅你吗？他们在上面看着哪。你害死了一条人命，你是杀人的凶手！你是吃人的魔鬼！"

"我真的不是故意的。"

"你的心里就没有想过？"

扎西江措哑口无言，颓然坐倒在地上。

"哼哼，你不只是想了，也这样做了。"梅朵拉姆的语气显得更加冰冷生硬。

扎西江措忍不住打了个寒噤，不知道是因为她的语气还是因为身上的湿衣服。

"我开始是想过，可是又不忍心伤害你，就跑去喝酒了。我真的不是故意的，只是喝了酒，没控制住自己的手。"

"哼——，男子汉大丈夫的，别找什么借口了，打了就是打了。"梅朵拉姆鄙夷地说。

"是啊，我毕竟还是打了。唉，我为什么要这样做！"扎西江措颓然地自言自语，"阿哥对我那么好，我却体会不到他痛苦的心情。他是那么爱你，可是为了给我争口气，竟把你抢给了我，他心里的痛苦我又理解了多少？他一定是忘不了你才这样做的。我的心胸太狭窄了。我们这里不是有兄弟几个娶一个姑娘的风俗吗？他们一定都深爱着她，她也会为他们生孩子，他们没有相互嫉妒，而是和平地相处着。我不像个男人，我的气量真的太小了。再说，孩子是无辜的，我也不是故意要打掉他。阿哥和我是兄弟，身上流有一样的血，他的孩子跟我的孩子又有什么区别呢？我为什么要生气？为什么要打你呢？"

扎西江措再忏悔再表白也没有用，事情已经无可挽回地发生了。

梅朵拉姆只是漠然地听着，丝毫不为之心动。

梅朵拉姆在扎西江措无微不至的照顾下，身体很快康复。但是，她心中的伤痕却始终不肯愈合，恨意一直不肯消散。

梅朵拉姆每天什么事儿也不做，只是懒懒地、无所事事地待着，看着扎西江措的一举一动，任他做这做那，忙里忙外。有时她的心情特别烦躁，就故意找茬，拿话刺他，要是他有一言半语，就狠狠地跟他吵架，最后干脆倒在地上撒泼打滚，哭爹喊娘。

扎西江措感到日子变得无比苦涩起来，整天处在痛苦和懊悔中，越过越疲惫。他默默地忍受着梅朵拉姆越来越频繁的讽刺和挑衅，曾经脸上常有的笑容就像初冬的鲜花，早已被摧折凋零了。

梅朵拉姆发现，要想折磨一个人，没有比夫妻之间来得更直接和更残酷，因为这折磨是从摧毁精神开始的。她可以在任何不痛快或者非常痛快的时间里，采取任何方式去发动一场早已注定结果的战争。她要想方设法去点燃扎西江措心中的怒火，或发泄自己心中的怒火，让他痛苦，让他度日如年，让他恨不得一头撞死。而且，让她感觉特别解恨的是，这所有的一切都是在不让别人知晓的情况下进行的，她在人们心目中的形象依然是那么美好。

梅朵拉姆白天的挑衅扎西江措可以忍受，他用上山下地干活来躲避或者干脆装聋作哑。可是晚上他就不知道该怎么办了，如果经常去朋友家，会被人看出来，让人说笑。他只能把自己的忍耐力发挥到极限。

爱情，可以把一只凶猛易怒的狮子变成一匹温顺忍耐的羔羊。

梅朵拉姆也许知道这些，只是她的内心深处不想承认，不想妥协，也不想低头。

一天晚上，梅朵拉姆褪去所有的衣服，主动钻进扎西江措的怀里，亲昵温柔地亲吻他、抚摸他。扎西江措见她已经好几天没找自己的麻烦，以为她气消了，是跟自己讲和了，心中大喜，激情似火地迎合着她。扎西江措正如痴如醉，突然听到梅朵拉姆在欢愉的呻吟中轻轻地呼唤着华尔丹的名字，声音柔肠百转，勾魂摄魄。

扎西江措感到眼前一黑，像被人在赤裸的肌肤上淋了一桶冰水，高涨的激情一下降到了零度以下，心缩成了一团，也抖成了一团。他觉得自己的身体被豺狼一把掏空了，五脏六腑在忽然间消失不见了。他跳到一边，痛苦地看着眼前这个让他感到陌生的女人，她却痛快地哈哈大笑起来。那一刻，他觉得她是那么可怕，心里抑制不住地直冒寒气。

"怎么？不舒服？"梅朵拉姆嬉笑着问。

"我想你是真的不爱我了。"扎西江措吃力地说。

"爱？你想我还会爱你吗？"梅朵拉姆笑着问。

扎西江措盯着她看了很久，痛苦地说："既然不爱了，为什么还要在一起生活？不如散了吧。"

梅朵拉姆笑得更开心了，她的一张俏脸上就快绽放出美丽的花朵来。她温柔地对扎西江措说："你想叫我回去？上次你阿妈去世，我阿爸来的时候你是怎么说的？你忘了？他说你要服丧，让我俩先把日子过着，婚礼等三年的丧期完了再补。我是这家里的女主人，你说，我能走吗？"

扎西江措把手指插进头发，无奈地揪了一下自己的头发，说："这日子还有法过吗？"

"有法过，当然有法过，而且还会越过越好呢。"梅朵拉姆不怀好意地笑着说。突然，她语气一转，变得咬牙切齿起来，"想赶我走是吗？门儿都没有！当初我是怎么来的，你忘了？我逃婚，你又把我背回来，还叫你阿妈劝我别走。你不是很希望我留下来吗？好了，我现在不想走了，你又要赶我走是不是？"

扎西江措无言以对，却见梅朵拉姆又笑了一下，说："要我走也可以，我就死在你面前，你把我的尸首驮回去吧。"扎西江措被眼前的女人弄得不寒而栗，禁不住打了个寒战。

梅朵拉姆看在眼里，嫣然一笑，用关切的口气说："是不是冷啊？快钻到被窝里来，别凉着了，你还光着身子哪。"

扎西江措看了她一眼，满怀伤痛，战战兢兢而又无可奈何地在另一边躺下。

日子越过越灰暗。扎西江措开始酗酒了。

喝了酒，人就容易冲动，也会犯同样的错误。扎西江措又被梅朵拉姆那样捉弄了几次。他再也无法忍受，又分房搬到另一个房间去睡，谁知她也跟过来，钻进他怀里，说："你干什么呀？干吗把我一个人丢下，我们是夫妻嘛，夫妻不就是要一起睡的吗？"

扎西江措背过身不理她，梅朵拉姆却无所顾忌，极尽能事地挑逗和引诱他。过了一会儿，梅朵拉姆见扎西江措没有任何反应，无限哀怨地叹了口气，说："看来你是不行了，出毛病了，得给你想个法子才行。华尔丹在这方面可比你强多了。"

梅朵拉姆的话音一落，愤怒的火焰猛然从扎西江措的心底窜出，他忽地一下坐起来，扬手就是一巴掌。但是，就在手要碰到梅朵拉姆脸上的一刹那，他收住了。

梅朵拉姆根本没把扎西江措的愤怒放在心上，更没有把他的殴打放在心上。她有时候反而希望他能狠狠地痛打自己一顿，也许那样大家心里都会好受一些。她见扎西江措的手就停在自己的脸颊边，迟迟不肯落下，知道他舍不得打自己，心中一软。但是，这只是一瞬间的情感，她的心肠又硬了起来，她把脸凑过去说："你打呀！不过，这次不会再有孩子被打掉了。"

扎西江措的脑子里"嗡嗡"响作一团，他几乎真的要去撞墙了。

第二天一早，扎西江措稍微收拾了一下，揣上一点钱出走了。他走的时候对梅朵拉姆说，如果她不愿意离开可以留下，他需要到外面去走走。

扎西江措就这样去外面流浪了。

他去了遥远的牧区帮别人放牧，或者找其他的活干，有时随人在冬季牧场给牧民盖简陋的棚子，有时跟人给别人家打段土墙围圈篱笆，挣些散钱。他失魂落魄，四处游荡，有时候钱用完了，就做天工来养活自己，甚至还乞讨过几次。

扎西江措变了模样，皮肤晒得干燥黝黑，乱糟糟的长发披散在肩头，眼神总是显得凄迷忧伤。他常常躺在广袤的草原上，头枕着枯黄的牧草，眼看着自由翱翔的雄鹰，心里羡慕不已。他想不通人为什么要活在这个世界上，又为什么要承受这么多的苦难和悲伤。

霜重了。

冰冷的月

草枯了。

雪降了。

水冻了。

冬的寒冷占据了这片高原，刺骨的寒风呼啸着四处游荡。

扎西江措还是忘不了梅朵拉姆，他日夜思念着她、牵挂着她。他想不明白她的心肠怎么这么硬，变得这么冷酷，自己已经道过无数次的歉了，她为什么就不能原谅自己呢？难道她就不觉得自己有错？她的温柔去哪儿了？她的善解人意呢？还有她对自己已经萌生的爱意呢？他感慨原来爱一个人是这么艰难，会这么痛苦。但是他发现，让自己爱的人爱上自己更困难，更让人痛苦。他不明白人们为什么要赞美说爱情是甜美的，是彩色的。

在冰冻河流、雪封大地的时候，在春节将要来临的日子，扎西江措终于熬不住内心的思念向家赶去。他宁愿去过那种黯淡无光的生活。一路上，他在想如果梅朵拉姆走了该怎么办？要是她没有回娘家该去哪里寻找？要是她回娘家了就好办，自己可以去请她。但是她会回来吗？不肯来，也没关系，自己总会想出办法来的。

以前梅朵拉姆回过几趟娘家，他总是害怕她一去不返。这次他刚出门的时候，希望她在他走后也离开，去找她自己想要的幸福。现在，走在返家的路上，他却一直在默默地向神灵祈祷留下她，因为自己已经离不开她了。

扎西江措回来了，再一次在梅朵拉姆的期盼中回到了家。

那天，梅朵拉姆看着扎西江措的身影消失在山下弯弯曲曲的小道上，她心里的恨意顷刻间全消了，她多么希望他能回头看自己一眼，多么希望他在半道上转回来。可是他没有。

接下来的日子里，梅朵拉姆度日如年，孤枕难眠，日日盼望他早点回来。她知道自己今生今世是离不开他了。她需要他的关怀，他的呵护，还有他的包容。她在等，她在盼。她在数落叶，她在看雪飘。她在偷偷地哭泣，默默地祈祷，后悔逼走了自己心爱的男人。

又一次别离中的煎熬，又一次期待中的相聚。两人四目相对，怔怔地站着，都希望对方来拥抱自己，那就表示谅解了。可是，他们谁也没有动，谁也不敢向对方主动靠近。他怕她又会用圈套伤自己的心。她见他一副沧桑憔悴的模样，知道他受了很多的苦，怕他不肯原谅自己。就这样，他们谁也没有去捅破隔在彼此中间的那层薄薄的纸张，只是用深藏的含蓄的怜爱相互看了一眼，各自走开了。而这本能融化冰冻的爱怜隐藏得太深太好了，他们都没有感受到。

以后的日子，两人谈话不多，依然分房而睡，小心翼翼地过着每一天，生怕一不小心平息的战争又一次爆发。生活在他们的眼中变成了易碎易破的瓷器。

命运就是这样捉弄那些可怜的人儿的，如果他们中的任何一个人鼓起勇气伸出双臂，把自己的思念和爱意传达给对方，后面的悲剧就不会发生了。

有时候，小心谨慎酿出来的祸比鲁莽冒失闯出来的祸还要可怕。

13

新年到了，欢乐热闹的气氛笼罩着小小的村寨。

梅朵拉姆年前就回娘家了，家里只剩扎西江措。尽管他独自一人，可按风俗该做的事情还是得做，像除夕守夜、黎明背新水、初一敬神山等都要一一去完成。看别人家热热闹闹，他更感觉到了孤单冷清。

梅朵拉姆走后，扎西江措心想她也许再也不会回来了。但是，她却在大年初二这天回来了，这让他感到意外和惊喜。

从大年初二开始人们就忙碌起来。白天，他们走亲访友，相互请客；晚上，挨家挨户跳锅庄，舞狮子拜年送祝福讨钱，为村寨筹集公共财产。从这天起，也许有别的兄弟村寨会来，也许自己的村寨该去回访，也许有年轻的小伙子抢亲、迎亲，还有姑娘被抢去需要看亲或者出嫁送亲。总之，一切热闹欢庆的喜事都堆积到了新年。虽说春节十五天都是喜庆的日子，但不一定每天都是诸事宜办的好日子，经卦师一算，好日子就那么几天。有时候，几件喜事会挤到同一天，人们忙得不可开交。

因为梅朵拉姆的再次归来和新年的欢乐氛围，笼罩在两人心中的阴霾淡了一些，他们能从对方的脸上看到些许虽然短暂但是久违的笑意，彼此的话语也在不知不觉中多了一些。希望的阳光再次照进他们的心里，原本已经荒芜的心田渐渐温暖滋润，而幸福的种子也开始滋生发芽。他们相信用不了多久，两人又会变得恩爱，过起幸福快乐的日子。

初四这天，华尔丹他们村寨要来我们村寨跳花灯，舞狮子拜年。

太阳开始偏西的时候，我们年轻人听从"代本"和几个中老年人的安排指挥，在村寨中央的一家院子里做准备工作。我们分散人手，各自忙碌：堆积柏香枝，劈烧篝火的木柴，搭临时的座位，在龙碗上镶酥油花，搬青稞哑酒的坛子，准备鼓钹狮子和哈达。

忙完村寨的事情，扎西江措抽空回家跟梅朵拉姆做着待客的准备。他们知道华尔丹会来，因为像这样的集体活动，每家至少得有一个男人参加，而他舅舅的年纪已经不轻了，不会在黑灯瞎火的晚上再跟着年轻的队伍翻山越岭。他俩把长桌上的糖果和酒水重新摆好，火盆里加满木炭，把火拨得旺旺的，再准备上几样小菜。

天快黑了，客人们还没有来，华尔丹倒是骑着大黑马先到了。扎西江措赶紧把他迎进屋里，倒上一碗热气腾腾的酥油茶，让他驱走一路的风寒。喝过茶，兄弟二人斟上酒，面对面坐着对饮起来。

扎西江措端起酒杯对华尔丹说："我们现在很难得在一起喝酒了，挺想念以前的日子的。来，做阿弟的敬你一杯，希望阿哥在新的一年里心想事成，扎西德勒。"

华尔丹迟疑了一下，端起酒杯一口喝干。他一副心事重重的样子，脸上并没有出现烧酒下肚后火辣辣的惬意感。

扎西江措笑着问："怎么？跟阿弟一起喝酒不开心？"

"怎么会呢？你永远都是我最好最亲的兄弟，跟你喝酒是最开心不过的事了。"

"我想也是，不然你为什么不跟村寨里的人一起来，而是自己先跑来？哈哈，你不就是想和我多喝几杯吗？我很开心。来，喝酒。"

"是啊。来，喝。"

两人正喝着，听鼓钹声在村头敲响了。扎西江措说："应该是你们的人来了，我得跟他们去迎接。你慢慢喝，我马上回来。"他离开时去跟梅朵拉姆说了一声，让她招呼一下华尔丹。

不一会儿，梅朵拉姆做好下酒菜，端到临时收拾用来待客的房间。华尔丹面前的酒杯空着，正坐在那儿凝神发呆。她半跪在扎西江措的位子上给他斟了酒，说："阿哥，你喝酒吧。"

"你也叫我阿哥？"华尔丹回过神来，看着她悠悠地叹了口气说。

"是啊，我已经是这家里的人了，当然要跟着丈夫叫。"

"你爱上扎西了？"

"没什么爱，也没什么不爱。既然你把我像一件什么东西送给了他，我就只好跟着他了。"梅朵拉姆平淡而冷漠地说。

华尔丹凝视着她的脸庞，轻轻抚摸着手上的褐色疤痕，脸上的神情好像是在抚摸一件他心爱的首饰。他说："认得这吗？"

梅朵拉姆见疤痕上两排细小的牙印清晰可见，知道是抢亲那晚自己咬的，前尘旧事涌上心头，她咬着牙冷冷地吐出两个字："活该。"

"这可是爱的疤痕，每次我一看到它就会想起你。"华尔丹把杯子端到嘴边，慢慢地嘬着酒说。

"喝酒就喝酒，不要说那些不入耳的话了。我敬爱的阿哥！"梅朵拉姆一听，气愤地说。她的生活已经被华尔丹搅得一团糟，到现在还理不出一个顺道来，想不到他今晚又会说出这样的话。她感到气不打一处来，要不是今天看他是客人，立刻就要下逐客令了。

"你还恨我?"

"恨!当然恨!除了恨你还指望我什么?"梅朵拉姆想到他把自己当牛马一样抢给扎西江措在前,又让自己怀孕受伤害在后,自己对他刻骨铭心的爱情只换来一次又一次的伤心痛苦。她心里的恨意早就起来了。

"如果我诚心诚意地补过,你还会恨我吗?"华尔丹沉痛地说。他语气坚定,可是让人感到不安的是,这坚定的语气里好像含有一丝不可告人的神秘。

"你怎么补过?"梅朵拉姆觉得奇怪,听出他话里有话。

华尔丹刚要回答,楼梯上响起了"橐橐"的脚步声,是扎西江措回来了。

梅朵拉姆站起来给扎西江措让位子。

扎西江措把两人的酒杯都斟满,说:"他们正在忙,我跟'代本'请了假,说你来了,要陪你喝酒,他同意了。外面可真冷啊!"他说着搓了搓手,和华尔丹碰了一杯。鼓钹声有节奏地遥遥传来。

扎西江措见梅朵拉姆待在一边心绪不宁的样子,问:"你想去看他们跳舞吗?"

"不想去。"梅朵拉姆摇了摇头。

"那你也来喝几杯吧。"

梅朵拉姆不知道扎西江措为什么要提这个建议,以前他可从来不说让她喝酒,她也从来不喝。不知道为什么,也许是听了刚才华尔丹的话,她心里有些烦乱,突然有了想喝几杯的冲动。

梅朵拉姆拿来酒杯,扎西江措给她斟满。他端起酒杯做了个一起喝的姿势。华尔丹跟扎西江措都一口干了,梅朵拉姆抿着嘴很笨拙地喝了一口,刚下咽就辣得咳嗽起来。她感到胃里火烧火燎地难受,可心里却涌起一丝莫名的快感。华尔丹他俩看到她狼狈的样子,都忍不住笑了。

扎西江措问华尔丹说:"你需要去吗?"

210

"可以不去。"

"那就好，我们兄弟可以痛痛快快地喝酒聊天了。"

"其实——我不是为这事来的。"华尔丹犹豫了一下，语气有些漂浮地说。

"那你是……"

"我……我被阿爸赶了出来。"

扎西江措大吃一惊，问："这大过年的，为什么？"

梅朵拉姆也吃了一惊，睁大眼睛瞪着华尔丹。

华尔丹拿过酒瓶，自斟自酌连续喝了好几杯，烈酒下肚的痛快叹息一声接着一声在他嘴边响起。接着，他缓了一下，心事无限地叹了口气，垂下脑袋快速地说："我跟女人吵翻了，还打了她，阿爸就把我赶出来了。"

"你俩吵架？你还在新年吉祥的日子里打了她？"扎西江措不解地问。

"我俩吵架已经不是一天两天的事情了。哎，女人真是靠不住，当她是姑娘的时候温柔贤惠、通情达理，可是一旦成为谁的妻子，那些原有的美好品质就丢在出嫁的路上了。你不知道，我们结婚不到十天就已经在吵了。开始还藏着掖着，可是后来声音一大，全家人都知道了。当然，也就不需要再藏着掖着了。"华尔丹愤愤不平地说。

扎西江措有些不敢相信。他去过华尔丹家几趟，知道他的妻子很善良，也勤快，不是个无理取闹的人。他想多半是华尔丹结了婚成了家还不安分惹怒了她。爱情毕竟都是自私的。

"你们为什么吵？"

华尔丹沉默了，又开始自斟自酌闷头喝酒。

扎西江措觉得阿哥是在借酒消愁，但现在他是客人，又是过年，也就不好劝他别喝。他想着上次两人醉酒后发生的一系列事情，心里有些忐忑不安。他陪着华尔丹喝了一杯。梅朵拉姆跟着轻轻抿了一口。他俩盯着他，等着他的答案。

这几杯酒下肚，华尔丹的心定了下来。他重重地吐了口气，说出了一个重大的决定："我要带梅朵拉姆走。"

"什么？"扎西江措和梅朵拉姆异口同声地问，被这突如其来的话惊得目瞪口呆。他俩怀疑到底是自己听错了，还是华尔丹喝醉发疯了。

"我要带她走。"华尔丹重复了一遍。这时，他的语气变得十分平静，恢复了往日处事不惊的气势。他像是在说一件和自己无关的鸡毛蒜皮的小事。

"你要带谁走？"扎西江措的脑子里却是混沌一片，他不敢相信自己听到的。

"梅朵拉姆。"

扎西江措得到了确切的答案，但是也愣了，懵了，痴了，傻了。他不明白华尔丹为什么会说出这样的话，一股怒气在心里闪电般嗖嗖地窜动。

"为什么？"

"我跟我女人吵架，全都是因为她。"

"这关我什么事？"梅朵拉姆也懵了，惊奇而无辜地说。

"这怎么不关你的事？我每天晚上做梦梦到你，叫你的名字，平时还拿你跟她比较，她能不跟我吵吗？我……我忘不了你啊。"

"阿哥！你不觉得过分吗？我还没死哪！"扎西江措在桌子上重重地擂了一拳，怒气冲冲地说。碗碟瓶杯在桌面上一跳，相互碰撞，响成一片。

"我知道对不住你，可我就是没办法控制自己。好阿弟，你就原谅我吧。"华尔丹低下头说。他的脸上有了痛苦的表情，接着变成满脸的愧色，亲情和爱情又一次在他的心里厮杀。从一开始，他就只有借酒来壮胆，毕竟他的决定和想法是一件多么惊世骇俗的事情。

"自从把她抢给你，我就后悔得要死。我从来没有这样认真地喜欢过一个人，我也不知道深爱一个人会是这样痛苦。我离不开她，我要跟她在一起。"华尔丹说。

"你这是做兄长的该说的话吗？"扎西江措气得浑身发抖，厉声责问道。

华尔丹抬起头，看了扎西江措一眼，说："我不管别人怎么说我，也不管你怎么看我，我只要跟她在一起。我的女人知道这些经常跟我吵架，阿爸也看出了什么，总是向着她。我的后妈就更不要说了。今天她又跟我找茬，我烦得不行，把她狠狠地揍了一顿。阿爸生气了，把我赶了出来，还叫我永远都不要回去。我不怪阿爸，也不怪她，这都是我不对，更何况她还怀着我的孩子，大着个肚子。阿爸说没有了我她也可以当家，生下孩子就后继有人了，我回不回来无所谓，他会把她当成自己的女儿一样对待。这样也好，我可以放心地走了。"

扎西江措忽然觉得面前的这个人变得陌生了、卑贱了，让他失望了。他冷冷地说："华尔丹，我想不到你会是这样的人。你这样做对得起谁？"

"我不管什么对得起对不起，我只要带她走。"华尔丹大手一挥，像要斩断面前的什么东西似的说。他又转过头问梅朵拉姆："你跟我走好吗？我知道你还是爱我的。"

"华尔丹，你欺人太甚了！"还没等梅朵拉姆做出任何反应，就听扎西江措吼道，"你真的以为我可以随便欺辱是不是？你上次的事我还没放在心上，想让它就那样过去算了。可是，你今天竟然会说出这样的话来。"

"我上次什么事？"华尔丹不解地问。

"你干的好事自己会不知道？你……你让她怀孕了。"扎西江措气急败坏地说。

"你怀孕了？那太好了。梅朵拉姆，跟我走吧，我会养活你们母子，我们一家肯定会过得幸福的。"华尔丹看了梅朵拉姆的肚子一眼，兴奋地说。

扎西江措快被气疯了，他瞪大眼睛盯着华尔丹，想不到自己最敬重的阿哥会变成这样。他一字一顿地说："华尔丹，你真的想我们兄弟相残吗？"说着拿起酒瓶在桌子上用力一顿。一声脆响，酒瓶裂成几块，酒一下全洒在桌子上，在盘子碗碟间流淌。酒水四溢，酒香弥漫。

"我不想兄弟相残，我只想带她走。"华尔丹看起来那么坦然，好像是在做自己应该做的事情。

"不管是有孩子还是没孩子，我都不会让你带她走。她是我的妻子！"

"没孩子？你什么意思？"

"你们烦不烦啊，孩子都被打掉了还吵什么吵。"梅朵拉姆见这兄弟俩为了自己争来争去，闹得不可开交，全然不顾自己的感受，早已忍无可忍，她没好气地大声说。

"打掉了？扎西江措，你也太狠了，竟然对一个小生命下得了手。"华尔丹咬牙切齿地差点跳起来。

"那是个小野种，留着干什么？"扎西江措也懒得分辨那是意外失手，针锋相对说。

"够了！"他们的话刺伤激怒了梅朵拉姆，她铁青着脸，站起来叫道。

华尔丹也赶紧站起来，他拉着梅朵拉姆的手，说："跟我走吧。"

"我说过不行！"扎西江措弯腰绷腿，双手撑地，像一只随时准备扑出去的狮子，斩钉截铁地说。

"为什么不行，她不是我抢来的吗？她不是还没有送亲吗？"华尔丹知道自己理亏，开始耍无赖。

"是，她是你抢来的，她以前也是你的情人，可你们没有结婚，她就不算是你的女人。她是被抢到我家里来的，那她就是我的妻子，从古以来，我们黑头藏人有当兄长的染指自己阿弟的妻子的规矩吗？你上次的行为已经够可耻的了，可是看在你是我最敬重的阿哥的分上，我劝自己不要计较，可是你……你却越来越过分了。你爱她，我更爱她，何况她是心甘情愿留下来的。你要带她走也行，你就先把我杀了吧。"扎西江措对华尔丹彻底失望了，语气变得沉痛而锋利。

华尔丹可不管扎西江措的话。他问梅朵拉姆，说："你是心甘情愿留下来的？你真的爱他？"

梅朵拉姆用力甩开华尔丹的手。她觉得头有些发晕，也不知道是因为喝了几口酒还是被他们两个给气的。她恨恨地说："我谁也不爱，我恨死你们两个了！你们一会儿把我让来让去，一会儿又把我争来争去，我是个什么玩具吗？我是一件拿来给你们戏耍的东西吗？我是人！是一个活生生的人！你们考虑过我的感受没有。你们两个只知道叫我伤心，叫我难过，叫我痛苦，你们为什么要这样折磨我！"

梅朵拉姆捂着脸大哭起来。扎西江措和华尔丹不吵了，默默地看着她不知道该怎么办。

梅朵拉姆抹了一下眼泪，大声说："吵呀，为什么不吵了？你们两个都想要我是吗？那好，我也有话要说：从今天开始，我只要跟了扎西江措就不想再见到华尔丹，跟了华尔丹就不想再见到扎西江措。你们自己决定吧，我看他们跳舞去了。"她说完头也不回地出门走了。

14

梅朵拉姆抹干眼泪，装作若无其事的样子来到村寨中的院子里，挤在妇女们中间看热闹。

院子里的篝火烧得正旺，把周围照得一片明亮。狮子在耍，花灯在舞，此起彼伏的山歌总是那么高亢、悠远，透过铿锵的鼓钹声又多了几分苍凉。

小孩子们在人群中相互追逐玩耍着，有谁偷偷往火堆里扔了一个鞭炮，"砰"的一声火星四溅，立刻引起大人们的喝骂和小伙子们的逐赶，他们却嬉笑着跑开。喝酒的人已经有了几分醉意，正在开怀畅饮。偶尔吹过一阵冷风，激得尘土飞扬，火星乱爆。

梅朵拉姆只是挤在那里，却没有看热闹的心情。她抬头看了看，晴朗的天空深邃而高远，颗颗清亮的星星晶莹剔透，一弯极细极薄的冷月挂在当空，静静地俯视着夜色苍茫的大地。

"多熟悉啊。"梅朵拉姆心想。她心里忽然感到不安起来，"他们兄弟该不会真的打起来吧？"一想到这，她的心里忍不住哆嗦了一下，挤出人群急急忙忙地向家里赶去。

梅朵拉姆在黑暗中高一脚浅一脚地走着，想着华尔丹的脾性，离家越近，心里越是害怕，她不由默默地向神灵祈祷。上楼梯的时候，梅朵拉姆的腿抖得厉害，好像木梯的每一个台阶都忽然被拉长了，吃力得几乎迈不上去。

听屋里静悄悄的，一点声音也没有。梅朵拉姆放心多了，想他们兄弟的感情那么深，肯定是讲和了。她舒了口气，走到门口往里看了一眼，却"啊"的一声惊叫起来，眼前一黑，一下瘫倒在地上。只见华尔丹蜷缩着四肢倒在门槛边，肚子上明晃晃地插着一把藏刀。刀柄上镶着一颗艳丽的红珊瑚，正是扎西江措随身的佩刀。殷红的血流了一地，浓重的血腥味弥漫着整个屋子。

"扎西江措去哪儿了？难道他杀了华尔丹跑了？"梅朵拉姆心里惨痛，喉咙却干得发不出声音来，罩在眼前的黑雾好久才慢慢散去，"砰砰"乱撞的心跳让她浑身乏力。过了好一阵，她咬着牙，使出全身的力气爬起来，颤抖中尽力稳住身体，战战兢兢地跨过几乎难以逾越的血泊走进屋里。她朝扎西江措坐着的方向看去，再次被眼前的景象惊骇倒地，这次却是叫也叫不出来了。

扎西江措就倒在他自己的座位上，胸口插着一把藏刀，刀柄上是一颗透亮的绿松石，这刀却是华尔丹的。他们兄弟俩的藏刀都是从父辈传下来的，一模一样，唯一的区别就是上面镶嵌的珠石。

"这是怎么了?! 这是怎么了?!"梅朵拉姆不敢相信眼前的一切，她觉得这是魔鬼给她施展的障眼法。可是这几乎让她窒息的浓重的血腥味，又让她不得不相信这是真的。她被惊吓得流不出眼泪，也说不出话，只是在心里不停地询问自己。

扎西江措一动不动地躺在那儿，胸口流出的血浸过毡垫，淌过地板，和华尔丹的血汇在了一起。

梅朵拉姆在心里呼喊着莲花生大士的名号，念诵着他的心咒，努力使自己平静下来，渐渐感到身上的力量稍微恢复了一些。她四肢着地爬过去，看见扎西江措脸上的表情既诧异又痛苦，嘴微张着，嘴角渗出的血快凝固了。他胸口这一刀插得很深，几乎没到刀柄，剩下寸许长的刀身发出白森森的寒光。

梅朵拉姆抱着扎西江措，脸贴着脸。他的脸上还有余温。当两人肌肤一亲，她的眼泪哗哗地流下来，一声凄厉的哀号终于从她的喉咙里迸发出来。

在伤心欲绝的悲痛中，千头万绪的往事一齐涌上梅朵拉姆的心头。她想扎西江措从始至终对自己都那么好，自己却在不断地折磨他，现在还让他送了性命。她不停地呼喊着他的名字，说自己有多么多么爱他，多么多么依恋他。可是，扎西江措却永远也听不到了。梅朵拉姆后悔得狠命地撕扯着自己的头发。她后悔刚才为什么没有直接打断华尔丹的话，没有直接拒绝华尔丹的无理要求，而去生那些已经过去的事情的气。

突然，梅朵拉姆听到一声沉痛的呻吟，惊喜交集，想扎西江措还活着，赶紧抬起头察看。可是，他还是一动不动，没有任何气息。呻吟声又响了一下，她才听清楚是从华尔丹那边传来的。她扭过头，见华尔丹的一只手轻轻地动了一下。

梅朵拉姆放下扎西江措，冲过去一把抱起华尔丹的头，不停地呼喊。华尔丹慢慢地睁开眼睛，看着梅朵拉姆，声音微弱地说："女人……魔鬼……"

梅朵拉姆颤抖着问："你们……你们两个……"

"你那晚的诅咒应验了，我会下……下地狱的。我中邪了，被魔鬼……缠身了，我竟……杀了自己……自己的阿弟。"华尔丹说着，咳嗽一声，大口地喷血，鲜血溅得他自己满脸满胸都是。他肚子上还有两个很深的伤口正在流血，梅朵拉姆刚才却没有看到。

"你为什么要杀死他？"梅朵拉姆哭着问。

"我看见他……站起来，以为……以为他要跟我……拼命，想也没想，拔出刀子就……就插了下去，没想到……没想到……"华尔丹感觉不到肚子上的疼痛，却觉得有根看不见的皮鞭在一鞭一鞭狠狠地抽击着他的心。他的眼角流下泪来。他喘息了几下，殷红的血在嘴角汩汩流淌着。

"他什么话也没说，就那样……看着我，喊了声'阿哥'就……就慢慢倒了下去。看到他的眼神，我才……我才明白，他不是……想跟我拼命，只是……只是站起来……想出去，或者有话要……要对我说。他是我的好阿弟，怎么会……跟我动刀子呢？可是……可是我却杀死了他。"

梅朵拉姆听得浑身发抖，心脏在不断收缩。

"我看扎西死了，心里后悔，也想……也想一死了之，以命……抵命。可是我不敢……不敢去拔我的刀，就用阿弟的刀……"说到这儿，华尔丹又咳出几口血，"你这个魔鬼！女人都是……魔鬼。"

"我是魔鬼？我怎么成了魔鬼？"

"你让我们兄弟为……为了你，全死了。"

"这能怪我吗？这只能怪你。你不想想你对我都干了些什么？你不是说我们的生死掌握在神灵的手里，你我两人说了不算的吗？我的誓言女神——吉祥天母听到了。你不是说过女人是衣服吗？为什么你们为了我这'衣服'手足相残呢？你说呀！"梅朵拉姆哭诉着，内心的疼痛几乎撕裂了她。

"我是真的……真的爱你啊！我当初就不应该……把你交给扎西。你……你还爱我吗？"

梅朵拉姆将华尔丹紧紧地抱在怀里，泣不成声地说："爱！当然爱！我从来就没忘记过你。我如果不爱你，那夜就不会怀上你的孩子；我如果不爱你，也就不会恨你了。"

"我很高兴。原来……原来自己深爱的女人，是自己的……生命。我会下……下地狱的，我才是……真正的……魔鬼……"华尔丹头一垂，就在梅朵拉姆的怀里永远睡去，嘴角的血兀自在流。

梅朵拉姆见华尔丹在自己的怀里就这样去了，好像所有的悲伤也随他而去了。她止住眼泪，轻轻地放下华尔丹，沾着一身的血，后退几步，倚着壁板，打量着屋里的一切。她看着两个自己爱的且深爱着自己的男人一动不动地躺在血泊里，眼前闪过他们的音容笑貌，他们的一举一动。她恍恍惚惚中仿佛看到他们兄弟俩还在那边的桌子旁面对面地坐着，谈笑着，相互劝酒。

"为什么会这样？我不想这样的事情发生的。我是魔鬼，我真的是个九头魔鬼！"梅朵拉姆心想是自己刚才的话害死了他们，那见与不见的话虽然是气话，不是故意说的，可他们还是死了。她感到脑中一阵巨响，精神突然间崩溃了。她叫着、笑着、哭着、喊着向屋外冲去。

院子里的节目还在继续，我们所有的人都沉浸在欢乐的气氛中，被节奏铿然的鼓钹声、欢快的轻歌曼舞和甘洌清纯的美酒陶醉着。我们谁也没有听到梅朵拉姆的哭喊，谁也不知道我们最熟悉不过的扎西江措和华尔丹兄弟两人在家里双双毙命。

梅朵拉姆一路哭喊着、狂笑着向山下冲去，滑倒了站起来，站起来又滑倒。她披头散发，一身血污一身泥泞地来到热曲河边，慢慢地走上木桥，然后泥塑木雕般静静地矗立在桥中间。河水"哗哗"地从她脚下流过，在月光下泛着清冷的白浪，浩浩荡荡地流向远方。

梅朵拉姆仰起头，看着繁星冷月高挂的天空，她又看到了那晚桥边发生的一切，听到了自己的哭喊和自己的诅咒。恍然间，她又听到了白河舒缓的流淌声，听到了四周稀疏的虫鸣和华尔丹粗重的喘息。喘息声渐渐平息，变成了扎西江措细微恬静的鼾声，鼾声中她又感受到了他的温存和抚慰。

梅朵拉姆闭上眼睛，任最后两行眼泪滑过脸庞。在呜咽的河风中，她把身子向前一倾，带着所有的爱恨情仇，所有的痛悔对错，一头扎进热曲河里，让这条充满希望的滔滔河水把这一切的一切带向远方，不留下丝毫的痕迹。

冷风继续吹动。

河水依然流淌。

河边浅水上厚厚的冰凌依旧闪烁着白光，随着河水蜿蜒伸展。

星星还在晶莹地闪烁着，只有那弯残月默默地向西落去，落去。

15

梅朵拉姆睁开了双眼。她不是在轮回的中阴路上醒来，而是在这烦恼纷扰的尘世间恢复了神智。这是神灵的意愿吗？也许是的。

那晚梅朵拉姆从桥上一头扎进热曲河里，被几个骑马从村寨里下来的小伙子看见了。他们是来这里抢亲的。

小伙子们见朋友把他自己心爱的姑娘从村寨里顺利地带了出来，在马背上低声说笑着正在往回赶。忽然，他们在月光下看见有人跳水，开始还以为是碰到了什么鬼魅在迷惑他们，吓了一大跳，紧接着听到落水击浪的声音，才知道眼前发生的事情是真的，赶紧冲到河边救人。

还好冬天河水不深，流得也较舒缓。正要成为新郎的小伙子冲在最前面。他跑到下游，来不及脱下袍子，急急忙忙蹚到河水中间。河水漫到了他的胸前。他正好赶上，一把抓住梅朵拉姆把她往岸边拉。这时，其他人也跳进了水里，他们七手八脚把她拖上岸来。

被抢亲的姑娘当然认得梅朵拉姆，她不知道发生了什么事情，吓得脸色苍白。她央求她的恋人和他的伙伴们帮着把梅朵拉姆送回村寨里。

这次回去后,在大家的询问下,他们一行抢亲的事情肯定会败露,也不知道该怎么收场。还有,在众目睽睽的关注下,他们再也没有办法偷偷溜走,抢亲不成,婚事只有推迟了。可是,谁也没有去想那么多,他们一刻也没停留,赶紧把梅朵拉姆驮到了村寨里。

　　接下来,我们都被发生在扎西江措家的这场惨烈的悲剧惊呆了。村寨里立刻取消了一切活动。没有人知道发生了什么事情,我们只能等梅朵拉姆醒来。整个村寨忽然被凄惨的阴霾笼罩着,每个人的心头都弥漫着挥之不去的悲伤,不管男女老幼,不管我们的手里是否拨动着念珠,嘴里都为扎西江措兄弟俩虔诚地念诵着六字真言。

　　来抢亲的几个小伙子正坐在姑娘的家里吃东西,喝茶。他们的肚子早饿了。自古以来,抢亲的人把姑娘带到半路又回到姑娘家安坐吃喝,这可能是破天荒的一次吧。他们已经脱下冻成铠甲的袍子、衣裤和靴子,换上从几户人家拿来的衣物。因为姑娘的弟弟还没成人,只有她父亲的衣物能派上用场,而家里一时拿不出这么多合身的衣物。

　　他们坐在温暖的客房里,烤着火,吃着东西,寒冷过去,脸色变得红红的。他们都有些尴尬不自然,而那位准新郎更是扭扭捏捏、坐立不安。不过,姑娘的父母对他们今天的行为很满意,尽管脸上看不到喜色,但是热情地给他们准备食物、斟茶倒水,而且对未来的女婿更显殷勤。

　　姑娘一回到家里,就害羞地赶紧躲进她的房间里不肯出来,几个小伙子只有代替她一遍一遍为询问的人讲述他们看到的事情。其实,即使她出来,大家也问不出更多的东西。

　　今夜来拜年的客人们都成了半个主人,大家像同一个村寨里的人一样一起忙碌着。我们都分散开了,有的去扎西江措家收拾残局,有的连夜去寺院邀请活佛和僧人,有的去通知华尔丹的家人。我没有出门,因为梅朵拉姆就躺在我的家里。我妻子跟几个妇女一起给梅朵拉姆换好衣服,让她躺在床上,厚厚的棉被里塞满了装着热水的高温瓶给她取暖。

梅朵拉姆终于醒了。她向四周看了看，忽然凄厉地尖叫一声，双手开始疯狂地撕扯自己的头发，用尽力气地哭喊着："让我去死！让我去死！"我从来没有听到过那样的凄厉尖叫，忍不住头皮阵阵发麻。

我们知道这将是一个不寻常的夜晚。由于怕孩子受到惊吓，我阿妈早带着姐弟俩睡在最里面的房间里。梅朵拉姆醒来的时候，除了我们一家还有村寨里其他几个妇女在帮忙。我们使劲按住她的手脚，不让她伤害自己。但这谈何容易，她歇斯底里的发泄把我们累出了一身汗。

梅朵拉姆耗尽力气，昏睡过去。

当梅朵拉姆再次醒来的时候，情绪没有先前那么激动，但是哭得伤心欲绝、肝肠寸断，那穿金断石般的凄惨哭声让所有人都黯然失色。旁边的女人们没有一个不跟着流泪哭泣的。想到自己最好的朋友身上发生的悲惨事情，我的眼角也忍不住湿润起来。我不想让这群女人看到我流泪，悄悄退出房间，来到屋外。我仰望着冷月高挂的星空，使劲把眼角的泪水咽了下去。

身后响起一阵轻柔的脚步声，我回头一看，是我的姑姑。姑姑从小就出家了，常年跟着她的师父修行。她们最多的时候不是在尼姑寺里，而是去各处朝圣、闭关，很难得回来一趟。后来，姑姑的师父圆寂了，她依然遵循着原来的修行道路。这次，姑姑闭关三年，就在新年前才圆满出关，她回家探望亲人，顺便留下来跟我们一起过年。

姑姑陪着我站了一会儿，悲悯地叹了口气，说："无常的人生啊！短暂的快乐犹如一闪而过的火花，而沉重的苦难就像大海一样宽广永恒。我们的心什么时候才能从尘世的蒙垢里解脱出来呢？"

我只是一个凡夫俗子，虽然有着虔诚的信仰，却说不出什么关于佛法的理论，当然也就不知道该怎么回答姑姑的话。

"可怜的孩子，还是让我去劝劝她吧。"姑姑说着走进那间屋子。

接下来，姑姑就在那间屋子里陪着梅朵拉姆住了两个多月。

冰冷的月

两个多月，这是多么漫长的日子啊！几乎让人等不到结束的时候。

经过两个村寨的商量，我们火化了华尔丹和扎西江措的遗体，装在临时找来的罐子里保存起来，因为华尔丹的阿爸说，要在他的有生之年把两兄弟的骨灰带到拉萨。

当一个人的血肉之躯突然消失以后，能给这尘世间带来什么样的改变呢？我黯然发现，唯一会被改变的只有他们至亲至近的人。

华尔丹的妻子忽然变成了寡妇，肚子里还有个没出世的孩子。他的阿爸差点被这个悲惨的事情给杀死，唯有带着骨灰去朝圣的意念悬吊着他的生命。扎西江措家什么也没有了，大家把他的房屋和所有财产都捐献给寺院，通过他们施舍给那些贫穷的人们，为他自己积累轮回中的福德资粮。

梅朵拉姆的阿爸和阿妈也来了，但是他们的悲痛和眼泪也没能带走绝望中的她，他们只能千恩万谢地把她托付给我们。

我们不知道姑姑跟梅朵拉姆谈了些什么，只是能感受到她的变化。她在快要饿死的时候终于肯吃点东西了，悲痛的哭泣声慢慢少了。我们能听到她说的三言两语了。

两个月后梅朵拉姆随姑姑出家了，她们第一件事情就是带着华尔丹和扎西江措的骨灰去了拉萨。过后，我们就再也没有看到过梅朵拉姆。姑姑回过两次家，但梅朵拉姆都留在寺院里修行等候。我们只知道她跟姑姑一起，常年在外各处朝圣，为他们三个人的灵魂能得到解脱，在名山圣地虔诚地闭关修行。

从那年开始，每到年底，我们就能在热曲河边看到有人拉经幡，烧"火供"，那是梅朵拉姆的亲人在她的嘱托下代她来做的。人们从开始的诧异感叹到唏嘘感怀，又从唏嘘感怀到慢慢习惯，时间就那样慢慢地流逝着。

今天，在我接阿爸回家的路上，这么多年来第一次在热曲河边没看见他们来过的痕迹。要是他们拉了经幡，河面上的经幡有那么多，我们也不知道哪些是他们的。但是，只要烧了"火供"，就一定会留下痕迹。而现在却没有。

我听阿爸长长地出了口气，低声诵了几句六字真言。他欣慰地说，看来华尔丹和扎西江措的灵魂已经被超度，得到解脱了。

我默默地诵着经文，心里也是感慨万千。自从姑姑永远离开我们后，就再也没有听到任何关于梅朵拉姆的消息了。

这么多年过去了，她的脸上是否也开始爬上了皱纹？她干瘦的躯体包裹在宽大的僧衣里，是在继续云游朝圣，还是已经再次闭关修行？而在这些年的漫长曲折岁月中，她是否偶尔会想起那年冬天那轮冰冷的月？

节日的旋律　　黑牦牛　摄

后 记

为了一个梦想，要坚持多久才能品其甘苦？朝着一个目标，要跋涉多远才能见其踪影？我不得而知，只是磕磕绊绊地行走着。

第一次与"写作"结缘，是在县藏文中学读书的时候。那次县广播台到学校征稿，班主任让平常在这方面有"特长"的同学都写。稿件交上去后，我和另一位同学尕让被选上了，听说还在县广播里播了（尽管我们自己没有听到），正高兴着，县广播台又给我俩每人寄来了五元钱的稿费。当时我正处在生活拮据时，而这五元钱可以解决我一天的生活。所以，算得上是"双喜临门"吧。同时，因为这次的征稿，我忽然觉得喜欢上了"写作"，开始试着在笔记本上涂鸦了。

而真正意义上的投稿，是在马尔康民族师范学校读书的时候。当时学着写一些诗歌和散文，写好后投给在校园热火的几家师范报、《阿坝日报》周末版或者《四川民族教育报》，当然，被采用的就那么几篇。后来，心里觉得自己不是写东西的材料，打算放弃，然而在即将毕业之际，无意中参加全国青年诗歌大赛，却获了个二等奖，信心再拾。

1998年夏，从师范毕业后，给县教育局写了一封信，强烈要求把自己分配到松潘县最艰苦的革命老区、被称为松潘县的阿里、2000年开始成为"发配"干部职工的地方——毛儿盖——去教书（写信这事到现在还被同学和朋友们说笑，可当时还天真到生怕县教育局不答应自己的请求），却一直没有挪窝在同一个地方待了11个年头。虽然我没有意料到自己会在毛儿盖呆那么长的时间，但是那里却是自己

后记

收获最大的地方。一是家庭，二是文学。毛儿盖距县城180多公里，偏远到一翻过腊子山就仿佛到了另一个时代，生活单调到单纯。在那里，如果工作之余你不想喝酒打牌，唯一能做的就是——阅读。

到毛儿盖上班，每个学期只有放假的时候才能回来。去的时候剪短头发，回的时候长发乱飞。而每次去的时候，要带的东西也只有两个：几口袋土豆——那是"蔬菜"中唯一能存放的生活食粮；一大包书籍——那是给自己无限快乐的精神食粮。所以，在我的心里，毛儿盖是自己的第二故乡，我感谢那片静美的土地给予我的一切，因为我在那里真正学会了阅读、思考和写作。

如今，这本书终于难产般地诞生了，不过我还没有足够的自信把这称为"作品"，因为我书写的只是我身边的人，身边的事，因此也怕这是我的一种自言自语，而没有写出面对坎坷的人生和多舛的命运，人性中所共有的悲欢离合和爱恨情仇，怕自己的语言中没有温度，情感中没有悲悯，因此就把此书看成是婴儿的咿呀学语，难成曲调。

在创作的历程中，曾无数次在此道路的边缘徘徊，除了爱人充满信心的自始至终的鼓励外，还要感谢谢登云、杨碧嫦、曾晓鸿、蓝晓梅几位老师，是他们的鼓励和帮助才让自己有信心继续走下去。还有现县委宣传部部长马骞，他曾对我说："我不需要你为宣传部写多少材料，我只要你为松潘县多写一些东西。"这"东西"就是有分量的作品，这是他的期望，也是我的目标。于是，他给了我时间和空间，让我的创作成为现实，而没有像以前一样，淹没在没完没了的办公室材料中，以致变得胸中没半点灵感，笔下无一字珠玑。

如今，《冰冷的月》的出版，算是给自己艰辛摇摆的文学路的一个交代。有了家人的陪同坚守，有了老师的帮助，有了朋友的鼓励，尽管还不知道自己要走多久，能走多远，但是一定将此梦想坚持下去，努力写出能够称其为"作品"的作品。

2015年3月20日　古城　松州